我穿上这件衣服，一生都会忠于国家。
爱了姜姜，这辈子也必定忠于她。
我要给她的不只是眼前的快乐，
而是往后余生都不用再担心我可能
在她不知道的时候死在了某个角落。
这条路很难走，但我只能向前，
也必须向前。—— 江音 ♡

# 她见青山

阿司匹林 —— 著

北京燕山出版社
BEIJING YANSHAN PRESS

江言和姜姜的故事

# 目 录

## 1

刚入夏，气温还不算太高，只是从中午开始天就阴沉沉的，像是要下雨。空气沉闷，到了夜晚，风里都还裹挟着潮湿和热气。

临市最大的一家娱乐场所里里外外围满了人，十分嘈杂混乱。

半小时前，警局接到群众举报说这里有不正当交易在进行，警察便装突袭，结果发现了一名死者。所有在场人员都要被带到警局接受调查，他们的夜生活刚开始就匆匆结束了。

"江队，死者的身份已经确认了。初步判断是吸毒过量导致的死亡，具体情况还要等法医鉴定结果。咱们这阵子没白忙活，就是可惜让人给跑了。"

"等成分分析结果出来后，拿去和三个月前缴获的那批比对一下，看看是不是同一批。"江言推开警局笔录室的门往里走，"李局刚才打过电话了，说一会儿刑侦队的同事会过来，让他们把人带走。"

他身边的男人一听，显然不乐意："什么意思？咱们这边还没审呢，他们就想把人带走，捡现成的也得先等两天吧。"

那些吸了毒的人现在正处于兴奋状态，顺藤摸瓜总能问出点什么。

"什么意思？"江言拍了拍他的肩，"当然是领导的意思。"

笔录室的门被人从外面推开，林杏子朝那个方向看过去，刚好跟男人的目光撞上，他没穿警服，眼里还带着笑，林杏子本就不怎么好的脸色这下就更难看了。她偏过头，宁愿对着一堵墙也不愿意多看他一眼。

"江队，这两位不是本地人。"

美是美，但脾气都不太好，不配合，两个录笔录的警察也很难办，其中一个同事手里转着笔，无奈地叹了口气，看到江言像是看到了救星。

江言点了点头，走进房间。

林桑就坐在林杏子旁边，一看就知道这人倔脾气又上来了，她可不想一晚上都耗在警局，于是清了清嗓子，主动解释道："我和杏子来这边出差，天太热，谈完工作就想找个地方放松一下，听人说那里最热闹，就去看了看，谁知道遇上这种事。"

两个同事对视一眼，心想原来这两个美女和江队认识啊，难怪一直僵着，等江队来了才肯开口。

"江言，不好意思，"林桑余光往还坐在椅子上稳如泰山一动不动的林杏子身上瞟了一眼，对着江言露出意味深长的笑，"给你添麻烦了。"

"没事，不麻烦，你们俩安全就好。"江言接过同事递过来的笔，让林桑在记录本上面签字。

会所里大部分都是正常消遣的人，配合警察做好笔录、签个字就能走了。

林桑好脾气地配合警察走程序，她们刚去没多久会所就被封了，也确实没有接触到什么可疑的人。

林杏子也不是故意给警察添麻烦，她就是还在气头上，江言几步走近，握住她的手腕，稍稍用力拉着她站了起来。

她化了妆，但穿得简单，上身是很显身材的黑色短 T 恤，搭配宽松的运动款黑色长裤，露出一截纤细紧致的腰，她平时有健身的习惯，马甲线很漂亮。

林杏子越想越生气，压根不拿正眼瞧江言。

房间的空调坏了，还没来得及修，她是极怕热的人，身上出了点汗，几缕微卷的长发贴在脖颈，江言抬手帮她拨开。

同事在旁边看得目瞪口呆，心想：江队，就算是认识的朋友，也不……不能这样搜身吧！

林杏子的脸垮了下来，毕竟被周围这么多双眼睛看着，谁心里都会不舒服，他难道一直都是这样搜女人的身？

"你到底好了没？"

"好了。"江言站起身，让她在记录本上签好名字。

林杏子签完一刻都不想多待，林桑跟着她走了出去，江言拿起落在椅子上的包，回头朝那两个早已石化的同事笑了笑："我老婆。"

同事："……"

闹了这么一出，林桑也没什么心情在外面逛，前面的林杏子头也不回地大步往外走，隐约还能听见江言跟他同事说话的声音。林桑想着时间有点晚了，林杏子又没那么好哄，就先用手机叫了辆车。

"杏子，你和江言回家，我去酒店，明天晚上的飞机，别忘了啊。"

林杏子语气不冷不热的："谁要跟他住？"

"行啦，"林桑对这个妹妹的脾气了如指掌——典型的口是心非，"见不着你想，见着了你又作，非要跟我一起来这边不就是想来看看他？刚才那么乱，好像还出了人命，江言是警察，被那些毒贩子知道你是他老婆不是什么好事。"

江言在会所里就看见林杏子了，但表现得就像不认识她一样。

在那种情况下，林杏子也能理解他，但人在气头上就很容易钻牛角尖："再强调一次，我不是来看他的。"

"好，行，知道了，你们这是情趣，我一个外人不懂。"

车到得快，林桑上车就把车门锁死，让司机开车，离开前只降下车窗伸出去一只手，朝着被她拉到一旁连车门都没摸到的林杏子挥了挥："拜拜！"

警局外路灯明亮，蚊虫也多，林杏子只在路旁站了几分钟脖子就被咬了好几处。

江言跟同事打完招呼就追了出去，看到路灯下的身影后便放慢了脚步。

光影斑驳，她微微低着头，每一根发丝都被勾勒得很清晰，头发被风带起后从肩头滑落，发尾扫过白皙的脖颈，露出一点泛红的皮肤，大概是等烦了，脚尖有一下没一下地踢着地面的小石子。

她向来没什么耐心。

结婚半年，见面的次数屈指可数。

然而结婚之前他们也并没有多熟。

"吃饭了吗？"江言走近，顾长挺拔的身体挡住了原本落在她身上的光，"附近没有特别好的餐厅，你如果不想走太远我们就回去吃，冰箱里还有菜。"

"我不饿。"林杏子心想，她气都气饱了。

"那咱们先回去。"

江言当时是临时被调过来的，刚来的时候图方便就在警局附近的老居民区租了房子，一直都没换，距离警局差不多十分钟的路程。

楼道没有灯，也没有电梯，要用手机照着亮才能看清；墙皮上贴满了乱七八糟的小广告；楼层如果再矮一点他进出都会撞到头；不知道哪一家的夫妻在吵架，声音听得一清二楚；楼道里的味道也十分一言难尽。林杏子越往上走心里越不是滋味。

他就住在这样的地方……

林杏子走路时心不在焉，脚下突然踩空，江言反应很快，扶稳她后握着她的手一直没有松开。

两人伴随着那对夫妻的争吵声上楼，林杏子甩了两次没甩开，手心都被捂出了热汗。明明女人破口大骂的声音就在耳边，她却有种听到自己心跳声的错觉，也觉得更热了。

幸好没有灯。

"到了。"江言从兜里摸出钥匙开门，门口就只有一双拖鞋。

"那间是浴室，你先去洗洗，"江言把拖鞋给她穿，又将她换下来的运动鞋放好，"我把空调打开，一会儿就凉快了。"

客厅小得一眼就能看完，虽然没什么能看的，但好在干净，林杏子一身汗很不舒服，也没再娇情，进了浴室才有点别扭。

"我行李在酒店，没有能换的衣服。"

"穿我的。"江言从衣柜里拿了一件干净的 T 恤，把新买的毛巾、牙刷和还没拆封的套盒一起递进去，是某个牌子的卸妆水和乳液套装。

林杏子愣住："这哪儿来的？"

回来的路上有家化妆品店，她在自动贩卖机买饮料的时候江言去了店里一趟，他不懂这些，但半年前在她的化妆台上看到过。

"先将就着用，林桑说你助理明天早上才能把你的东西送过来。"两分钟前林桑给江言发了微信，说今晚不打扰他们小别胜新婚，明天再一起吃饭。

"浴室门锁坏了，我一直没空修，晚上不会有别人来，你安心洗。"

林杏子"哼"了一声，十足傲娇。

为了避免尴尬，江言没有在浴室门口多待。然而屋子就只有这么大，他所有企图转移注意力的行为都是徒劳。

隔着半掩着的门，让人无法忽视的水声传出来，似乎压过了邻居夫妻俩愈演愈烈的争吵声。

江言灌了半杯凉白开，走过去捡起她换下来后堆在地上的那一团衣服，他知道她洗澡时间长，一时半会儿出不来，就先去阳台把衣服洗了。

警局的电话打过来是意料之中，江言腾出一只手擦了擦泡沫，按下接听键。

"江言！你怎么回事？今天晚上的行动谁批准了？都说过多少次，不能擅自行动！不能擅自行动！全都听到狗耳朵里了！你人呢？赶紧滚过来。"

"周队，"江言关掉水龙头，"姜姜在我这里，她一个人我不放心，我晚上写好检查，明天交给您。"

"谁？"

江言才想起来只有林家人会这么叫她："杏子，我老婆。"

"哦，杏子来了啊，"电话那边的人说话语气明显缓和很多，"那就放你半天假，你好好陪陪她。"

"谢谢周队。"

"别谢太早，明天来局里照样停你的职！"

浴室空间小，花洒旁边就是坐便器，但这人爱干净，倒没什么不好闻的气味，台子上除了一瓶沐浴露和一瓶洗发水，就只有一个刮胡刀。

花洒没开几分钟，浴室里面就全是水汽，林杏子被闷得有些头晕，她闭上眼睛把泡沫冲干净，扯过毛巾随便擦了两下就套上男人的 T 恤走了出去。

空调冷风从衣摆下面往里灌，凉飕飕的。

阳台上挂着还在滴水的内衣裤，林杏子没瞧见江言，就盘着腿坐在沙发上看手机，微信里几十条未读消息，她挑着回了几条。

"江言？"

"来了。"江言端着两碗面从厨房走出来，把上面盖了煎蛋的那一碗放在林杏子面前。

林杏子生气归生气，但从来不会委屈自己，她用筷子先夹起一根尝了下味道，心想江言除了那张脸和那身警服之外还算有点用处，老公不会当，饭倒是做得不错。

江言这里没有吹风机，她洗完澡后只是用毛巾随便把头发擦了擦，没有完全擦干。

"怎么突然过来了？"

林杏子开口就不是什么好听的话："我去哪里还得提前跟你打报告？"

"不是这个意思，"江言把纸巾放在她手边，"林桑说你来这边工作，什么工作？"

林杏子的亲舅舅是一家娱乐公司的老板，她毕业回国后直接进了公司，跟在她舅舅身边。

林桑来这里不奇怪，但林杏子说自己来这里工作听着就很匪夷所思。

"你审犯人呢？"她被汤汁呛得咳嗽不止，脖子都红了，看墙角、看地板、看窗外、看碗里的煎蛋，就是不看江言，不知道是在掩饰什么还是被戳穿后恼羞成怒。"喀喀……还让不让人吃饭了，喀……"

"嗯，不问了。"江言低声笑了笑，一只手轻拍她后背，一只手拿起提前倒好的水递给她。

林杏子怕胖，就只吃了小半碗，煎蛋也留了一半。

江言等她放下筷子后把碗拿过去几口吃完，他收拾好厨房，洗了澡，又换了床单，林杏子还坐在沙发上，手机里每个 APP 都点开然后退出一遍，但其实什么都没有仔细看。

就只有一个卧室。

就只有一张床。

空调应该有好几年了，噪声大，附近是密集的居民区，时间还不算特别晚，家家都亮着灯，从阳台望出去，能看见挂在晾衣绳上的黑色内衣内裤被风吹得轻轻晃动。

江言终于忙完，从卧室拿着一个枕头出来："我把温度调高一点，别着凉。"

拿枕头是什么意思？

还能是什么意思，就是不想跟她睡在一起。

"随便你。"林杏子冷着脸，踩着一双大了不少的拖鞋走进卧室，关门的时候弄出了很大动静。

她站在门口看着屋里这张床，也不算小，两个人睡不会显得拥挤。

他是不是嫌弃她？

林杏子心里的那股火气刚扑灭就重新燃了起来，躺在床上给林桑回微信：*在酝酿！*

林桑没有注意到她用的是感叹号，就跟她开玩笑：*这事儿还要酝*

酿？感觉来了不就行了？

两人显然不在同一个频道。

林杏子闭着眼深呼吸，把手机扔到桌上，她是在酝酿跟江言提离婚的情绪，林桑却以为他们应该已经进展到快要关灯办事了。

"江言！"

江言没睡，她叫完第一声他就迅速地起身大步走到门口："怎么了？"

林杏子躺在床上翻来覆去都睡不着，等好不容易有了点睡意，又总有蚊子在耳边嗡嗡嗡，她就很烦躁。

"有蚊子咬我。"

江言开灯进屋，一眼就看见她腿上被咬了好几下，红了一大片。

"白天忘记关窗户了，你接着睡。"江言从抽屉里找出止痒液，坐在床边。

林杏子不想理他，卷着薄被翻了个身，不轻不重地踢了他一脚，让他把灯关了。

江言抓住她的脚踝，她的脚被他握在手里显得很小巧。

"姜姜。"

她装睡不理他。

江言无数次挣扎过后还是自我妥协了，从在大厅看到她的那一刻起，他就开始和自己的一场拉锯战，在她的人身安全这件事上，理智一定能战胜所有外界因素，也包括他对她长久以来的想念，所以他在办案的时候才能做到对她视若无睹。

但现在不一样。

"我上来睡？"

林杏子用后脑勺对着他，没好气地轻哼："别做梦了，美得你。"

她去会所玩化了浓妆，卸掉那些化妆品之后五官少了几分冷艳，但依旧精致干净，水嫩嫩的，鼻尖上一颗美人痣颜色很浅。

"沙发多舒服，睡外面去。"

年前那一晚两人做尽了亲密的事，江言却始终没能看清她的样子。

他进来的时候打开的是台灯，暖黄色的光线笼罩着书桌，到床边就淡了，但足够他看清她脸色绯红的模样，平时冷言冷语高傲娇贵，此时露出小女生的脾气，软得让人心生邪念。

江言关了灯，房间暗下来，他低头碰了碰她的额头，像是亲密恋人在深夜里互诉爱意的缱绻呢喃。

"姜姜，我很想你。"

怎么可能会不想呢？吃完饭他就开始找事情做，洗碗、拖地、铺床，但始终是掩耳盗铃，空气里满是她洗完澡后的香味，明明用的是同一瓶洗发水和沐浴露，都是超市货架上的东西，并不昂贵，她身上的气息却不一样。

就在这间出租屋里，他不止一次梦到过她。

那些疲惫潮湿的夜晚，身体越是乏力倦怠，就越煎熬，闭上眼睛就能梦到她穿着蓝白校服，在他错过的那些岁月里变得成熟，一颦一笑都勾人心魄，隔着人群像看陌生人一样，目光从他身上轻飘飘地扫过，转眼却又笑着朝他跑过来。

早上醒来眼前还是发黄的天花板，邻居吵架的声音比闹钟还醒神，于是他清醒后意识到那些模糊的过去都只是一场梦。

"想我？我是你谁啊？"林杏子还是那个态度，但说话的语气听着明显缓和了很多。

"你是我老婆。"

"那我是你最爱的老婆吗？"

江言从善如流："当然。"

"呵，你这个人真虚伪。"

林杏子暗骂江言嘴里全是鬼话，毕竟他十八岁的时候就是家庭贫苦、命运多舛但长得好看、令人心生怜爱的渣男了。她年少轻狂不懂事栽得彻彻底底就算了，那时候年纪小目光短浅，可悲的是过去那么多年，她见过形形色色的男人之后，在他面前依旧这么没出息。

## 2

林杏子是独生女,无论是在父家还是母家都是最小的,可谓集万千宠爱于一身。和她年纪相仿的林桑则有个晚出生半小时的双胞胎弟弟林柯。江言跟着母亲来海市读书,和哥哥江沂租住在一起,高一和林家姐弟分到了一个班,同班三年,在高三前没见过林杏子的那两年里他就无数次从这对姐弟嘴里听到她的名字。

见到她之前,"林杏子"这三个字对于江言来说就只是一个名字而已。见到她那天,他才知道原来她还有个小名。

中考结束后的暑假有两个多月的闲暇时间,林柯骑车带她玩,结果一个摔断了胳膊,一个摔断了腿,开学时双双打着石膏,林桑没眼看,早上特意迟到两节课。

教学楼和校门口之间有一段很高的百步梯,江言接到电话的时候正在帮老师搬习题册,林柯让江言去校门口,江言把习题册放到教室,擦擦汗就去了。

他从操场一路跑过来,校服里灌满了夏日的风。

原本还在发脾气的林杏子像是被什么东西勾走了魂魄,直愣愣地看着越来越近的少年,一只手悄悄伸到身后搂林柯的衣服:"那是谁?"

"我同学。"林柯小心翼翼地扶着她,唯恐她没站稳又要摔一跤,抬头大声朝着江言喊道,"江言你快点,我真的撑不住了。"

林杏子突然开始要赖:"腿好痛,你背我去教室。"

"背你?"林柯瞪大眼睛,合理怀疑林杏子是在故意折磨他,"我怎么背你?我比你伤得更严重好吧!"

他一条胳膊还打着石膏呢。

林杏子说走不动就一步都不会走,她完全不讲道理。

"我不管,是你害我摔成这样的。"

几米远外,江言放慢了脚步,林柯现在这样肯定是背不了林杏子的，他只能拜托江言："兄弟你还是背我妹吧，如果让她单脚跳到教室，明天我就可以入土为安了。"

江言这才看向林柯旁边的林杏子。

她也穿着高中部夏季的校服，白色短袖和格子百褶裙，头发柔顺地披在肩上，两边各编了一条细细的辫子。她知道他是哥哥的朋友，也是妈妈的学生，便丝毫不客气，指使着他半蹲下，双手抱着他的脖子趴在他背上。

林柯则拿着她的拐慢吞吞地走在后面。

她贴在江言耳边悄声说："你好呀江言，你可以叫我姜姜，生姜的姜。"

九月份的早晨，风还很燥热。

江言脚下跟跄了一步，身体有些僵硬，本想让她腿别乱晃的话就卡在喉咙口，只胡乱地点点头，加快脚步，在林柯走完百步梯之前就把她背到了教室。

这一背，就是两个月。

有时候他俩被同学看见，问江言她是谁，她也不说话，笑盈盈地等着他介绍她。

江言每次都是很刻板地回答："她是林柯的妹妹，林杏子。"

他私心地以为"姜姜"是他的特殊，后来也问过她为什么取这个小名，她说是因为她很讨厌生姜的味道，家里人刚开始只是故意逗她玩，叫着叫着就习惯了。

那年他高三，和高一那栋教学楼之间隔了半个操场，有的老师爱拖堂，他去晚了她会不高兴，一会儿说腿疼，一会儿说口渴想喝冰可乐。

学校里面没有商店，他得去外面买，买完跑回来再爬九层楼送到她教室，她又说可乐里面糖分太多，喝了容易长胖，他就原路返回去买酸奶。

无论是八年前在学校，还是因为一场乌龙领证结婚成为夫妻之后，江言对林杏子都是纵容的，她说什么都好，要什么都给。

林杏子回过神后越想越生气，一口咬在江言肩膀上，她很少会觉得丢脸害羞，骂人的时候能把对方羞辱到恨不得回炉重造的地步，但在这方面脸皮薄，无从解释刚才的沉溺。

江言去厨房倒了杯水，林杏子耗尽了力气，累得手指头都不想动一下。

"刚烧的，凉一会儿再喝。"

她闭着眼睛应了一声："嗯。"

江言用温水泡软毛巾，坐在床边帮她擦身体，她侧躺着，眼里的水汽还未散，雾蒙蒙的，人也慵懒，要睡不睡，这个时候最好说话。

江言找了件干净的 T 恤给她穿上，重新换了床单才去洗澡。

耳边水声淅淅沥沥，林杏子拿过手机，挑了一张表情包给林桑发过去。

林桑回得很快：舒坦了？

林杏子也淡定：你问哪方面？

林桑太了解她了：方方面面。

林杏子确实舒坦了，她就是嘴上不肯承认。

江言只是简单冲洗，回到卧室的时候林杏子趴在枕头上发呆，手机叮咚叮咚响也没理，对上他的目光后不太自然地翻了个身。

江言笑了笑，关灯上床，从后面把她揽进怀里。

她有一米六八，在女生里算是高挑的，窝在他怀里却显得娇小，哪里都很软。

即使刚洗完澡，他的体温依旧偏高，空调开久了，燥热褪去之后有些凉，抛开这段丧偶式婚姻不说，这人充其量就是妈妈曾经教过的学生，或者就是哥哥的同学而已，相拥而眠显得过于亲密。

"热死了。"她轻微地挣扎了一下。

"你手很凉，"江言早就摸清了她的脾气，"困吗？说说话吧姜姜，你来看我，我很高兴。"

上一次见面还是三个月前，他回海市找个证人，当时时间紧迫，就只是回去见了她一面，连饭都没吃。

林杏子也不知道自己这算什么。

千里迢迢上门，却一点气也生不起来了。

"别给自己抬腕儿了，都说了是来工作的，要不是遇到那种事，我有闲心搭理你？"她一贯嘴上不饶人。

江言亲她的手："别生气，我争取早点调回去，已经把申请交上去了，在等审批。"

这话林杏子只是听一听，不会当真。她的老父亲是海市公安局局长，也是干这行的，年轻的时候因为工作关系和她妈异地了五年，穿上警服就得服从命令听指挥，身不由己。谁知道他想调回海市是因为她还是另有其人。

"随便你。"林杏子打着哈欠，翻个身就睡了。

江言听得出来她情绪不高，倒也不是不高兴，没过一会儿，耳边传来浅浅的呼吸声。

她睡着后就乖了很多，寻着热源自动往他怀里靠。

这个晚上江言极为少见地睡得很深，连早上四五点钟下雨了都不知道，一觉到天亮，睡姿都没变。

林杏子还没醒，长发铺满枕头，埋在他胸口的一张小脸干干净净，他舍不得推开，就这样又躺了两个小时。

房子很旧，下雨时尤其潮湿。

江言一只手刚伸到旁边的抽屉，怀里的人动了，他就放弃拿东西，把手收回来给她盖被子："睡得好吗？"

"还行，"她迷迷糊糊地，"好饿呀，能吞下一头牛。"

"我去给你做饭。"江言立马穿衣服下床。

林杏子睡到自然醒的时候心情还不错："别做了，你不是只有半天假期吗？也快中午了，等会儿直接去找姐姐一起吃午饭吧。"

"好。"江言点头，但还是先简单给她弄了点吃的。

冰箱里有牛奶，还有几个苹果，林杏子在吃这方面是不怎么挑剔的。

大概十一点，助理把林杏子的行李箱送了过来，她进卧室去换衣服。

"江先生你好，我是林总的助理，陈城。"助理很年轻，二十岁出头，长得也耐看。

江言跟他握手："你好，进来坐吧。"

林杏子在里面叫他，他让陈城随意，放下杯子进了房间。

"头发卡住了。"没有镜子，她自己不好弄。

她穿着一件黑色收腰连衣裙，小方领，两根细细的吊带，裙摆只到她膝盖上面一点，露出大片雪白的肌肤。江言走过去，抬手将她长发拢起，全拨到一侧，然后才轻轻推着拉链，手指不时从她后背滑过，痒痒的。

"下雨降温了，会冷。"

她说："我就只带了这一件裙子，昨天穿的那身洗了又没干。"

"找一件我的衬衫给你穿好不好？布料是薄的，不会热。"江言说了个没有漏洞的理由，"还能遮住这些印子。"过了一晚上，只是颜色浅了，存在感还是有的。

林杏子刚才换衣服的时候就有点烦，她想了想，还是接过江言递来的衬衫穿上了，将袖口挽高一些，倒也不违和。

高跟鞋在箱子里，陈城等她弄好头发，很自然地走过去扶住她。

江言拿着林杏子的手机出来，目光落在两人搭在一起的手上。

她戴着一条玫瑰金的手链，手腕细白，仔细看皮肤上还有一圈淡淡的红，昨晚他虽艰难克制但还是失了控。

陈城注意到江言的目光，朝他笑了笑，手还扶着林杏子，林杏子昨晚在这里过夜，他送衣服过来，肯定是知道江言和林杏子的关系。

"电话……"

江言还未走近，陈城便接过手机，换了只手递给林杏子："林总，您的电话。"

这样的事他像是已经做过很多遍，熟练又自然，林杏子也不觉得有什么不妥，只有江言的手在空气里多停了几秒。

林杏子看了眼来电显示就预感到会挨顿骂，果不其然，电话一接通，李青就跟吃了炮仗一样："这两天你亲爹亲妈连个人影都见不着，又去哪里鬼混了？林杏子，你现在就是个野人，我生你还不如养条狗！"

"哎哟，妈——"林杏子声音拖得很长，"鬼混什么鬼混，我忙得要死好不好，哪有时间鬼混啊。"

李青一听就更来气："林杏子，你妈还没老，别想着随随便便糊弄我。"

林杏子无奈："我真没撒谎，舅舅天天替您盯着我呢，这一个星期都在出差，好不容易才抽个空跟你女婿吃顿午饭。"

李青愣住："你去江言那里了？"

"是啊，不信吗？那让他跟你说。"林杏子把手机扔给江言，悄声提醒他，"别告诉她我下午的飞机。"

陈城跟她聊工作的事，她听着，穿好鞋就准备出门，江言拿了把伞，锁上门，边接电话边跟在后面下楼。

"妈，姜姜是在我身边，您别担心，林桑也过来了。"

李青心里想着，林杏子还知道自己有个老公就好，两个人都还年轻，刚结婚就分居，难免会有隔阂。

"她们姐俩专门去看你？"

"也不算，正好有工作，"江言温声应道，"我也有时间，中午带她们吃顿饭。"

下着雨，楼道里还是阴沉沉的，林杏子穿着高跟鞋，走得慢，墙上不太干净，扶手上面也是一层灰，她不想用手碰，江言想牵她，但陈城在前面挡着。

电话那边的李青很欣慰："那就行，你们俩好好的，我没什么事，就是打电话问问。江言，你身体怎么样？"

江言说："挺好的，谢谢妈关心，您和爸也多注意身体。"

"我们好得很，行了，快去吃饭吧。"

林杏子心不在焉地听着江言打电话，他就是很会讨长辈喜欢，李青刚开始得知江言是因为林杏子意外"怀孕"才上门求亲的时候对他意见很大，也没什么好脸色，甚至连门都不让进，更别说倒水给他喝，师生情谊也撇得干干净净，结果婚事敲定后没几天，李青的态度一下子发生了一百八十度大转变，江言简直就成了她的亲儿子。

不只是李青，全家人都很喜欢他。

附近都是居民区，车进不来，得走一段路去前面路口搭车。

陈城说："林总，您和我用一把伞吧，我的伞大。"

林杏子还没开口，江言就替她回答了："你拎着行李箱，不方便。"

江言撑开雨伞，伸手揽住她的腰把她往身边带，细雨朦胧，陈城看不太清，但瞧在眼里也是极其亲密的模样。

陈城识趣地说："那我先去前面等车。"

"谢谢。"伞的三分之二都撑在林杏子头顶，江言左边肩膀被淋湿了一块，深色衬衫不是很明显，"几点的飞机？"

机票是提前订好的，林杏子没打算待很久，她回道："五点多。"

江言吃完午饭就得去局里："下午局里要开会，我不一定能赶过去送你。"

其实林杏子本来也没期待他能送。

昨天她也在现场，情况确实很复杂，还牵扯到了人命，他能陪她半天就已经很不容易了。

大概是因为下雨，环境影响心情，下水道里的垃圾都被雨水冲到路面，一阵阵的恶臭味飘过来，想到他一直住在这种地方心里很不是滋味，到嘴边的话碍于面子问题还是没说出口。

她偏过头装潇洒："无所谓啊，你忙你的。"

陈城在路口拦车，江言多看了他一眼："这个助理，是新招的吗？"

林杏子随意道："嗯，他平时就是负责给我开车，早接晚送。"

算起来，这半年里陈城这个助理都比江言在她身边的时间多。

林桑在网上找了一家评价还不错的餐厅，她先到，林杏子出门前给她发了消息说十几分钟就能到，她就把菜点了。

陈城坐下后习惯性帮林杏子倒水、烫筷子。

趁着江言去了洗手间，林桑调侃林杏子身上那件男士衬衫以及藏

016

在衬衫下面的草莓印："啧啧，看来昨晚挺激烈。"

林杏面不改色："蚊子咬的，你别过分联想。"

林桑也没把陈城当外人："害羞什么，你们是夫妻，床头吵架床尾和，这多正常。"

"说得好像你很有经验一样。"

"没吃过猪肉难道还没见过猪跑啊，没结过婚还没见过夫妻吵架吗？林柯和他老婆三天一小吵五天一大吵，我都能写本书了。"

林杏子和江言情况不一样，他们俩不是吵得太频繁，是根本吵不起来，一是因为婚后没多久就异地了，电话少见面更少，二是因为江言事事都让着她，从未说过一句重话，她再没完没了就很像是无理取闹。如果他们能吵一架说不定还是好事，林杏子在气头上也许能把藏在心里的事说出来。


包厢里是圆桌子，陈城坐在林杏子的左手边，上菜都是从他那里上，江言跟林桑很熟，刻意寒暄反而显得生疏。

清蒸鱼是这家店的特色，尝着很鲜，咸淡也刚好。江言挑好鱼刺，正要夹给林杏子，然而有人先他一步把挑好刺的鱼肉放到了林杏子的碗里。

"江警官怎么不吃？"陈城还很客气地关照江言，"喝茶吗？我帮你倒。"

"谢谢，我自己来，"江言神色如常，"这鱼有点腥，是新鲜的，应该是没做好。"

林杏子听他这么说，就一口没动过那块陈城夹给她的鱼肉。

林桑最先吃的就是这道清蒸鱼，她没有尝到一点腥味，江言也是自己先尝了才从鱼肚子上夹了一块肉，林桑的眼神在这三个人的脸上转了一圈就知道是怎么回事了。

"江言，什么时候有空回海市，林柯还等着跟你喝酒。"

"等领导批了，我就能调回去。"

"那应该快了吧，"林桑笑道，"今年如果能一家人在一起过年就好了。"

林杏子心想，她和江言的婚姻关系能不能持续到过年都还不一定。

吃完饭后，几人闲聊着，江言出去接了个电话。

今天不是节假日，他们来得早，店里客人不多，总共就没几桌，林杏子正准备拿手机扫码，服务员就告诉她，已经结过账了。

"别看我，我没有，"林桑耸了耸肩，"你老公付的。"

江言接完电话，从窗户旁边走过来，看着林杏子的目光温和里透着一丝歉意："姜姜，我……"

"知道了，你去忙吧，"林杏子猜到他要说什么，"我跟姐姐回酒店待着。"

下着雨，没什么能去的地方，她也不是来旅游的。

林桑叫上陈城先出去，江言牵着林杏子走在后面，兜里的手机震动声又响了，他只能抱抱她，一句话都没说就往警局赶。

他连雨伞都没拿。

林杏子看着雨里的身影越来越远，心里有股莫名的酸涩感。

## 3

江言本来就背着一个处分，这次行动又没有提前向上级汇报，昨晚突袭的是本地最大的娱乐会所，背后不止一个老板，关系也复杂，涉毒不是小事，江言算是捅了个马蜂窝。

上面给的压力大，周队头疼得厉害，把队里几个人骂了个狗血淋头，桌子拍得震天响。

几个人从办公室出来，个个都垂头丧气。

"江队，你怎么能把所有的责任都扛下来？场子是大家一起端的，人是大家一起抓的，责任就该一起扛，总不能让我们都停职。"

江言不是第一年参加工作，深知很多事不像表面这么简单："别说了，这件事到此为止，听周队的。"

"算了，不提了。"同事转移话题，"哎？江队，他们都说嫂子特漂亮，跟明星一样，我昨晚没见着，晚上一起吃饭呗，我保证只说你的好，绝对不会破坏你的形象。"

提起林杏子，办公室里沉闷的气氛又重新活跃起来，见过她的那几个年轻警员跟江言关系都不错。

"就是啊江队，我们都没有喝过你和嫂子的喜酒。"

"她下午就回海市，以后有机会。"江言看了看时间，已经快三点半了。从这里去机场大概要一个半小时，打车能快一点，但今天天气不好，也不好说。

"我出去一趟，有事打电话。"

"好嘞。"

虽然江言知道可能赶不上，但还是去了机场。

林杏子在酒店休息了两个小时，也没有睡着，雨一直没停，五点不到天就像是黑了。

陈助理在服务台给行李办托运，林桑看时间差不多了，准备叫林杏子去安检，回头就瞧见她跟块望夫石似的。

"别看了，他这个点还没来应该是被什么事情拖住了。"

江言没说会来送机，他不确定能办到的时候不会做空口保证。

"舍不得就打个电话，跟他说一声。"

林杏子回过神，装作若无其事地哼哼两声。

陈助理办完托运，林杏子最后往入口看了一眼，周围人来人往，依然没有她想见见的人，虽然知道他有工作，但心里还是有那么一点失落。

过安检时她想起昨天自己坐飞机来的时候一门心思只想着跟江言谈离婚，她年轻不缺钱，何必守着一段丧偶式婚姻，见不着心烦，见着更烦，离了一了百了。

她和江言的婚姻，始于一场乌龙。

去年林柯和林桑他们班同学聚会，林杏子也刚好在那家餐厅，她喝多了，找林桑拿房卡，结果开了门里面的人是江言。

　　在那之前，他们八年没有见过了。

　　事后一个月，江言在医院撞见拿着孕检报告狼狈地蹲在地上干呕的林杏子，第二天就去了林家求亲。

　　没有任何父母会对把自己女儿肚子弄大了才上门的男人有好脸色，即使江言是李青曾经最喜欢的学生之一，即使他在市公安局缉毒大队工作，林旭东也很欣赏他，但和女儿扯上关系，对他再好的印象也变得怎么看怎么碍眼。

　　连续好多天，江言每天早上八点准时到林家，打不还手骂不还口，最后不让进门了他也始终都还是一句话："林局，李老师，我是真心喜欢姜姜，求你们把她嫁给我。"

　　那段时间林杏子被李青盯着，不能出门，江言每次去家里，她都在，表面对江言一遍又一遍的求婚无动于衷，在父母面前没有为他说过半句好话，但在江言被李青赶走之后，她却跟父母表态自己是愿意的，让父母不要为难他太久。

　　结果却是一场乌龙，她拿错了检查报告，对方跟她同名同姓，出生年月也一样。她没有怀孕，那几天总是反胃恶心只是因为肠胃不舒服。

　　林杏子因为假孕这件事丢尽了脸，全家人都以为是她对江言图谋不轨，装怀孕骗婚。

　　领完证没多久江言就被借调到现在这个城市工作，这半年几乎没见过几次。一个东西没有的时候也不觉得怎么样，可如果拥有之后发现不是自己期待的那样，落差感和失落感就会像野草一样疯长，让她吃不好也睡不好。所以林杏子觉得还不如离了算了，没有了就不会一直想着。

　　可一晚上她就心软了，人真是惯不得。

　　手机在她手里，震动第一下的时候她就感觉到了，看见屏幕上闪烁着的备注的那一刻，唇角露出的笑她自己都没发现。

但接通电话后她没有让自己表现出一分一毫的高兴，说话语气很平淡："你干什么呢，喘成这样？"

　　江言刚刚问过工作人员，她那趟飞机还没有起飞。

　　"没干什么，就是搬了点重的东西，"他抹了把脸，已经分不清是雨水还是汗水，"过安检了吗？"

　　紧赶慢赶还是晚了。

　　"嗯，"林杏子低头看着脚尖，"没晚点，再等几分钟就登机了。"

　　江言说："到了给我发消息。"

　　她傲娇地哼哼："……我很忙的，不一定能记得。"

　　虽然看不见，但江言能想象到电话那边的女孩子是怎样的神情，不自觉放缓了语调："那我看着时间给你发，你忙完看见了抽空回一下，我知道你平安到家就能放心了。"

　　广播几乎能传遍整个机场大厅，林杏子手指勾着一缕头发缠缠绕绕，过了好一会儿才分辨出到底是她这边的声音还是电话里传来的。

　　江言也愣住了，不禁有些失笑。

　　两人都没说话，广播播完之后，林杏子突然叫他："江言！"

　　他很快就回答："没挂，怎么了？"

　　"我……我……"有些话只是一瞬间的冲动，过了那一秒林杏子就说不出口了，可叫了他又不能什么都不说，"你帮我收衣服了吗？雨都下了一天，那套衣服我特别喜欢，穿着很舒服，不太好买了。"

　　她对一件东西的新鲜感很短暂，就算再喜欢的衣服穿几次放在衣柜里也就忘记了，首饰也一样。

　　半分钟后，江言站直身体，笑着说："出门吃饭之前就收了，到时候给你带回去。"

　　飞机准点起飞，林杏子在失重耳鸣的不适感里昏昏沉沉，想起江言的时候也不像来之前那样失落，反而多了一种眷恋，泡在雨水里，酸涩又甜蜜。

　　这个人可真心机。不说哪一天，她就要一直等着。

1

　　林杏子回到海市后，暂时打消了离婚的念头，把心思都投入到了工作上。

　　她的亲舅舅李尧虽然刚过四十岁，但人生经历已经可以出书了，事业起起落落，最难的那几年欠了一屁股债，经常连家都不敢回。如今虽然金钱、地位和人脉都有了，可还是一个人。

　　林杏子毕业回国后就跟在他身边，年轻人心性不定，这两年闯过不少祸。

　　李尧经常要参加一些颁奖典礼和晚宴之类的活动，以前都是带秘书，但林杏子进公司之后，他都会提前告诉她让她跟着去，一方面是带她历练，他这辈子大概率不会结婚了，无儿无女，公司以后肯定是要交给她的，另一方面是要磨磨她的性子，他不可能永远帮她处理那些烂摊子，她迟早都要独当一面。

　　正是夏天最热的时候，林杏子穿着高跟鞋在李尧身边站了一个多小时，腿都僵了，等那几位老总离开后她才终于能透透气。

　　"懂得说话留三分，有点长进。"李尧笑着夸赞。

　　"是舅舅教得好。"林杏子俏皮地眨了下眼，"是找王总约时间单独谈？还是等他们主动联系我们？"

　　"你觉得呢？"

　　"王总今晚的态度很明显是在吊我们胃口，我们如果找上门就等于给了他狮子大开口的机会，我的想法是先等等，然后找机会接触一下成华，做两手准备。"

"不错，真的进步了，"李尧很满意，"我们家的小公主真是长大了。"

有熟人过来，他拿起香槟杯跟对方碰杯："展董晚上好，有段时间没有见到您了。"

展天雄拍拍他的肩："年纪大了，总是想偷懒。"

林杏子也大大方方地打招呼。

"杏子，"展天雄笑了笑，目光落在林杏子身上，无论是利益角度，还是门户高低，林杏子都是他心里儿媳妇的最佳人选，"展焱最近有回国的打算，到时候你们年轻人多在一起交流交流。"

"好啊。"林杏子答应得乖巧。

展天雄说："你和展焱同学那么多年，有空去家里坐坐。"

林杏子就算心里再不喜欢，也不会当着长辈的面表现出来："我早就想去拜访，就怕打扰到您和伯母。"

展天雄笑道："你小时候还在我家住过呢，那时候展焱欺负你，你就哭着来找我告状，让我揍死他。"

林杏子早就不记得了，也不知道是真是假，展天雄讲得有模有样，连她那天穿什么衣服都能形容出来，周围好几个人听得哈哈大笑，说她和展焱是青梅竹马两小无猜。林杏子往李尧身后站，看着像是不好意思，被长辈调侃，露出了女儿家的娇羞，但其实是烦了。她讨厌展焱，无比讨厌，更讨厌别人把她和展焱绑在一起谈论。

在这样的场合，李尧说起场面话也是得心应手："小孩子不懂事，给展董添了不少麻烦。"

"那也是我们家展焱的福气，他小时候就像跟屁虫一样，恨不得搬去林家住。"展天雄叹气，"杏子和展焱以前关系多好，长大反而生疏了。"

李尧看懂了展天雄的心思，林杏子结婚的事就只有自己家里人知道，没办婚礼，也没摆酒席，外人不知情，但确确实实是结婚了。展天雄在林杏子面前几句离不开自己的儿子，李尧看林杏子已经有点不耐烦的迹象，便适时地转移话题，跟展天雄约着时间去打高尔夫。

男人们都带着女伴，说起来是秘书，但大家都在一个圈子里，到底是哪方面的秘书，一个眼神就明白了，只是默契地心照不宣而已。

展天雄身边也跟着一个。季秋池，江言的小青梅。

林杏子无可避免地多看了她几眼，她也挺厉害的，没能嫁给心上人，就当了心上人老婆的前男友父亲的情人。

江言是得赶紧回来，再晚点，说不定季秋池就成功上位豪门太太了，不过回来估计也没什么用，季秋池要的是他没有的东西，展家几辈子人建立的家业，哪是他能追上的。

林杏子喝着香槟，心里默默感叹季秋池真是个合格的情人，不多话，安安分分站在老头身边当个花瓶，一点都不在乎别人看她的眼神。

她是不是眼瞎？江言哪点不好？她非要糟蹋自己，也糟蹋江言的真心。

想到江言，林杏子心里就更不舒服了，连李尧都看出她和展天雄身边那位秘书之间有点什么。

"认识？"

"高中是一个学校的，也不算认识。"她只简单说成校友关系，"舅舅，我去休息一下，腿好酸。"

李尧拍拍她的手背："去吧，吃点东西。"

林杏子被季秋池硌硬得心堵，就算是山珍海味也吃不下了。回想起高一那一年，林杏子对季秋池其实没什么太大的印象，只记得她是江言的同桌，一个文文静静的好学生。

林杏子多喝了两杯酒，也不知道是在为误入歧途的好学生季秋池伤心，还是在为她自己伤心。

李尧顾不上她，大厅里汇聚了各色各样的人，推杯换盏谈笑风生。陈城穿过走廊，在角落的沙发上找到了林杏子。

她酒量不算好，平时出来应酬，李尧也从不允许她在饭桌上沾酒。

陈城弯腰，在她耳边低声说："林总，李总让我先送您回家。"

"走吧，帮我拿着包。"林杏子也累了，扶着沙发站起身。

车在停车场，林杏子喝了酒头晕脑涨的，陈助理提醒她，她才注意到脚下有双拖鞋。

陈城解释道："我有好几次注意到林总坐下的时候会揉小腿，高跟鞋穿久了应该很不舒服，就买了一双拖鞋放在车上。"

林杏子脱掉高跟鞋，感觉人又活过来了："你还挺细心，交女朋友了？"

陈助理腼腆地摸了摸耳朵："没有，我没有女朋友，而且我做得也不好，还是江先生更细心。"

车开出停车场，林杏子靠着车窗，眼里倒映着车窗外斑驳的光影，今天晚上第二次想起了江言。

她不说话，陈城就很识趣地保持安静。

海市江边的夜景堪称一绝，林杏子从小看到大，心里所想的人不在身边，再好的风景也没什么意思。

他在干什么，又在加班吗？哪有人天天加班？这么多天了也不知道给她打通电话报个平安，像根木头。

林杏子拿着手机纠结了好几分钟，最后还是打开了微信，熟练地退出常用的账号，重新登陆的新账号里只有一个好友，她先发了两个字过去试探。

发完之后，就是漫长的等待。

她既期盼又有些焦躁，盼着能得到回应，但如果江言真的回消息了她也会不高兴。

放在办公桌上的手机响了一下，江言已经看了一整天的监控视频，盯着电脑反复看，希望能找到一点有用的线索。

江言腾出手拿到面前，屏幕上弹出一条消息。

j：想你。

这个微信名叫 j 的人是他刚调到这个城市第一个月加他的,他没删过聊天记录,消息不多,上一条是在三个星期之前,她发了个表情包。

江言看着这两个字,脸上露出笑意。

木头:喝酒了?

林杏子紧紧捏着手机,木头是她给江言的备注。

真行啊江言,有时间回微信没时间给她打通电话。也就只过去两分钟,回这么快,看来也没她以为得那么忙。

江言短暂休息一会儿,但余光没有离开过手机,过了几分钟,才又有消息发过来,他立马就拿起来看。

j:喝酒了才敢想你。

木头:早点回家,外面不安全。

林杏子看着聊天界面,酒劲儿有些上头,她从未说过自己是谁,他也从不问,仿佛从一开始就知道她是谁。

j:他对我不好,他不爱我。

木头:等我回来。

"渣男!"林杏子突然气呼呼地骂了句,打字的动作一下比一下重,陈助理被吓得一激灵。

j:听说高中校门口那家甜品店还开着,她们家最好吃的芒果千层蛋糕不知道还有没有。

木头:知道了。

"渣男!"林杏子退出这个微信账号,扔了手机。

李青总说她野得忘了自己有个老公,她看江言才是忘了自己在海市还有个老婆。

陈城减慢车速,余光频频看向后视镜,林杏子侧首看着窗外,绝美的眉眼显得有些冷艳。

陈城小心翼翼地开口:"林总,您是在生江先生的气吗?江先生是警察,长相是现在很多女人喜欢的类型,很绅士,又在外地独居,平时会接触各种各样的人,主动送上门的肯定不少,但以江先生的人品,应该不会做对不起您的事。"

林杏子皮笑肉不笑地回了句:"谁知道呢。"

"林总年轻又漂亮,家世好,性格好,工作能力也很出色,是多少男人的梦中情人,江先生真是身在福中不知福,"陈城开玩笑一般,"如果我有像林总这样的老婆,恐怕做梦都会笑醒。"

林杏子虽然喝了酒,但不至于听不出好赖话。

李尧不止一次告诫过她,不要在酒后和深夜做决定,一觉睡醒可能就会觉得前一天晚上很介意的事其实没那么严重。

不,依然很严重。


## 2


林杏子酒醒后无比后悔,她知道自己喝多了八成会坏事,但下次该喝还是会喝。

幸好陈助理的嘴还算严实,不会在外面乱说话,否则林杏子早就辞退他了。

林桑前两天去了外地,林杏子虽然是本地人,高二之前都在海市读书,但出国那些年没和几个同学保持联系,学生时代关系很好的朋友现在也生疏了,林桑不在,她就只能自己去逛街。

陈城给她开车,顺便拎包。

李青打电话让林杏子回家吃晚饭的时候,林杏子正在商场里。

江言的母亲马上要过生日,她这个当儿媳妇的平时没能多关心,生日总得送点什么表表心意。

婆媳关系自古以来都是难题。

江母一生清寒,丈夫走得早,没过几年大儿子江沂又意外身亡,江言就是她的命,她其实还年轻,但也没有再嫁。

林家富裕,林旭东任市公安局局长,李青在海市最好的高中当老师,李尧是娱乐公司大老板,林杏子又是独生女,江言娶了这位千金大小姐,周围邻居就总会说他是给林家做上门女婿之类的闲话。

江母自尊心强，所以礼物不能太贵，否则会让她觉得林杏子是在用钱羞辱她，当然也不能太廉价，显得没有诚意，实在难选。

给江母的礼物没挑好，从男装区经过的时候，林杏子倒是看到一套衣服很适合江言，他身材好，穿什么都好看，但他的衣柜里没有一件衣服是她买的。然而正当她准备刷卡时，她才意识到自己不知道他穿什么尺码。

算了。

林杏子让店员把衣服重新挂回去，继续给婆婆挑礼物。从一楼逛到了四楼，都没能拿定主意，直到李青打电话催，她才惊觉已经逛了快两个小时，考虑许久之后才回到最先去过的柜台，让店员帮她把第一眼看中的那只镯子包起来。

她开车出过事，林旭东就让她平时如果没有要命的急事就不要自己开，陈城是李尧给她选的司机，算是同龄人，几个助理当中她也最常带陈城出去。

"爸，妈，我回来了。"

"吃个饭都要人一直催，还以为我和你爸要沐浴焚香你才肯赏脸呢。"李青嫌弃地推开嬉皮笑脸的林杏子，让她去洗手，看见提着大包小包的陈助理还在门口，就叫他进屋，"小陈如果没事，留下来一起吃饭吧。"

陈城受宠若惊："会不会太打扰了？"

李青说："打扰什么，都是自己人，林杏子下班时间还使唤你，别的没见长进，她舅舅资本家那一套倒是学得精。"

陈城连忙替林杏子解释："我的工作就是给林总开车，她什么时候需要，什么时候就是我的上班时间，全天二十四小时都可以。"

李青听得直摇头。

"行了别客气了，家里又没有客人，你尝尝我妈的手艺，吃完正好送我回去。"林杏子想着陈城陪她逛了两个小时心里有点过意不去。

有外人在，李青也能少数落她几句。虽然她知道都是为她好，但听多了难免会发牢骚，李青也是个暴脾气。

陈城听林杏子这么说就没再推辞，闻着从厨房里飘出来的饭菜香，把李青夸得眉开眼笑。

林杏子帮着端菜，门铃响了，陈城刚好在客厅，他去开门，看到门外的人后就愣住了，对方也有些意外。

两人面面相觑，江言再次确认楼层，以为敲错了门。

"江先生？"陈城后知后觉地反应过来，连忙侧身把路让开。

"哪个江先生？妈，你还请客人了？"林杏子偷尝了一只虾仁，被李青嫌弃地拍了下手背。

"哪个江先生？还能是哪个江先生，自己老公回来了都不知道，"李青对女儿的渣样一清二楚，"果然是骗婚的。"

林杏子："……"

江言？他回来了？

身体反应先于大脑，等她想到江言回海市竟然没有告诉她的时候人已经走到了客厅，江言换好鞋，朝她看过去，她把头发绾起来了，露出漂亮的小脸，没什么情绪，但显然是生气了。

林杏子捏着筷子的手隐隐收紧，在手心掐出了指甲印。

她现在一定很像个怨妇，在外潇洒的丈夫回来了，眼巴巴地从厨房跑出来迎接，就差双手接住他换下来的衣服嘘寒问暖了。

"哪有这样说自己女儿的，"林旭东笑着起身，"江言，快进来，路上还顺利吗？"

"爸，妈，"江言跟着往餐厅走，到林杏子身边的时候想牵她的手，被她躲开了，她连后脑勺都在生气，"长安路发生了交通事故，堵了二十分钟，所以晚了点。"

林旭东笑道："不晚，你妈也刚把饭做好。"

李青眼尖，看见江言提着蛋糕："天气这么热，怎么还带东西？"

江言说："顺便买的小甜品，不占地方。"

"这是我们学校老校区附近的那家店吧。"从机场到海市一中足足跨越了半个城市，"你坐长途飞机回来，还绕那么远去买蛋糕，林杏子真是懒人有懒福，先放冰箱，饭后再吃。"

林杏子压根没注意他们在说什么，满脑子都在控诉江言是个表里不一的渣男。

在床上她是他最爱的老婆，下了床竟然连回海市都不提前跟她说。

李青忙活了一下午："吃饭吃饭，都别站着了。"她一改嫌弃唠叨的模样，像是看见了亲儿子，心疼江言瘦了，问他是不是工作太辛苦，平时营养够不够，睡得怎么样，林杏子则是不受待见的儿媳妇，被晾在旁边，虾仁卡在喉咙里咽也不是吐也不是。

江言耐心地回答李青的话，趁林杏子走神的时候牵着她坐到他身边。

林旭东问道："案子进展怎么样？"

"饭桌上不要谈工作。"李青最烦他张口闭口都是案子。

"好好好，不谈工作。"林旭东摘下眼镜，"江言，多吃点，这锅猪蹄汤你妈炖了大半天。"

"妈，辛苦了。"江言双手接住那碗汤，放到了林杏子面前，"你先吃，不要的夹给我。"

林杏子想把碗推到他那边，但太烫了。

汤里放了用来去腥的姜丝，江言一边跟林旭东说话，一边帮她把姜丝捞出来。

陈城一个外人，在饭桌上有些尴尬，江言可以开车，他坚持到吃完饭，找了个借口提前离开了。

把餐厅收拾干净后，一家人坐在客厅喝茶。林杏子去阳台接电话，公司一个艺人在剧组受了伤，现在人已经被送到医院，要做手术，这个艺人手里的代言合约都不少，但这半年来意外不断。

林杏子让人去医院应付媒体记者，等手术结束了再给她打电话，她给艺人经纪人回消息，阳台门开了又关上，她知道是谁出来了，但没理。

"姜姜，"江言等她忙完正事才从后面抱住她，下巴搁在她颈窝，轻轻地蹭了蹭，"你一晚上没跟我说话。"甚至连个笑脸都没有。

林杏子继续高冷，挣扎了一下没能推开他："妈都说了，我是个野人，野得忘了自己还有个老公。"

江言把人转过来面对着他，左手撑在栏杆上："所以你就让助理陪你逛街？"

陈城虽然只是个助理，但却做足了"男朋友"应该做的事，陪她吃饭，陪她逛街，帮她拎包拿衣服，早上接她上班，给她买早餐，晚上送醉酒的她回家。

林杏子隐隐觉得自己从江言身上闻到了醋味，但下一秒就自我推翻了这种可笑的想法。

这婚是她"骗"来的，江言是个"受害者"，大概巴不得她另结新欢好还他自由，怎么可能会吃她的醋，想太多最后丢脸的反而是她自己。

"难道你能陪？我找得着你吗？"

夜色中点缀着万家灯火，男人的目光柔柔地落在她脸上："工作调回来了，以后都能陪。"

江言看着林杏子的时候，和看别人的眼神总是有些不太一样的。

他工作调回来就意味着异地分居的日子结束了，林杏子不想把心里的欢喜表现出来让他看到，但说话语气明显缓和了很多："真的？"

"真的。"

"那你怎么没带行李？"

"行李箱放在楼下保安室了，一会儿带回家。"

李青切好蛋糕，在屋里叫他们："林杏子，是你喜欢的草莓千层。"

"来了。"

林杏子感动母亲终于想起她才是亲女儿，今天还特意绕到老校区买了她喜欢的蛋糕。

李青白了她一眼，说蛋糕是江言买的，林杏子听完整个人都僵住了。

江言关好阳台门，转身对上她吃惊的目光，他知道她脑袋里在想什么，眼底笑意藏不住，走过去自然地擦掉她嘴角的奶油。

林杏子对芒果过敏，哪怕只吃一口都会浑身起红疹子，江言在高三那年就领教过了。

一中是海市最好的高中，那个时候高三年级的学生周末还要补课，只有每周日下午可以休息半天。

三天一小考，五天一大考，学业压力大，男生们最普遍消遣放松的方式当然是打篮球。

林柯摔伤的那条胳膊开学后两个多月就恢复了，他和江言打了三年球，配合默契，一个眼神或者一个手势就能懂对方的意思。

几个球场几乎都是满的，看球的人比打球的人多，青春期荷尔蒙蠢蠢欲动，进球后的欢呼声和掌声让傍晚的操场变得炙热。

林杏子腿伤还没有完全好，她坐得远，晚风吹过仿佛带来了少年身上干净的气息——椰子味洗衣粉的味道。

林柯把球传给江言，江言接住后一跃而起把球精准投入篮筐，球场响起一阵热烈的欢呼声。他弯腰喘气，拉起衣领擦了擦汗，林柯高喊了一声"漂亮"，几步跑近和他击掌，手指不经意撩起他的校服，露出了清瘦但有力的腰线。

高三（一）班的江言是出了名的好学生，更是出了名的难接近，他总是独来独往，教室宿舍两点一线，名字常年挂在红榜上，贴在公告栏里的证件照不知道被偷过多少次。时间久了，大家也都知道校草不谈朋友。

"哇哦！"周围有不乏大胆的女生起哄。

林柯听到后故意抓住江言身上那件蓝白校服T恤下摆想掀得更高，下一秒就被摁在地上一顿揍。

球场上笑声肆意，热浪扑面而来，烫得林杏子耳根发热，她摸了摸脸颊，想着肯定是因为出门的时候穿太多了。可她也就只穿了一套秋季的校服。

一中对学生穿着要求没那么严格，相对其他的学校来说自由很多，女孩子们肯定更愿意穿自己漂亮的衣服。林杏子也正是爱美的年纪，但不知道什么时候开始，她每天来学校之前都会乖乖地换上这套蓝白校服。周一早晨有升旗仪式，全校所有学生都聚集在操场，她混在里面，次次都会因为和江言穿着一样的衣服感到欢喜。

欢呼声还在继续，一张纸巾递到面前，林杏子茫然地看向林桑。

"干吗？"

林桑说："擦擦你的口水。"

"哦哦！"林杏子真的接过纸巾擦嘴，擦完还偷偷躲在人群后面照镜子。

林桑："……"

这孩子真的没救了。

打完一场，林柯他们几个人把球场让给其他同学，勾肩搭背地往外走。

有人叫他："走啊，出去买水喝。"

"我不用，我妹给我准备了，"林柯勾着江言的肩，真情实感地抹了把眼泪，"我妹放假了还专门来学校给我送水，这兄妹情太感人了。"

林桑无奈地叹气，这个傻瓜弟弟把心思放在学习上之后脑袋更不好用了。

父母大概是把智商全遗传给了林桑，林柯白长了个脑子。

林杏子疯狂点头："是的是的。"

她旁边放了两瓶水，林柯扔给江言一瓶："妹妹，再给哥哥擦擦汗。"

林杏子随意抓了张纸巾在林柯脸上抹了抹，江言站在林柯后面，林杏子还坐在地上，听见江言低声说了句谢谢，从她的视角刚好可以看到他仰头喝水时一滴汗顺着下巴从喉结滚过。

林柯问晚上吃什么，一会儿这个一会儿那个，无比聒噪。

"你喝了我的。"林杏子突然冷不丁地开口。

江言愣住，低眸对上少女的目光，阳光穿过梧桐树泛黄的枝叶，斑驳的树影落在她的脸上。

刚才林柯拿起一瓶汽水随手扔给他，他没有注意到不是满瓶。那是她喝过的。

年少时总会因为一句话或者一个眼神就心跳加速方寸大乱。

燥热的下午，夏日的风和蝉鸣、橙花的香味、落在后颈的吻以及当晚那个难以启齿的梦，所有被他强行遗忘的细节都在这一刻破笼而出，他甚至还记得少女柔软发丝拂在手臂上带起的痒意。

身体里一阵躁动的气血往上涌，尚未平缓的呼吸更重了些，少女还仰着头一眨不眨地看着他。

江言强行错开视线："我再去买，你等一会儿。"

林杏子在他面前从来不会客气："我要吃冰沙！"

"……好。"

刚从球场出来的那拨人都在冷饮店里，江言等了几分钟，等他们离开后才走进去。

他忘了问林杏子想吃什么口味的，老板推荐芒果，说这个口味的冰沙卖得最好。

从校门口到操场那段百步梯他都是用跑的，把冰沙递到林杏子手里的时候最上面一层冰都还没融化。

林杏子吃到一半感觉到不对劲，身上很痒。

"江言，这什么口味的？"

他还在擦汗："芒果。"

林杏子小时候第一次吃芒果就过敏了，那之后李青和林旭东再没让她碰过任何含有芒果的东西，她早就忘记芒果是什么味道了，吃冰沙时脑子里也没有在意是什么口味，就想着这是江言买给她的，只觉得很甜。

"江言……"她低声叹气，然而眼角眉梢却满满都是笑意。

江言不明所以，等着她说话。

林杏子挽起袖口，把胳膊伸到他面前："你完蛋了。"

江言这才看见她白皙的皮肤上起了一颗一颗的红疹子。

林杏子又一次因为过敏进了医院。好在她吃得少，发现过敏后很快就到了医院，不是特别严重，医生让她住院再观察一晚，她不敢让李青知道，威逼利诱求着林桑打电话跟李青说林杏子晚上去她们家住。

展焱不知道从谁那里听说林杏子过敏了，急急忙忙地跑来医院，林柯和林桑都被赶走，就他死皮赖脸要留下来陪夜。

"杏子，你腿伤还没完全好，干什么都不方便，晚上没人不行，我留下来陪你吧。"他家里有事，开学两天就请假了，下周才会返校。

他其实不用读书，也不需要高考。展家早就为他的人生做好了规划，对他们这种家庭来说，人生是有捷径的。

林杏子嫌他碍事，要陪也是害她过敏的"罪魁祸首"陪，有他展焱什么事："这里就一张床，你睡厕所？"

展焱拍拍病床："我在床边趴着将就一晚上就行。"

林杏子两眼一闭："男女授受不亲，不合适，不可以，不行！"

展焱故意吓唬她："说不定这间病房之前住的人已经不在了，你一个人不害怕吗？"

"展焱你是不是有毛病！我都这样了你还吓我！"

"我错了我错了，我再也不说了，杏子你饿不饿？想不想吃东西？我让司机去给你买饭。怎么样，还是有我陪着你好吧，别人可没有你这样的待遇。"

"谁要你陪，你赶紧滚！"

"别这么记仇嘛，上次那件事是我不对。"

病房里还在吵吵闹闹，江言收回视线，轻轻带上房门。

走廊里，他的影子被拉得很长，晚上风冷，汗湿的校服贴着脊背，凉得透心。

展焱一个电话就给她换了最好的病房，最好的医生今天本来不上班，也匆匆忙忙地赶过来给她检查，而他能做的压根不值一提。

　　不知道过了多久，肩膀被人拍了一下，江言才回过神。

　　护士对他说："这位同学，刚才送那个过敏的小姑娘来医院的人是你吧？她正在找你呢。"

　　江言连忙跑回病房，展焱已经被林杏子赶走了，林杏子在输液，身上的疹子还没消，她皮肤白，看起来可怜兮兮的。

　　"你是不是想丢下我回学校？"

　　"我过敏，是因为你给我吃了芒果冰沙，你如果不给我吃芒果，我就不会过敏，我这样都是你害的，你得负责。"

　　天都黑了还没见到他人影，林杏子越等越焦躁，就请护士帮忙去找他。

　　她说着说着就哭了："江言，你要是走了，我就报警。"

　　空气里满是消毒水的味道，少女露在外面的胳膊上一片红疹子，江言抿唇，垂在校服裤缝的手握紧了。

　　许久，他才低声开口："不走。"

　　林杏子泪眼汪汪地看着他："你刚才去哪里了？"

　　"去办住院手续。"

　　"你坐这里，"她指着病床旁边的椅子，"不要道歉，我没有因为过敏生你的气，但是你如果丢下我走了，我肯定会生气的。"

　　江言还是那两个字："不走。"

　　林杏子碰了碰他的手指："你怎么不高兴啊，你在生我的气吗？"

　　江言没办法告诉她，他是在生自己的气。他气自己为什么不早点了解清楚她忌口哪些食物，气自己为什么偏偏买了芒果口味的冰沙，气自己背她来医院的时候为什么不能走得再快一点，让她难受了那么长时间，还有……气自己竟然会对展焱心生嫉妒。

　　"没有，我怎么会生你的气，我只是很内疚。"

　　林杏子说："那你以后不要再给我吃芒果做的东西了。"

他点头："嗯，我一定记得。"

林杏子故作淡定："这蛋糕……是你买的？"

江言点头："顺路，就带了一个。"

那天，李尧带林杏子参加酒会，林杏子看见季秋池之后，两杯酒下肚脑子就不太清醒了，早上酒醒想起自己在微信上给江言发了些什么，肠子都悔青了。

喜欢芒果的人是季秋池，她故意试探，江言却带了一个草莓千层蛋糕回来。应该是……巧合吧。

虽然他的侦察和反侦察能力都很拔尖，但他对女人之间的小心思不怎么灵光，迟钝得像块木头。

林杏子下意识地回避男人的目光，她心存侥幸，觉得巧合的可能性更大，他如果知道了那是她小号，怎么都不会跟她玩这种猫捉老鼠的游戏的。

林旭东不爱吃甜品，江言陪着他喝茶，他工作刚调回来，下周一去市公安局缉毒大队报道之前还有一些手续要办。

"味道和以前一样吗？"

"太久没吃都忘了，"林杏子本来就担心还在医院做手术的艺人，吃剩了的半块蛋糕现在只觉得十分烫手，她有些心不在焉的，"这草莓好酸。"

江言靠近她："我尝尝。"

林杏子拿自己用过的勺子挖了一块草莓喂给他，他尝了尝，说是有点酸。

小两口既是新婚又是小别，李青把两人的亲昵看在眼里，当父母自然是高兴的，就没多留，待了半个小时就让他们回去了。

林杏子没买房，一直住李尧空着的房子，离公司不远，她上班方便。

车上她一直没说话，进屋后就直接去洗澡。

她一个人住惯了，没有锁门的习惯，江言把行李箱放好后也进了浴室。

林杏子连眼睛都懒得睁开，可是听到男人解皮带的声响后，藏在泡沫里的脚趾都隐隐蜷起来了。

"我还没洗完。"

她呛了口水，眼角红红的。

江言手掌轻抚着她的后背，低声哄道："别生气，没有提前告诉你是想给你个惊喜。"他叹了声气，"本来以为开门的人会是你，我从下车到进电梯都是跑着的。"

林杏子冷着脸哼哼："骗人，花言巧语假惺惺。"

想她为什么不回来看她？忙归忙，但总能有一两个周末是可以休息的，回来一趟也不是很麻烦。想她为什么不打电话？一通电话而已，用不了多少时间。想她为什么还能留着季秋池的东西？那半块平安符就摆在他房间的桌子上，她去了连藏都不藏，应付她的表面工作都懒得做。

江言笑着说："真的假不了，假的真不了。"

林杏子刚才是要张嘴说话的，被吻得只剩含糊不清的呜咽声，她抬手推他，他就往后退开一些，目光灼灼地凝视着她，两人视线粘黏胶着，她却又说不出话了。

他再次亲下来。

林杏子突然冷不丁地来了一句："江言，我生理期。"

一秒，两秒，三秒……

江言僵住，脸上的表情一时难以形容。

"故意的？"

林杏子眨着湿漉漉的眼睛，像是很无辜："我要说的啊，可你一直亲一直亲，我怎么说？"

浴缸里的水有些凉了，江言把她抱起来，扯了条浴巾裹住。

"生理期还喝冰水，还吃冷藏过的蛋糕？"

林杏子"哼"了声，身体舒不舒服她自己知道，在商场逛了两个小时，回来就想泡个澡放松一下。

被抱回卧室放到床上，她突然抬头："水是你倒的，蛋糕是你买的，也是你让我吃的。"

江言反问："我让你吃什么，你都吃？"

林杏子脸一红："不要脸！"

李尧这套房子是在林杏子回国之前买的，主卧朝阳面积最大，厚重的窗帘遮住刺眼的阳光，屋内光线很柔和。

林杏子起床气大到人畜不分的地步，江言作息规律，早上七点就准时醒了，怕吵醒她一直躺着没动。

等到八点多的时候，林杏子翻了个身，有要醒的迹象，他才穿上衣服起床。

林杏子抱着枕头翻来覆去，又在床上坐了一会儿，才揉着眼睛去浴室，推开门后就愣住了。

男人站在马桶边，她就那样不躲不避地看着，忘了移开视线，眼神里透着清晨初醒的懵懂和茫然，尴尬来得后知后觉。

婚后住在一起的日子屈指可数，而且江言调去外地之前，他们也没有睡在一个房间。

江言倒是神情自然，余光瞟了眼她踩在深色防滑垫上的脚，白润脚趾嫩生生的："虽然现在天气还很热，但早上凉，生理期更要注意，去把鞋穿上。"

林杏子的脑袋还处于待机状态，手扶着门，没吭声也没动，慢慢才反应过来。

哦，江言回海市了，昨晚他们睡在一张床上，还做了点什么。

她身上那件真丝睡裙手感极好，细细的吊带滑到肩膀下面，江言走过去，手指勾着吊带往上拉，又顺手捏了下她的脸。

"还没醒？"

林杏子意识回笼，视线慢腾腾地挪到男人那只好看的手上："你是不是……没洗手？"

江言："……"

"洗了，"他把拖鞋拿到林杏子脚边，扶着她穿好，"去刷牙，水给你接好了。"

林杏子站在镜子前洗漱，不自觉地笑出声。

离婚的事先往后放放，她好像还可以再坚持一下。

林杏子不会做饭，习惯性地想点外卖，江言挂好警服从卧室出来就看见她盘着腿坐在沙发上看手机，走近了才知道她是在点外卖。

"急着出门吗？不着急就等半个小时，我给你做。"

"急……"林杏子想了想，到嘴边的话转了个弯，"倒是不怎么急。"

她早就吃腻了附近的外卖。

江言今天也没有别的安排："那就等一会儿，喝咖啡还是喝牛奶？"

"咖啡。"

林杏子虽然不下厨，但家里厨具都齐全，李青偶尔看不过去了也会过来给她做顿饭，粮油米面调料这些也都有。

看一个人顺眼的时候，哪儿哪儿都顺眼，冰箱里只有水果酒饮，江言用牛奶简单煮了锅粥，林杏子都觉得比外卖好吃多了。

她一个人住，如果不叫家政来家里打扫，到处都是乱糟糟的。昨晚她把逛街买的东西带回来后也是随手一放，只是洗个澡的时间，他就把桌子收拾得整整齐齐。

还有那套警服，她衣柜里所有的衣服都是按照季节颜色品牌依次挂好的，他把警服和几套衣服挂进去，跟她的衣服完全不是一个风格，却也丝毫不显违和，似乎这才是生活应该有的样子。

林杏子又想起昨天在商场看到的那套衣服，结账前才意识到自己不知道江言穿什么尺码就没买，换衣服时就趁江言不注意去翻衣柜。

江言突然开门进来："找什么？"

林杏子连忙把他的衬衫塞进衣柜:"有条裙子不知道放在哪里了,找了两遍都没找到,本来今天想穿的。"

"什么样的?"

"就是一条黑色的短裙,吊牌还没拆。"

江言走过去,衣柜里还很整齐,不像被她翻过两遍的样子:"先穿别的,晚上我帮你找。"

"好吧,"林杏子随便拿了一套换上,回头看见江言手里拿着车钥匙,"你要送我啊?"

"难得有机会,我当然要表现一下。"

"我有司机。"

"知道你有,"他挑眉,"我不会比陈助理开得差。"

林杏子欣然接受。


## 3


陈城半个小时前就在停车场等着了,江言和林杏子牵手下楼,她坐副驾驶座,陈城只好坐后座。

等红灯的时间,江言跟他聊了几句:"陈助理这么年轻,刚毕业?"

"是的,我学校不是特别好,"他看着林杏子漂亮的侧脸,"很感谢林总给我这份工作。"

江言也没多问:"平时就麻烦你了。"

林杏子回消息的动作停顿了几秒,不知道陈城有没有听出什么,她反正是从江言口中听出了一种家属感。她不仅没有觉得反感,心情反而还挺好。

然而这种顺心顺意并没有持续多久。

林杏子去公司之前要先到医院看看昨晚刚做完手术的女艺人,附近一直有狗仔蹲守,江言开车送她,不方便上楼,就在楼下等。

于是，他面对面遇上了从门诊楼出来的季秋池。

季秋池错愕僵硬地看着大步朝她这边走过来的江言，第一反应是想逃避，然而门诊楼前视野开阔，人来人往，她根本无处可躲。

比起脸上藏不住的伤，更难堪的是那些散落在自己脚边的检查报告。

她一慌就手忙脚乱，江言俯身帮着将那些检查报告捡起来，某一页的检查结果处清晰地写着：*阴道撕裂*。

这四个字猝不及防进入视线，江言脸上的表情也变得僵硬。

两人虽然都在海市读大学，但毕业之后就没再见过，季秋池和所有朋友断了联系，连家里都只是定时汇钱回去。

她背限量包，开豪车，衣服、鞋子、化妆品这些也全都是一线奢侈品，从她身边经过的女生会投来艳羡的目光，羡慕她光鲜亮丽，羡慕她年纪轻轻就拥有了别人梦寐以求的东西，有的时候她都会产生一种错觉，以为自己过得很好，忘了华丽外衣之下的肉体早就已经烂透了。

可现在所有的一切，全都是她自己选的。

在最不想被熟人认出来的时候遇到了江言，就好比自己脱光了站在广场上，难堪和无地自容的羞耻感压得她抬不起头，不敢和他多对视一秒，甚至想落荒而逃。

季秋池抢过检查单，胡乱塞进包里："你工作调回海市了吗？有机会一起吃饭……算了，我们还是不见更好。"她戴上墨镜，遮住眼角的乌青，"你忙，我先走了。"

"等等，"江言拦住她，"你脸上的伤是怎么回事？"

季秋池下意识抬手捂住还肿着的半张脸，低着头挤出一点牵强的笑意："没怎么，就是昨天洗澡的时候不小心摔了一跤。"

江言沉默不语，但目光里复杂的情绪让季秋池短暂地丧失了语言能力，他是警校出身，怎么可能分辨不出她脸上的乌青是摔伤还是拙劣的谎言，没有戳穿她，是在维护她那点薄弱的自尊心。

"现在住在哪里？"

"江言，不要问了，我的事你别管。"

女演员从马背上摔下来，不仅正在拍的剧要停，之前谈好的综艺节目和代言活动也都不能参加了。她是刚火起来的艺人，这个时候如果没有站得住脚的作品和曝光率，再红也只是昙花一现，而且因为这次意外她至少要休息半年，后续所有的安排都受到影响，导致了一堆麻烦事，林杏子也很头疼。

"下午三点前联系节目组负责人协调，虽然她昨晚受伤进医院就被拍到，大家都知道了，但还是要跟负责人说明情况，商量一下能不能换人。还有，把有档期的艺人名单给我一份……"

林杏子正在打电话，走出大楼后突然停下脚步。

陈助理顺着林杏子的视线看过去。

距离不算太远，但车多人杂，听不清站在花坛旁边的那对男女在说什么，只看见季秋池要走，江言拦着。

清洁阿姨推着清扫车经过，医院里那股消毒水的味道更浓了。

林杏子平静地移开视线，跟电话那边的人交代完工作后，随口问了陈城一句："你还记得你的初恋吗？"

陈城愣了几秒，说："初恋是忘不了的，过去多久都不会忘，毕竟那是第一次感知到爱情，第一次对一个人心动。"

"大学？高中？"

"高中，我同桌，"他摸了摸耳朵，笑得腼腆，有点不好意思，"她学习特别好，每次考试都是我们学校前几名，那个时候很单纯，不用考虑家庭、金钱、房子，喜欢就是纯粹的喜欢，虽然大学也谈过恋爱，分手后也是真的难过，但和初恋还是不一样。"

林杏子点了点头："嗯，是不一样。"

就是所谓的白月光，确实挺难忘的。

"过去这么多年，其间也没有联系，但我偶尔还是会想起她，想起我们以前上学的事，尤其是在生活不如意的时候，更怀念以前。"

林杏子往停车场走，陈城连忙跟上去，犹豫地问道："不和江先生一起吗？"

她没说话，显得有些冷漠。

陈城识趣地闭嘴保持安静，他有一次听到李尧说她没有威慑力，年纪小，又很爱玩，压不住人，那之后她在公司就少参加同事之间的聚会，谈工作也很严肃，但他知道她笑起来特别漂亮，脸上有梨涡，鼻尖那颗美人痣也十分灵动。

她不说话，脸上也没什么表情的时候，就很有距离感。就像现在。

到公司后，林杏子一直待在会议室，连午饭都是助理去食堂打包的盒饭。

李尧看着她长大，把她当自己的女儿，对她的脾气一清二楚，她今天显然是心情不好，气焰大，说话不留一点情面，连他都呛。

"听你妈说，江言回海市了。"

林杏子闷声回答："……嗯，昨天回来的。"

才回来一天就给她来了那么一出，看他多会气人。

李尧看看时间："都这么晚了，剩下的事我来处理，那边的负责人你不认识，也帮不上忙，就早点回去吧。"

"我觉得赚钱更有意思，"林杏子一本正经，"赚钱能让我快乐。"

李尧哭笑不得："你再待下去，我都怕你要从他们几个人里面拎一个出来杀了祭天，怪吓人的。"

林杏子不想回家。

"和江言吵架了？"会议室里没有外人，李尧就和她聊聊家常，"跟舅舅说，他敢对你不好，舅舅去找他。"

林杏子听着心里发酸。

和江言领证的第二天，她就哭着去找李尧。

她早上发现身上出血了，急急忙忙去医院才知道是来了大姨妈，路上又把车撞坏了，李尧一开门，她的眼泪就从眼眶里掉出来，李尧被吓得不轻，以为出了什么大事，问了好长时间她才说话。

"舅舅，我没有怀孕，江言如果知道了一定会觉得我是个坏女人，他其实不喜欢我，跟我结婚只是出于责任。"

李尧也愣住了。

当时江言上门求婚，全家人都站在林杏子这边，指责江言不对，未婚先孕说出去不好听，再怎么样都要先见双方父母，林杏子没脑子，他更不应该胡闹，林柯甚至还差点动手，李尧对他也很不满，他没有辩解一句，把错全都往自己身上揽。

李尧问："不是去医院检查过吗？怎么又没怀？"

林杏子觉得实在太丢脸了，说不出口，半天才憋出一句："搞错了。"

"没怀也好，你还这么年轻，我都想象不出你当妈妈是什么样。"李尧安慰她，"好了好了，别担心，这件事我来跟江言说，他不是那种人。"

这段时间江言对她如何，家里人都看在眼里。如果江言人品不过关，或者对她的感情不纯粹，林旭东也不可能把唯一的女儿嫁给他。因为他工作的特殊性，不能办婚礼，连酒席都没有，就只是领了证，对林杏子来说多多少少都有些委屈，哪个女孩子不想要一场浪漫的婚礼？

林杏子抹抹眼泪，无措地看着李尧："那……怎么说呀？"

李尧笑道："实话实说，你自己都还像个孩子，不怪你，更何况，你也不是故意骗他的。"

江言送江母回老家，刚到家里就接到李尧的电话，李尧没在电话里细说，让他先回来，他匆匆往回赶，下车就去李尧家里接林杏子。

她眼睛又红又肿，一看就是哭过。

李尧在场，江言就忍着没有抱她，只是坐到她身边握住她的手。

桌上还有一杯冒着热气的红糖水，其实这个时候喝姜茶更好，但她不喜欢生姜的味道。

李尧坐在对面沙发上，他每说一句话，林杏子的脑袋就往下垂一点，最后恨不得找个洞钻进去。

江言听完，把她企图往回缩的那只手攥得更紧。

"舅舅，我是真心喜欢姜姜，无论她怀孕还是没怀孕，都不会影响我对她的感情。"

"那么，这件事就过去了，你们俩都还年轻，难免会吵架拌嘴，要互相体谅，互相理解。"李尧对江言还是放心的，"姜姜，跟江言回家吧。"

他又把车钥匙拿给江言："她的车开去修了，这几天先用我的，对了江言，最近别让她自己开车，你辛苦点，我尽快给她找个脾气好的司机。"

江言应道："嗯，有事我送她。"

林杏子跟着出门，到楼下了他也一直牵着她的手没有松开。

天气冷，她身体不舒服，脸上血色很淡。

上车后，江言把外套脱下来盖在她腿上，顺势靠过去抱她。

林杏子闷声闷气地问："你生气吗？"

"气什么？气你没怀上？姜姜，我们的未来还很长，要孩子这件事可以慢慢计划，"江言说，"赶回来的路上，我满脑子都只想着你平安就好，其他的都不重要。"

林杏子觉得丢脸，林旭东和李青那里也都是江言去解释的。

在这之后，怀孕这两个字就成了林杏子的雷区，谁提都会翻脸。上一个遭殃的倒霉蛋是林柯，只是无意间提了一句，还没说什么就被她冷着脸赶出家门，连家里无线网的密码都改成了"林柯和蟑螂禁止入内"这句话的拼音首字母。

脑海闪过江言和季秋池在医院拉拉扯扯的画面，林杏子心里越发难受，只要她开口，李尧一定会替她教训江言。

舅舅头上都有白头发了。她总在让人操心。

"没有吵架，就是有些事还没想清楚。舅舅你也知道的，江言年前就被调走了，我跟他这大半年也没见过几次，突然住在一起，有点别扭。"

"生疏了？"李尧还没见到江言，昨晚他有应酬，没去林家吃饭，

"我早就跟姐夫提过，年轻夫妻长时间分居很影响感情，你和江言刚结婚就分开，不像回事，但他顾忌别人的看法，一直没有把江言调回来。这样，舅舅给你放假，你和江言出去找个地方玩几天，巴厘岛啊，马尔代夫啊，年轻人都喜欢去。"

"他哪有时间？"林杏子想都不用想，连蜜月都没有，还旅游呢。

她转移话题："舅舅你怎么张口闭口都是'年轻人'，你也不老，现在不流行小鲜肉了，你这款很吃香的。我妈上次给你介绍的那个钢琴老师挺好的，又漂亮又有涵养，和你也有共同话题，不考虑一下？"

李尧故作严肃："没大没小，都敢开我的玩笑了。"

"我是希望有个人能陪陪舅舅，你一个人多孤单啊。"

"行了行了，跟你妈一样啰嗦，快回去，让我清静一会儿。"

林杏子被赶出会议室，她回到办公室，桌上的手机显示着好几通未接电话，这是她的私人号码。

有两个未接电话是江言打来的。

4

她不回电话，也不想回家。

林桑出差了不在海市，其他都是酒肉朋友。

刚好陈助理和几个同事有说有笑地下楼，去过其中一个男同事婚前的单身夜，看到林杏子就试探地问了句，问她要不要一起去。

林杏子需要一场喧嚣躁动的狂欢来赶走在脑袋吵了一整天的魔鬼："好啊。"

陈城刚才开口的时候没有抱太大希望，因为林杏子现在很少参加同事之间的活动，没想到她竟然出人意料地答应了。

"那你们先过去，我给林总开车。"陈城丢下几个同事，笑着跑到林杏子身边，他本来以为她和李尧要开会到很晚。

林杏子坐在后座补口红，陈城从后视镜里看到她把头发放下来了，脱掉在空调房里穿的那件薄衫外套后，露出了曼妙的身材。她不是过分消瘦的那种，女明星为了追求上镜好看，私下已经足够瘦了，每天还都在减肥，她不一样，身体骨架小，但肉眼看着又很饱满。

她今天穿了一条灰紫色的裙子，裙子就像是新鲜的荔枝壳，里面包裹着水嘟嘟白嫩嫩的果肉。

陈城不敢多看，等红灯的时候把喜糖递给她："高晖和他对象是大学同学，双方父母一直催着结婚，他去年就开始准备了。"

"谢谢，我吃一颗。"林杏子只拿了一颗牛奶糖。

"他让我帮他问问林总下周有没有时间。"

"我可能参加不了，你到时候记得帮我把礼金带给他。"

"好的。"

江言打不通林杏子的电话，就只好找到李尧，李尧问到林杏子人在哪里后，江言看着地址是家酒吧，就没再耽误时间。

这家酒吧他不陌生，两年前来过一次。

酒吧里的一个调酒师还记得他，调酒师听江言说找人，就连忙去把老板叫出来："磊哥，那边有人找林大美女。"

孙磊没太在意，他刚来，知道林杏子来玩之后准备送瓶酒到包厢。

"找林妹妹？谁啊？"

"就是站在吧台左边穿白衣服那男的，两年前有人在咱们这儿吸那玩意儿，就是被他当场抓住的。"

当时酒吧因为这件事停业整顿三个月，想不记得都很难。

孙磊眯着眼打量吧台旁边的男人，越看越眼熟。

"哟，穷警察也来消遣啊。"他面露不屑。

江言只知道林杏子在这里，但不知道她在哪个包厢，一个风流痞气的男人朝他走过来。

"江警官是吧，久仰大名，真是稀客。"孙磊客气地跟江言握手，但眼神里却透露着高傲自大，说话语气也让人听着很不舒服，"难道警察也泡吧？还是我们这儿又犯什么事了？猴子，你去把音乐停了，让江警官好好查查。"

江言神色自若:"不用,我只是来找人的。"

"找人啊,不着急,慢慢找,我们都听你吩咐。"孙磊拉着江言坐到吧台,"猴子,给江警官倒杯酒。"

江言眉头轻皱:"抱歉,我不喝酒。"

"来这儿不喝酒? 开玩笑的吧。"孙磊笑得很夸张,他一只手搭上江言的肩,"我知道警察工资不高,一个月就那么几千块钱,干你们这行不容易,没日没夜就那点死工资,没关系,我们这儿有便宜的。"

他有意让江言难堪,嗓门很大。

高晖喝醉之后就开始回忆前一段感情,还在众人起哄之下给前女友打电话,像是完全忘了自己的未婚妻,忘了自己是马上就要结婚的人。林杏子越看越觉得没意思,甚至想把放在陈助理那里的礼金要回来,这种男的为什么要结婚? 已经到处发了请帖,马上就到婚礼了还在外面做一些恶心女方的事,把初恋讲得越动情越显得面目丑陋。男的是不是都这副德行? 吃着碗里的看着锅里的,忘不了白月光,又想跟枕边人和和美美。

陈城的目光一直都在林杏子身上,最先注意到她脸色不对。

"林总,您还没吃晚饭吧,我去给您叫份餐。"

"不用,"林杏子起身往外走,"我先走了,你跟他们说一声。"

陈城跟着走出包厢,下楼发现大厅的音乐停了,吧台旁边围了一群看热闹的人。

林杏子站得高,看得清清楚楚,江言还穿着早上出门的那套衣服,被孙磊和那个瘦得像猴一样的调酒师拦住了,周围的人都在看笑话。孙磊是见人说人话见鬼说鬼话的油条子,遇到有钱有势的人他能巴结得连脸都不要,遇到好欺负的就在对方面前充大爷,林杏子只听了一句瞬间就火冒三丈。

正好有个女生从身边经过,林杏子问她:"他在羞辱谁?"

女生看了江言一眼:"好像是穿白色 T 恤的那个帅哥,帅哥是来找人的，不知道怎么得罪了老板。"

"什么？羞辱我？"林杏子根本没有听她说什么，直接踩着高跟鞋下楼。

女生一脸莫名其妙，走之前吐槽了一句神经病，陈城也愣住了，看到林杏子朝着人群走过去才明白是怎么回事，她要去教训那个出言不逊的酒吧老板，只是找个理由而已。虽然这个理由很烂。

调酒师随便倒了一杯酒，孙磊拿起来递给江言，故意倾斜酒杯，褐色的酒液全洒在江言的白色衣服上。

"哎哟，真是不好意思，手滑了。"

冰凉的液体突然从头顶淋下来，孙磊顿时变了脸，刚要骂人，扭头看见身后的人是林杏子，硬生生把差点就脱口而出的脏话咽回了肚子里。

林杏子从吧台抽了张纸巾，眉眼微微低垂，仔细地擦着每一根手指，都擦干净之后才轻飘飘地看了对方一眼："哎呀，真是不好意思，手滑。"

她生来瞩目。

孙磊压住怒火，咬牙切齿地盯着她："林大小姐，您这是什么意思？"

"什么什么意思？就是这个意思啊，今天有时间也有心情，身为你的衣食父母就勉为其难替你家长教教你做人。"林杏子穿了高跟鞋，身高和男人差不多，她轻抬眼眸，"警察怎么了？你也配说警察的不好？"

孙磊反应过来，这位大小姐的父亲也是警察，张着嘴想要解释他不是有意冒犯。但林杏子没有给他说话的机会。

"你这种混吃等死的废物在女人堆里快活的时候，知不知道我们国家有多少像他这样的人没日没夜奋战在一线？说他穷？你除了显摆你那点臭钱之外能不能干点人事？但凡多读点书就不至于说出那么无知且愚蠢的话，如果拿金钱来衡量他破过的案子和救过的人，足够铺满你的整个酒吧。"

她站在人群中央，一束光打在她身上，高贵得像只白天鹅。

孙磊企图羞辱江言不成却反被林杏子当众羞辱，颜面尽失。他混得不算差，生意做久了，在这一片认识的朋友也宽泛，他嘴皮子灵活，几句话就能把人哄高兴，来酒吧消遣的有钱人多多少少都会给他几分薄面。

林杏子回国后最常见面的人就是林桑，而林桑是个酒鬼，常来这里喝酒，林杏子这才认识了孙磊，算起来也差不多有两年了。

孙磊自以为早就摸清了林杏子的脾气，知道她不喜欢出来玩还要被一些不三不四的人烦，又有报私仇的心，才在得知江言是来找她的时候故意让江言难堪，却没想到说错了话，反而惹到了这位大小姐。

先是被泼了杯酒，紧接着就是劈头盖脸一顿羞辱，她毫不留情面。

当众丢这么大的脸，孙磊脸上青一道白一道，怒气上头时所有的忌惮顾虑全都抛诸脑后，有那么一瞬间他甚至被激得撸起袖子要动手，管她是谁。

他身后的猴子死死拽住他，两人脸色都很不好看。

在他踢翻椅子前一秒，林杏子的手腕就被一股力道握紧，整个人被带着往后，她知道是谁，但仍然头也不回地甩开。

"我还没说几句，这就要气死了？"灯光下，她周身散着一层光晕，"你是老年痴呆，还是癫痫犯了，还是双目失明了，隔着两米手都能抖到他身上去？"

江言很少喝酒，就算陪林旭东吃饭，顶多也就是一杯两杯。他身上一直都是一种很干净的味道。被泼了一身酒，不仅衣服脏了，身上也沾到了酒味。

"等你学会怎么说话了，回想起今天被我当众骂得抬不起头，实在憋屈想骂回去的话，那就来天使街 24 号，告诉保安说你找里面最漂亮的仙女。我如果有空，也可以听你骂两句，但你也要做好被我羞辱的准备，因为一般人的骂街能力衬托不出我的水平，而你这种被女人掏空了的废物大概也没什么这方面的天分。"

孙磊又气又憋屈，猴子在他耳边小声说了几句，提醒他不要冲动。

这位大小姐平时不是会多管闲事的人，现在却为这个姓江的警察出头，他又不傻，冷静下来之后自然也看出了点什么。

事情如果闹大，生意可能都做不下去了。再看旁边的江言，显然和几分钟前不一样了，在林杏子过来之前无论周围的人怎么看他，他脸色都不变一下，像是没有脾气，现在则身上多了一种让人发怵的攻击性，时刻警戒着任何会伤害到林杏子的因素。

孙磊不太自然地咳了两声，走到林杏子面前讨好地笑了笑，说话时余光越过她又往她身后的江言身上多看了几眼："林大美女，消消气，是我眼拙，您宰相肚里能撑船，别跟我计较，这样，今天晚上您和您朋友的消费免单，就当我给您赔罪。"

"我缺那几瓶酒的钱？"林杏子冷哼，表面还是笑盈盈的，"给他道歉，明天把和他身上这件一模一样的新衣服送到我助理手上，这事儿就算了。"

孙磊只好忍着怒气给江言道歉："哥们儿，对不住啊。"

虽然心不甘情不愿，但装得还算像样。

林杏子对江言说："没事，可以不接受他的道歉。"

江言就没表态。

孙磊一听，大小姐这是还不满意，就又笑着说两句好话："怪我怪我，我喝了点酒，认错人了，兄弟，我给你赔个不是。"

人家道歉了，林杏子也挺大度，小事化了，清了清嗓子，说了声："对不起，下次还骂。"

孙磊："……"

他也是真够倒霉的！

林杏子走出酒吧，陈城回过神后想追出去，江言问他要了车钥匙，比他先追上林杏子。

一路上都没说话，到家后，江言弯腰捡起她随便踢掉的高跟鞋摆整齐，进房间拿了支药膏，出来时她坐在沙发上低着头看自己的脚。

教训那个酒吧老板时她气场高贵，红唇烈焰，锋芒收敛之后又是个闹别扭的小女生。

她不说她生气，但无论做什么都在告诉他，她现在很生气。

江言走过去，在她身边坐下，一只手握住她的脚，她不说话，只是憋着一股劲儿挣扎，江言索性把她整个人抱到身上，挤出点药膏涂在脚后跟，抹匀后又低头凑近吹了吹。

"下次遇到危险记得往后躲。"

高楼隔绝了城市的喧嚣和躁动，在过于安静的环境下，再细微的情绪都藏不住，独属于男人的气息侵占了林杏子的呼吸，他的短发扫过她的手臂，吹出的热气浮在她的脚踝，手指抹了药膏轻轻揉涂被高跟鞋磨破的皮肤周围，她甚至能感受到指腹茧子的触感，像是有根羽毛在挠她的心。

他没换衣服，空气里弥漫着淡淡的酒精味道。

林杏子别开眼，撑在沙发上的手收紧，指甲在沙发上刮出几道印子："不好意思，我是冲上去打架的类型。"

"你老公可以代劳，"他说，"男人的身高和力量有先天优势，被激怒后更是不考虑后果，你会吃亏。"

"老公"这个称呼是提醒她，还是提醒他自己？

鞋不合适，多穿几次也是一样磨脚。

"江言，"林杏子眼眸低垂，散落的碎发挡住了光线，半张脸都在暗色的阴影里，看不出神情，声音也淡淡的，"你想离婚吗？"

江言手上的动作只是短暂停顿，他甚至没有考虑："不离，跟你结婚之后就没想过离婚。"

"那你在公共场合跟初恋女朋友拉拉扯扯、依依不舍打我的脸是什么意思呢？"

江言听完后抬起头，眼里竟带着笑意："什么初恋女朋友？"

他还笑？他笑什么？

林杏子在酒吧撒过气，现在才能平静地维持着体面："季秋池，你高三的那个漂亮女同桌，她不是你初恋前女朋友吗？"

她的手机一整天都打不通，不看微信也不看短信，或者是已读不回，江言也猜到早上在医院她可能是看见了。

"是当了一个月的同桌，不是初恋，"他纠正道，"也不是前女友，今天早上我是送你去医院，遇到她是纯属偶然，没有依依不舍，也没有拉拉扯扯，更没想打你的脸。"

林杏子鼻腔里面酸酸的，她不想回忆那段让她丢脸的时光，但一天不说清楚就多难受一天，再这样下去她迟早要被气出妇科病。

"你这个骗子，别以为我很好糊弄，我都亲眼看见了，高三就在小树林里随随便便搂搂抱抱卿卿我我！"

江言眼里闪过一抹异样的情绪，刹那错愕之后，脸上的笑意反而更浓。

八年前她突然没有理由地开始疏远他，甚至连带着林柯都受到牵连，她再也不去高三那栋教学楼，更不和他们一起吃饭，就算周一升旗在操场遇到，她也在他跑过去之前就和同学一起走远了。

等他高考结束后才知道她要被父母送出国读书，林桑看在三年同学的份上替他传话，她却没有赴约。

在今天之前，他一直都不知道原因。

"卿卿我我这个词用在我们之间比较合适，我跟她既不是夫妻也不是恋人。"

"既然什么都不是，单纯同桌友谊为什么要抱在一起？有什么事是非要两个人抱在一起才能说？"林杏子是不相信的。

明明已经过去了很多年，再回想起来依旧是梗在喉咙里的一根刺。

第一次那么喜欢一个人，给他满腔欢喜，却被他那样对待。

"她过得不好，生活不顺心，你可以心疼，但你用写在林杏子配偶栏上的身份去心疼她，我不许。我知道你们父母是邻居，从小就认识，你没办法撇下她不管，但我眼里容不下半粒沙子。离了婚你就可以想怎么心疼就怎么心疼，不用再看我脸色了，更不用费心思跟我撒谎，所以……江言，这次我给你选择的机会，你好好考虑，明天早上给我答复，一晚上应该够了吧，不够也就这样，我只能等这么久。"

影响她这一年半载是她自找的，别想影响她一辈子。

林杏子的脚尖刚落地，皮肤触碰到冰凉的地板，男人就从后面靠近，手臂圈紧她的腰。

"姜姜。"

小时候因一句玩笑话被家人偶尔念起的乳名，他却总是喜欢这样叫她。他声线低低的，有些沙哑，只有家人才会叫的名字绕在他齿间，朦胧间几分缱绻，就足以令她方寸大乱。

林杏子用力推他："别这么叫我！"

"听我解释，我跟秋池不是你以为的那种关系。"江言收紧双臂，"那天……发生了不好的事，她承受不了。"

就这样两句话，林杏子没办法理解那天看见的一幕："什么事？"

江言顿了几秒才开口："我哥，江沂，在码头意外身亡，尸体被警方找到后，警方联系到我们的班主任，我当时不在教室，秋池比我先从老师那里得知，我如果不拦着她，她可能就要去找江沂了。至于今天早上在医院，就更不是你说的那样，她检查身体，我就问了几句。"

血脉相连的至亲在最好的年纪死于非命，他平静地讲述出来，仿佛在说别人的故事，林杏子哑然失声，心里涌起一阵细细密密的疼。

江言有个哥哥，早年出了意外，她是后来才知道，但并不清楚江沂是怎么去世的。

八年前那天晚上，她看见江言抱着季秋池，只觉得自己的真心被践踏，哭过一晚后就对这件事绝口不提，林柯几次来问她到底怎么了，为什么不理江言，她都没有说一个字，丢一次脸就够够的了。

"对不起，我不知道是这样……"

"没关系，已经过去了。"江言收敛情绪，指腹擦过她潮湿的眼角，笑意温和，"你刚才那样看着我，我以为你要哭了，听我说起家里的不幸，好像比误会我背着你和别的女人藕断丝连都要更伤心。"

林杏子把脸埋在他怀里，闷闷地道："你如果骗我，我是不会原谅你的。"

她有意避开了沉重的话题，身上的刺也无声无息地收了起来，大概是不想让他难过，江言就不再继续说那些。

"饿不饿？吃夜宵吗？"

"我减肥。"

"运动才是最健康的减肥方式。"

"可是最近太忙了，也没心情。"

他点了点头，"那就换一种方式。"

林杏子："？"

## 5

江言起身去拿拖鞋，她刚才是光着脚进屋的。

"我白天去了趟超市，把家里需要的东西都买回来了，蔬菜好消化，也没那么容易长胖，给你做一碗酸汤馄饨好不好？"

"一个人吃什么都不香。"

"我陪你吃，你吃不完的都归我。"

她低头穿鞋，小声说："你上次煮的面还挺好吃的。"

"好，那就把馄饨换成面条。"江言先去换衣服，等林杏子乖乖在擦过药的地方贴上防水创可贴再去洗澡后才进了厨房。

林杏子头上包着毛巾从浴室出来，江言已经把饭做好了，她虽然不喜欢屋里有味道，但这种飘着饭菜香的生活气息让这套房子有了点家的样子。

两个人分着吃了一锅酸汤面，江言收拾碗筷，林杏子抱着电脑去露台回封邮件。

江言看着她在文档里输入一句脏话后又一个字一个字地删除，重新以敬语开头，再看她脸上生动的表情，忍不住笑出声来。

露台摆着两把椅子，空着的椅子上面放着她用过的毛巾，江言就把她抱起来，他坐椅子，她坐在他身上。

"还在生气？"

林杏子脾气大但消气也快，他应该不会把他哥搬出来骗人，她就暂且相信那个拥抱不是她想的那样："今晚先原谅你，明天再看你表现。"

"也就是说，我现在在你心里的分数还没有及格。"

邮件发送出去后，她合上电脑，扭头傲娇地看着他："一碗面加零点五分，但你上午在医院的行为被扣了五十分，离及格还远着呢。"

不讲理也是理。

"上午的事是我不对，我努力把分数提高，争取早点及格。"江言下巴搁在她颈窝蹭了蹭，"忙完了吗？"

林杏子故意说得模棱两可："舅舅给我的工作是增进感情。"

他沉默片刻，圈在她腰上的手臂无声无息地收拢："跟谁？"

"是啊，跟谁呢？"林杏子从他怀里挣脱出去就进屋了，"你自己慢慢猜吧。"

江言突然反应过来，起身跟着进屋，两步追上后把人拦腰抱起，她的笑声就再也藏不住，双手抱住他的脖子，两只脚在半空中虚踢了几下，随着他走动的步伐晃来晃去。

距离主卧房门只剩一步的时候，她指挥他去厨房："我渴了，要喝水。"

"真渴还是假渴？"

"当然是真渴，那碗面的盐放多了。"她没少吃。

她脚上的拖鞋早就被她甩飞了，江言就这样抱着她去厨房，把她放在台子上坐着，他去倒水，耐心等她喝完才一起回到卧室，反脚踢上房门。

主卧里留了一盏台灯。

偏黄的暖色调光线一圈一圈散在周围，落在床边就淡了。

江言想起林杏子在酒吧为他教训那两个人的模样，和学生时代站在他面前为他抱不平的少女重叠，分开，又重叠。

恍惚间，林杏子觉得今晚的江言好像哪里不太一样，取悦她的同时又散发着一股躁动的占有欲。

被征服，又渴望驯服她。

让她不安，也燃烧着她。

清晨初醒，日光熹微。

男人站在衣柜旁的镜子前，深色裤子衬得他腰窄腿长，骨节分明的手指一颗颗扣上警服扣子，一直扣到最上面一颗，只露出明显凸起的喉结。

"起吗？"

天气转凉了，林杏子躺着不想动，就那么看着他，手指都发软："再等一会儿，你要去上班了？"

被角随意搭在她肩头，藏匿在碎发下的痕迹足够隐蔽但又让人发狂。

"去局里报个到，明天就算是正式复职了。"江言走过去坐在床边，帮她理了理凌乱铺散在枕头上的长发，顺势把被褥往上拉，"姜姜。"

林杏子没睡够，迷迷糊糊的："什么？"

他低眸凝着她干净的小脸："下个月我要回白水镇一趟，我妈生日，她想见见你。"

林杏子过了一会儿才说话："我很忙的，工作排得满满当当，下个月也不一定有时间，考虑考虑再说吧。"

她其实早就买好了礼物，就放在客厅茶几上，江言整理桌子的时候注意到了，那镯子是上了点年纪的人才会喜欢的款式。

"我要再睡半个小时，"林杏子自己都觉得拿乔过头，手脚蜷缩进被子里，稍稍露在外面的耳垂隐隐透出点红潮，"你先走吧，别迟到了。"

没听到身后有什么动静，她却能感觉到男人的目光落在她身上，许久。

过了昨晚，他们之间似乎没那么别扭了，他这样静静地看着她，不说话，空气里仿佛有什么东西开始发酵。

从窗帘缝隙透进来的日光很亮，细小的微尘都被照得清晰可见，身体里那点残存的半醒半梦的睡意像泡泡一样咕噜咕噜。她虽然闭着眼，冷静平淡，睫毛却在轻微颤抖着。

无意识攥紧床单的手被他握住，蜷缩的手指也被他从手心轻轻往外撑开，然后，指间就传来一阵冰凉的触感。

林杏子茫然地睁开眼，无名指上的戒指反射着点点微光。

江言手上也戴着一枚。

结婚的时候太过简单，江言不知道她少女时期对婚礼有着怎样的期待，但总归不会是这样，没有婚礼，没有酒席，没有蜜月旅行，甚至连婚纱照都没有拍过一张，就只是两家人坐下来一起吃了顿饭，改了口。

她从来没有抱怨过一句，也没有提过任何要求，因为知道他现在还办不到。

江言也确实办不到，但至少应该有枚婚戒。

选戒指那天，是他人生第一次在非工作时间在商场待了八个多小时，从早到晚，看遍了每一个珠宝首饰柜台里摆放着的每一款在他能力范围之内的戒指，看起来都很像，但各自又有着细微的差别，即使商场柜姐看他的眼神越来越奇怪，他依然选得很仔细。八年前，他拿着暑假兼职赚来的工资去选手链的时候也是这样，遗憾的是最后选中的那条手链没能送给她，大学四年那些失眠的夜里，那条手链被他拿在手里看过无数次，最后都氧化变色了。

林杏子把手抬起来，看了看正面，又翻到背面："你怎么知道尺寸？"

大小刚刚好。

江言捏着她手上那枚戒指在指间转了一圈："你睡着的时候我拿

细绳量过，在那边第一次发奖金后去商场买的，上次你过去，我就想给你戴上，可是上午有外人，下午又没赶上你的飞机。"

那天他其实到机场了，但林杏子已经过了安检。

她突然从床上坐起来："我要别的。"

"别的什么？"

"你那个平安符的挂绳。"

那是江言随身带的东西，对他意义不同，她话音落得清脆，像是预谋已久，刚好抓住契机开口。

江言怔了片刻，随即指腹缓缓揉着她嫩生生的手腕，眉头轻垂笑意温和："戒指不要？"

"……嗯，"她装作深思熟虑艰难抉择的模样，毫不脸红地狮子大开口，"都要！"

他把挂绳从警服里拿出来，在她的手伸到面前之前收拢五指握紧了，没有立刻把挂绳给她。

林杏子扑了个空，倒也没生气："舍不得啊？"

"对你，我还能有什么是舍不得的，"江言从善如流，"戒指就不说了，这另外附加的东西你多多少少总要有点表示。"

那肯定不是要她拿钱买。

林杏子想了想，跪着往床沿挪，仰头凑近在他唇角亲了一下："行了吧？"

江言顺势低头。

五分钟后，挂绳就到了林杏子手里。

卧室门被带上，整间屋子都安静下来，林杏子卷着被子在床上快乐地翻滚，戒指被他反复摩挲过，还有他的余温。

电话声响到最后快要挂断了，她才坐起来接通。

"哪位？"

她心情好，愉悦的音调传到电话那端。

远在异国他乡的男人"啧"了声，笑得漫不经心："果然是把我的号码删了啊。"

他一开口，林杏子就听出是谁了。

"展焱？"

"还好，没有把我这个人忘了，算是对我这颗饱受摧残的心的一点点慰藉，"展焱低声叹气，"不然我得多伤心。"

面对展焱，林杏子刀枪不入，他就爱在她这里装模作样。

"少恶心我，有事没事？有事找别人，没事我挂了。"

展焱起身走到窗前，俯视着这座繁华的城市："也没什么大事，就是喝了点酒，突然很想你。"

电话被挂断。

他甚至不用再回拨一次，就知道号码肯定在电话挂断后就被林杏子拉进了黑名单。

展焱也没太在意，反正他也要回国了，等回到海市，他再像过去无数次一样，想办法让她把联系方式全都加回来。

林杏子到公司的第一件事就是让助理帮她把电话号码换了。什么品种的狗都能打进来的号码，难道还留着过年吗？

她是真的烦展焱。

"可是林总，这个电话号码绑定了您所有银行卡和信用卡，要换就得一起换了，也能改，我多跑几趟就行，麻烦的是您前天刚给春和的赵总留了号码，那边说好明后天会亲自给您打电话约时间面谈的。"

他一提醒林杏子就想起来了，因为展焱耽误工作可不值得，她拿着文件的手随意一挥："那你就先去帮我办个新号，旧卡销号解绑的事慢慢弄。"

主要是一大早就接到展焱的电话很影响她的心情，面对他财大气粗的父亲展天雄的时候，林杏子还能忍一忍，笑脸相迎，客气相待，但对他就只能是有多远滚多远，一分钟都忍不了。

"好的，我现在就去。"陈城应道，"这是早餐，还热乎着，林总挑喜欢的吃一点吧，长期不吃早饭对身体不好。"

茶几上放着丰盛的早餐，林杏子抽空瞟了一眼，她在吃这方面不怎么挑剔，但爱吃的食物其实也就那几样，陈助理买的次数多了也就记住了，虽然买早餐这事并不是他的工作内容。

早上江言出门前给她热了牛奶，还有烤面包和煎蛋，她因为赖床没时间吃。

陈城很细心。李尧刚给李杏子安排助理的时候，她看过陈城的简历，应届毕业生，长得好，外形养眼，能力也还不错，有一次林杏子偶然听到公司里的人说他母亲是残疾人。

陈城又补充道："我买早餐的店都很干净卫生，不是路边小摊。"

林杏子欲言又止，最后还是没说什么："谢谢，你去忙吧。"

长得好的人似乎会被优待，而且人家方方面面都很优秀，她挑不出毛病，只是在开完早会之后跟李尧提了一句。

这种小事本不需要经过李尧，直接找人事就行了，但陈城是李尧亲自给她挑的，她得让他知道。

"换助理？"

"他没做错什么，工作也挺认真的，人也稳重，就是……"林杏子在鸡蛋里面挑骨头，她总不能说是因为江言吃陈助理的醋，"我就是想换一个，让人事重新给我招吧。"

李尧坐下来喝茶："重新招人需要时间，小陈怎么办？辞掉还是给他换个岗位？"

林杏子想了想："他蛮适合当艺人助理的。"

这一点李尧倒是认同："能让你满意，别人应该都不是问题。"

"……舅舅！"

"哈哈，"李尧笑出声，林大小姐被宠得嚣张也有他的份，他是偏心的，觉得女孩子怎么宠都不为过，姜姜也争气，"人给你换，招到合适的新助理之前先留着小陈，没人给你开车，我也不放心。"

她的状态和昨天区别很大，手上还多了一枚戒指。作为长辈，李尧当然希望她过得开心："跟江言和好了？"

林杏子偏过头："又没吵架，有什么和好不和好的。"

　　"昨天江言找不到你，电话都打到我这里来了，你折腾他，他折腾自己。"

　　"谁折腾他了，"她小声嘀咕，"难道还不允许我有点情绪啊。"

　　现在回想起来，昨天在医院其实也没什么，如果把站在江言身边的季秋池换成其他任何一个人，林杏子都不会多想，唯独季秋池不一样。

　　青梅竹马这个词实在太美好了，所以即使只是看着他们站在一起，林杏子心里就很不舒服。

　　她不愿意承认自己嫉妒那样的一个女人。

# 107 台阶
## *CHAPTER3*

1

有句话怎么说的来着？是福不是祸，是祸躲不过。

林杏子上次跟着李尧去参加酒会时见到了展天雄，他说展焱马上就要回国了，让他们年轻人到时候在一起聊聊合作的事，她以为展天雄只是客套，随口说说而已，毕竟展焱在国外过得很潇洒，没想到展焱真回国了。

那天早上林杏子听出展焱声音之后没聊两句就挂了电话，直接让助理去帮她换了新号码，如果她当时稍微有点耐心，就应该知道会有今天的见面。

展天雄约见李尧，特别表示林杏子也要到场。餐厅和时间都是他们定的，林杏子换了套衣服，跟李尧一起乘车过去，同行的还有另外几位股东。

包厢在六楼，一行人刚走进大厅，一道熟悉的身影一闪而过，林杏子多看了一眼，电梯门就从两边合上了。

林杏子落在后面，李尧停下脚步等她：“姜姜，看什么呢？”

她回过神：“刚才进电梯的那个人好像我爸。”

李尧说：“你爸这阵子很忙，最近全国破获了几件贩毒案，查出来毒品都是从海市流出去的，上面下死命令了，他顶着巨大的压力，连觉都睡不好，哪有心情出来吃饭。”

他甚至几次让李尧帮忙去医院开安眠药。这话李尧没说出来，林旭东不想让女儿担心。

"可能是看错了，"旁边的电梯下来了，林杏子没再多想，"我爸几十年都是这样过来的，想好好休息，恐怕只能等他退休以后了。"

李尧也清楚林旭东的工作性质："你多久没回家了？"

"也就十来天吧，江言天天早出晚归，我妈如果看见只有我一个人回去，又要唠叨。"

江言是李青的学生，当初他突然上门求亲，李青没少刁难他，后来知道林杏子"假孕"，就开始心疼他了。他调走的那半年就不提了，就算回海市也只能和林杏子匆匆见一面，现在调回来了，李青希望每次都是两个人一起回家。

李尧问道："江言是不是又回缉毒大队了？"

林杏子点头："我不干涉他的理想和抱负，虽然很危险，但那是他一直想做的事。"

江言的父亲和哥哥意外离世都是因为毒品。

李尧私心不希望江言继续待在缉毒大队，但林杏子都能理解，周围还有外人，他也不好多说什么。

展天雄已经先到了，服务员在包厢门口轻敲了两下后把门推开，李尧先进去，林杏子跟在后面。

包厢里的人都站起身，互相寒暄客套，林杏子也同他们一一握手。

今天跟在展天雄身边的女人依然是季秋池。

算起来，林杏子和展焱认识的时间跟江言和季秋池差不多，有二十多年了。幼儿园睡过同一张床，小学、初中、高中都是同班同桌，这当然不是巧合，展天雄早年就已经是海市赫赫有名的大企业家，给很多学校都捐过款，林杏子高一进班发现同桌还是展焱的时候，就已经麻木了。

展氏来的人也不仅仅只有展天雄，这种场合座次都很讲究，互相打过招呼之后，林杏子被安排在主位的右边坐着，旁边还空了个位置，她就猜到可能是给展焱留的。

果不其然，菜上得差不多的时候，展焱才姗姗来迟。

　　展天雄给大家介绍这个刚回国的小儿子，众人又是一阵恭维客套，林杏子还在愣神，展焱就直直地走到了她面前。

　　"林杏子，好久不见。"

　　他装模作样，表面上正经地跟她握手，然而却在没人注意的那几秒钟里骚包地朝她挑眉眨眼，握着她的手也不放，指尖还在她手心挠了一下。

　　"你好。"林杏子微微一笑，暗自用力掐他手背，趁他吃痛瞬间把手抽了出来，坐下后当着他的面拿起毛巾擦了擦手。

　　展焱低低地笑了一声，拉开椅子在她旁边的位置坐下。

　　有李尧在，不会有人劝林杏子喝酒，她只敬了展天雄两杯，其他人都用了茶代替。

　　季秋池还是像不认识她一样，场合不同，她今天的穿着打扮和林杏子前两次见她的风格也很不同——红唇大波浪、深 V 碎花裙，妆容也偏浓。林杏子就坐在她对面，看到她拿纸巾擦酒渍蹭掉了下巴厚厚的遮瑕膏，露出皮肤上一处青紫痕迹，但她去了趟洗手间补过妆之后就看不出来了。

　　"啧，有点伤自尊啊。"耳边响起男人慵懒散漫的嗓音。

　　林杏子嫌弃地皱了下眉，他却不知好赖，支着手肘靠得更近。

　　"躲什么，那女人比我有吸引力？你一晚上就盯着她看，我叫你几次了，你都听不见。"

　　"听见了，但不想跟你喝。"林杏子收回视线，只用余光警告性地瞟了他一眼，"把你的腿缩回去，再碰到我一下试试？"

　　桌布挡着，别人看不出异样。展焱这个人是没有下限的，林杏子顾忌场合，否则早在他第一次用脚尖蹭她小腿的时候就拿起酒杯往他脸上泼了。

　　他丝毫不介意林杏子恶劣的态度，一双桃花眼笑得顾盼生风："生意要是谈成了，我们天天都要见上一面，你这态度，不会是还对我余情未了吧？"

林杏子捏着筷子的手都在用力："别逼我扇你。"

跟展焱谈的那48个小时就是她人生一大耻辱，丢脸程度仅次于"假孕骗婚"江言，但如果给她一次删除记忆的机会，她一定会毫不犹豫地删除展焱。

展焱一只手搭在她后面的椅子上："别别别，人都在呢，给我留点面子，没人的地方随便你扇，一张脸不够，我还有屁股。"

林杏子彻底没了胃口，在心里把这个不要脸的混蛋骂了又骂："有本事拿着喇叭喊，让大家都听听。"

坐在对面的人注意到展焱过于亲密的行为，笑着调侃："两个人在说什么悄悄话呢？"

展天雄也看着他们笑："我和林局是老同学，展焱和杏子从小就认识，又一起出国，关系一直都还不错。"

展焱没有丝毫收敛的意思，李尧皱了下眉，他虽然对林杏子和展焱之间的事了解不多，但展天雄的意图太明显了，今晚的饭局不只是谈生意这么简单。

在场人多，展天雄是好面子的人，李尧虽然没有直接说，但言语间也表明林杏子现在不是单身，商人重利，可他就只有这么一个外甥女。

展天雄精明老练，自然是听懂了。

等大家的注意力放在其他事情上之后，林杏子跟李尧说了一声，大大方方起身离开包厢。

没过多久，展焱也起身出去了。

警局。

海市公安局缉毒专案组大队长周峰的办公室里，一通电话打进来，两人很快就起了争执。

"周叔，你为什么要把江言调回海市！"

周峰捏着眉心叹气，低声解释道："他申请好多次了，我实在没有合适的理由阻拦，而且他刚参加工作的时候就调查过这个案子，对那帮人很了解。你也明白，我拦不住他，你爸因为毒品去世，你也……冷静冷静！我没有告诉他，他现在还不知道。"

电话那边的人虽然放低了声音，但压不住怒气："当初我就说过，不要让他干警察这一行，周叔，你承诺过我的。"

在这件事上，周峰确实是理亏的一方："是，我承诺过，但你应该比我更了解他的性格……"

"咚咚"的敲门声响起，周峰一惊，连忙挂断电话，快速整理好情绪："进来……哦，是江言啊，这么晚了怎么还没走？"

"准备走了，"江言正色道，"师傅，二虎那边有线索了，明天搜捕令下来就去找证人，我也去。"

周峰喝了口茶，考虑好之后才说："你先熟悉熟悉环境，这次的任务就先不要参加了。"

"才半年而已，我对这里不陌生。"

"杏子呢？你才刚回来又要走，她该对你有意见了吧。"

江言说："在工作方面，她不会。"

"那你也要珍惜机会多陪陪她，接下来有的忙。"周峰把嘴里的茶叶吐进垃圾桶，起身拍了拍江言的肩膀，"人手够，你就留在局里。"

江言敬了个礼："我和二虎是最默契的，周队，请您批准。"

他一再坚持，周峰只好点头，叮嘱他注意安全。

江言刚从办公室出来，二虎就朝他走过去："怎么样？周队同意了？"

二虎大名叫陈胡胡，小时候叫着可爱，长大了就觉得羞耻，这个名字是他已经过世的奶奶取的，他虽然不喜欢，但一直没改，队里的人都叫他二虎。

江言点头："同意了，明天我跟你一起去。"

"太好了。"二虎拿起车钥匙跟着往外走。

他和江言是大学同学，在学校住一个宿舍，刚毕业的时候还一起租过房，真要算起来，他和江言在一起的时间比家里人都多。

离开警局就不聊工作，二虎道："江哥，你结婚大半年了吧，对婚后生活有什么感觉？"

江言和林杏子结婚这件事，也就只有队里这几个人知道。

"是你体会不到的感觉。"

二虎嘴角抽搐："江言，你这样会没有朋友的。"

他话音刚落，江言的手机就响了，是没有备注的号码，对他们来说，不存在手机里的号码反而是亲近的人。

二虎注意到江言看到号码后神色有所松动，他笑着问："嫂子啊？"

"明天早上八点在局里见。"江言关上车门后才接通电话，"姜姜。"

林杏子在洗手间对着镜子补口红："你下班了吗？"

"嗯，现在就去接你。"

"你如果很累就先回家吧，我可以让舅舅送我回去。"

江言打转方向盘，把车从停车场开出去："我不累，半个小时就到了，你稍微等我一会儿。"

他只会承诺一定能做到的事。昨晚睡觉之前林杏子说起今天要跟着李尧应酬，江言就说等她忙完去接她一起回家。

林杏子不自觉地露出笑意："那我等你。"

展焱坐在大厅抽烟，远远看见林杏子从走廊那边拐出来，他灭了烟站起身，双手插兜，漫不经心地跟在她身边："准备走了？送你？"

"不用，"林杏子拒绝得干脆利落，"我有人接。"

"助理？秘书？还是男朋友？没听说你有新欢啊。"两人的朋友圈重叠率高，熟人的朋友还是熟人，展焱虽然人在国外，海市有什么事，一个电话就能传到他耳朵里。

他听说林杏子回国后跟换了人一样，一心扎在工作上，没以前那么爱玩了，身边也没什么猫猫狗狗。虽然刚才李尧言语里暗指她现在不是单身，他也没当真。

"关你什么事？"林杏子懒得应付，"展焱，你别烦我。"

"好好好，不逗你了，聊点正经的。"展焱见好就收，他太了解林杏子的大小姐脾气，"把我微信加上。"

她大步往前走："没这个必要。"

展焱不紧不慢地跟在后面："合作是迟早的事，把我当成合作对象总行吧。"

林杏子冷笑："少在我面前装。"

展焱两步追上，抓住她的手腕："那你也别白费力气了，你就算换一百个电话号码，我想知道也是分分钟的事，反正我心里想什么你都很清楚。"

男女之间力气悬殊，林杏子不仅没能甩开，反而被他握得更紧："那你知道我在想什么吗？"

"在想打我的左脸还是右脸？"展焱笑着摸了摸自己的左脸，回忆起两年前分开的那天，"上次被你扇了一巴掌，疼了两天。"

"那是你活该。"

"是，"现在想想，那件事确实是他不对，"但你未免也太狠心了，说回国就回国，把我抛弃得那么彻底。"

他突然注意到林杏子左手无名指上的那枚素戒，目光停在那里："这戒指……"

太素了。用"普通"两个字来形容都是抬举，但她的手很漂亮，戴枚枯草编的戒指都不会难看，展焱就是觉得这种太普通的东西配不上她。

"戒指怎么了？我不能戴？"林杏子的手用力一甩，背到身后，将戒指藏了起来。

他连评论两句都觉得多余："没怎么，我记得你以前不喜欢这种便宜货。"

"别总拿'以前'说事。"

展焱偏过头低声嗤笑，又想抽烟了。

他在林杏子这里就讨不到半点好处，以前是，现在也是。

她的样子不像只是在他面前拿乔，是真的在等人，过一会儿就往门口看，完全当他不存在。

从小到大追她的人一直都没断过，她谁都瞧不上，展焱本来没太在意，看她这副模样突然就有点好奇了。

九点零七分，她好像看到了谁，眉眼间的不耐和烦闷顷刻间散开。展焱顺着她的视线看过去，一个男人从门口进来，正要找个工作人员问什么。然后，他看见林杏子眼睛里亮起了光。

以前问她喜欢什么样的男人，她张嘴就是"有钱的、帅的"，没有一句真话。

"杏子，"展焱站到她身后，一只手搭上她的肩，目光放肆地打量着江言，"你跟我分手之后，审美降得不是一点半点。"

因为这句话，林杏子才终于往他身上瞟了一眼："有点人样行吗？"

"来接你的人，就是他？"

"把手拿开。"

江言准备打电话之前，看见了林杏子，就收起手机朝她走近："姜姜。"

"这里，"林杏子转过身，笑意盈盈，"你回来还没见过舅舅吧，等他出来，你跟他打个招呼我们再走。"

她没有要介绍展焱的意思。

事实上，也不用介绍。


2


和展焱对江言的毫无印象不同，江言对展焱可以说是印象深刻。

江言记性极好，见过的人几乎可以过目不忘，警局同事们都对他这项能力心服口服。

他高三那年，林杏子才读高一，课业压力没那么大，她经常去高三楼找林桑和林柯，那时候不知道有多少人透过玻璃窗偷偷看她，偶尔她身后会跟着一个男生，和现在一样风流桀骜，连老师们见了他都很客气。

林杏子吃了芒果冰沙过敏进医院那次，也是展焱找人帮她换的单人病房。

"好。"江言先收回视线，自然地握住林杏子的手，"手这么凉，冷吗？"

"还行，这顿饭吃了快三个小时，包厢里空调温度开得低。"林杏子靠着他，一只脚踮起，轻轻动了动脚踝，"腿有点酸，我们去沙发那边坐着。"

展焱点了根烟咬在嘴里，白色烟雾弥漫，他没说什么，但脸上的笑意淡了。

林杏子看着展焱上车后才松了口气，江言不抽烟，身上总有种很好闻的味道，他今天没有把婚戒戴在手上。

"你吃饭了吗？"

"在单位食堂吃过了，"江言一条胳膊从后面绕过去搂住她的腰，"是不是喝酒了？"

她的酒量其实很一般："喝了几杯，有舅舅在，他们不会让我多喝的。"

饭局散得晚，季秋池挽着展天雄从电梯出来的时候，江言去了洗手间。她喝得不少，半醒半醉风情万种，林杏子不希望江言看到她这副模样，身不由己也好，自甘堕落也罢，江言看到后心里不可能没有丝毫动容，他说他们之间不是林杏子想的那样，那林杏子就暂时先相信，但也只是暂时。

林杏子和李尧目送展天雄上车，在餐厅外等了一会儿，江言小跑几步走到他们面前。

"舅舅。"

"江言，"李尧笑道，"有段时间没见了，等你们俩都有空，一起吃顿饭。姜姜今天也累了，早点回去，到家后打个电话。"

他也喝酒了，江言就说："先送您吧。"

"我有司机，"李尧让他们先走，"慢点开，注意安全。"

林杏子上车后才想起来有东西落在餐厅了，江言回去取，她在车上等江言的时候翻了翻手机。

陈助理发过几条微信，先是问自己是不是做错什么了，然后又自省工作期间的不足，保证以后会做得更好，希望能继续留在现在的岗位。

"在看什么？"江言关上车门，启动车子，打转方向盘。

林杏子的恻隐之心一年也不见得能动几次，顶多对陈助理有那一点抱歉，换岗位而已，又不是辞退。

"回几条工作消息。"林杏子收起手机，手肘撑着车窗，侧首看江言开车。

他应该不记得展焱了吧？刚才连一句都没问。只是一段不堪回首的过去而已，她又没错，只是需要展焱管好自己的嘴别来烦她。

十字路口红灯时间长，江言偏头对上她的盈盈目光，茶色的瞳孔里倒映着霓虹灯点点光亮，也朦胧地勾勒出他的模样，某根弦被挑起，肢体先于理智，明知道这种时候不应该做出不合适的举动，却耐不住心尖上的躁动。

林杏子就要闭上眼睛了，然而江言解开安全带的动作却突然停住，视线越过她，看向车窗外。

她顿了半秒，也偏过头。

旁边停着一辆帕加尼，展天雄的车，二十分钟前她在餐厅外目送着这辆车汇入车流。

车后座的女人挣扎着要坐起来，又被一只手揪扯着头发粗暴地往下面摁，女人手指紧紧扣着车窗，像是在求救，又像在隐忍，放弃之后无力地垂落下去，在玻璃上留下了一道道濡湿的痕迹。

3、2、1……

绿灯亮起，那辆帕加尼驶过斑马线，江言一脚踩下油门，以极快的速度冲出去，林杏子的心一下子提到嗓子眼，本能地抓紧扶手。

司机察觉到有人跟着，加快了车速，有意识地想要甩开后面的车。

江言紧追不放，仪表盘车速飙到120，车窗外街景模糊成叠影，林杏子的脸色也一点点往下沉。

展天雄的车一路开进某个小区，保安看到陌生车牌号，将横栏降下来，江言下车后就被保安拦在大门外，只能看着前面的车灯消失在视线里。

那天在医院，季秋池一脸的伤，虽然闭口不谈，但江言也猜到是被人打的，除了皮外伤，检查结果里还有被虐待的端倪。

"请问刚才那辆车的车主是谁？"

"抱歉，我们不能透露业主的私人信息。"保安拦着江言不让他进去，但态度还算礼貌，"您的车挡住入口了，请您把车开走。"

江言虽然心急，但没有为难对方，他记住了车牌号和小区地址。

林杏子在饭桌上是喝过几杯酒的，车速太快，几个急转弯，最后再猛地刹车，她胃里就开始翻江倒海，很不舒服。

江言回到车里才注意到她脸色很差："姜姜……"

"你追上来，是想干什么呢？"林杏子淡淡地问。

他认出季秋池之后，就忘了她还在车上。

"车主是展天雄，你是想上去揍他一顿解恨？还是打算把季秋池从他身边带走？你用什么身份插手？"

江言敛着眉，神色凝重："是我冲动了。"

"展天雄养在外面的女人不止季秋池一个，但近两年带出来露面的就只有她，她虽然只是个秘书，但手里握着展氏的股份，大学毕业也才四年而已，名下资产却近千万，这些你都没想过为什么吗？"

林杏子也听过圈子里的人私下调侃过展天雄那方面不行，毕竟年纪大了，年轻时也一度放纵风流，身体早就被掏空了。有些人越不行，就越变态，折磨女人的花样多得是。

季秋池能在展夫人眼皮子底下招摇，手段肯定是有的。

江言紧握着方向盘，手指关节隐隐泛白："她有苦衷。"

"这世上又有几个人是真正活得轻松潇洒的，谁没有苦衷呢？她能有现在这样，说明她还是有点本事的。"林杏子觉得没什么意思，不想多谈，"回去吧，挺累的。"

林桑得知她因为输了一个幼稚的游戏答应跟展焱在一起的时候就鄙视她从垃圾堆挑男人的行为，48小时不到就被渣得头顶冒绿光纯属她自找麻烦，但江言是她从黄金屋里骗来的啊，可怎么还是不顺心。

到家后，江言试图解释，林杏子没心情吵架，提出分房睡。

江言当然不同意。

"江言，有些话我只说一遍，你别以为我舍不得离，只要你点头，明天就能去办手续。"

一个枕头从主卧丢出来，房门也从里面反锁了，江言被关在门外。

林杏子洗漱完躺上床后，知道江言还在客厅，她虽然说得洒脱，但翻来覆去都没能睡着。

和展家有关系的人真是太会硌硬她了，今天还是双倍。

李尧发消息问林杏子有没有安全到家，她回了个电话，李尧就多说了两句："姜姜，你结婚了，以后还是少跟展焱接触，工作上的事让他直接找我，江言舍不得说你，我这个当舅舅的不能让他总生闷气。"

林杏子身体往后仰，闭着眼倒在枕头里："他才不会生气呢，舅舅，江言根本不是真的喜欢我，你们都被他骗了。"

"怎么，他更喜欢你的钱？"

"……也不是，他也不喜欢我的钱，他就是个混蛋！吃着碗里的，还不甘心地看着锅里的。"

这不是林杏子第一次跟李尧说这些话，但每次隔两天就好了，她就是脾气来得快去得也快。

"在餐厅门口还好好的，这才过去一个小时，又闹别扭了？姜姜，喝酒了不要说气话，更不要冲动做决定，江言不是那种人。"

她听着心里更憋屈："你们都偏向他。"

"胡说，我们当然偏向你，"李尧无奈地笑了笑，"但也不能偏得太过分，江言对你什么样，你是最清楚的。你啊，结婚前应该多谈谈恋爱，遇到问题就会处理了。"

林杏子小声哼哼："我现在离婚再去谈几段也不吃亏。"

李尧突然严肃："婚姻不是儿戏，总把离婚两个字挂在嘴上是很伤人的，就算江言脾气再好，也会伤心的。"

"还说没有偏向他。"他明明一直在为江言说话，林杏子现在听不进去这些，"舅舅晚安。"

外面没有动静，她不知道江言是不是还在客厅，也不想出去看，一旦她暴露出要原谅他的端倪，他就会顺杆儿往上爬，得寸进尺。

林杏子心事重重，等她睡着，已经是后半夜了。

日有所思，夜有所梦。

她梦到很多年以前跟林柯出去玩，摔伤了腿，那个眉眼清俊的少年背了她两个月，从校门口到教学楼之间的百步梯其实不是刚刚好只有 100 级台阶，而是有 107 级，她数过无数次。

一中校服又丑又老气，可穿在他身上却那么好看。

背她的时候他只用手臂托着她的身体，即使隔着校服，无意间直接触碰到皮肤他都会小心避开，偶尔因为她故意乱动，怕她摔下去才收紧双臂，手掌会猝不及防地紧贴她的腿，他抿着唇不言不语，站稳后悄悄松开，继续往前走，但修剪整齐的短发挡不住通红的耳根。

她趴在他背上，稍微靠近一些就能闻到很干净的味道，像是椰子味的洗衣粉，看着汗滴顺着脖子滑进他洗得发白的校服领口，一颗心就被搅得稀巴烂。

3

林杏子问林柯要过课表，知道他们下午最后一节是化学课，她母上大人的课，十次有九次都会拖堂，江言又是课代表，要帮李青收卷子，离开教室的时间比其他同学更晚。

高三假期很少，除了每个月最后一周能有个完整的周末之外，每周就只有周日下午可以休息半天。高一和高二都还是正常放假，林杏子因为腿伤没有住校，上完课就可以回家了，林旭东工作忙，顾不上来学校接她，李青要开教职工大会，就让她先在教室等着。

班里同学都走得差不多了，最后一排的几个男生把两张课桌搬到一起，不知道在商量什么。

江言一步没歇地跑上楼还是晚了，林杏子有气无力地趴在课桌上，腿也放在椅子上，有一下没一下地轻晃，石膏还没拆，江言看得紧张，担心她碰到桌角。她那么怕疼。

林杏子等到了想见的人，就不觉得无聊了，他没有进教室，只站在窗户外面跟她说话，她问一句他才会回答一句，像根木头。

江言翻开化学习题册，从她桌上拿了支笔："哪道题不会？"

她两手一摊："都不会。"

李青是高三化学教研组的组长，但女儿开学第一个月的随堂测验就不及格。

江言看着满页被红笔打的叉，无奈地叹气："全都是基础知识，直接套公式就能算出来，上课是不是没听讲？"

"听了呀，"她也叹气，"但是我总想你，还没想一会儿就下课了。"

她还在抱怨上课好烦习题好难，像是根本没有意识到自己刚才说了什么，也没有发现因为她一句话开始紧张的江言神色很不自然，甚至不敢看她那双眼睛，很简单的公式都差点写错。

刚才那节化学课，李青在下课前的几分钟讲了一件和课堂无关的事，林杏子被拿出来当典型例子，说她对什么都很感兴趣，除了学习，一看书就肚子疼，一写作业就浑身不舒服。

全班哄堂大笑的时候，他也在想她。

"把这几个公式记住，计算题一般都要用到。"

"知道了。"她随口答应，课本翻了两页就合上了，"好渴，想喝冰可乐。"

"……我去买，你把这两道选择题算出来。"

"那你快点回来。"

"嗯。"

学校里面没有商店，要出校门买。

林杏子等啊等，没见人回来，忍不住单脚跳到教室门外，扶着栏杆往楼下看。

这层楼几个教室里都没多少学生，走廊很安静，跑上楼的脚步声有回音，林杏子刚准备回教室给那两道题随便填上一个选项，就听见后排那个一头黄毛的男生在议论江言。

"他爸早死了，吸毒死的，家里穷得叮当响，听说学费都是学校破例全免，连顿饭都请不起，就靠一张脸骗骗小女生。"

"什么狗屁校草，也就那样吧。"

"挺有心机的，知道有些没脑子的女生就吃那一套，表面清高，背地里不知道骗过多少无知少女。"

脚步声越来越近，林杏子把教室的前门关上，扶着墙壁靠在窗户旁边。

江言看见她后才放慢脚步慢慢走近，擦了擦可乐瓶表面的水，拧开瓶盖递给她。

她却又不要了："可乐容易长胖，这瓶你喝吧，我还是想喝酸奶。"

江言抿唇，低声道："……你再等我几分钟。"

"嗯嗯！这次可以慢一点，不用跑那么快。"

刚爬上楼连口气都没喘平的少年没有一句抱怨，又重新下楼去买酸奶，林杏子看着他的背影，心里的欢喜几乎要从身体里飞出去。

他肯定是喜欢我的。断了腿都不影响他这么喜欢我。

林杏子从楼梯间的缝隙里认出上楼的人是班主任，便收起笑脸，推开教室前门，对还坐在课桌上的男生说："麻烦你扶我一下，可以吗？"

王力没多想："可以。"

虽然开学才一个多月，他和林杏子已经很熟了，他从后门出去，经过走廊绕到前门，伸出一只手扶着她往座位那边走。

"你这伤怎么还没好？"

"伤筋动骨一百天呢，哪能那么快。"林杏子可不希望好得太快，就算医生说没事了她也会再多装几天。

她走得很慢，王力脸上也没任何不耐烦的迹象，只是被后排几个男同学起哄似的口哨声弄得有些不太自然。

林杏子的成绩不怎么样，但毫无疑问是高一新生里最漂亮的，性格又好，所以刚进校一个多月就已经是名人了。

他无论跟谁走在一起，无论在聊什么，对方最后都会说一句你们班那个林杏子怎么怎么样。

王力走神了，不知道在想什么，在班主任走进教室前一秒，林杏子突然挣脱开他的手，往地上一倒。

"啊！好疼！"她挤出两滴眼泪，委屈地看着王力，"王力同学，我知道拒绝你的示好让你很没面子，可我妈妈不让我早恋，早恋是不对的，我们这个阶段要做的就是好好学习，提高成绩。我已经很真诚地道过歉了，你可以不原谅我，可为什么要推我？医生上次说如果再伤到就可能会留下病根，以后都不能跳舞了。"

王力蒙了，回头就看见班主任严肃地盯着他。

班主任扶起林杏子，关心地问道："还好吗？要不要送你去医务室？"

"没事的老师，我刚才就是吓着了。"

她看了王力一眼就往班主任身后躲，像是在害怕："王力不是故意的，老师您不要怪他。"

"王力！你又欺负女同学，想造反吗？跟我去办公室！"

王力："？"

昨夜失眠，林杏子早上起得晚。一夜梦境，脑袋里浑浑噩噩。

家里很安静，她刷牙的时候从镜子里看到自己眼睛有点肿，准备去厨房泡杯黑咖啡。客厅还是和昨天一样，连沙发上抱枕的位置都没有变，唯一的不同是桌上放着一张便签：

> 早饭在餐厅桌上放着，如果凉了，就用微波炉中火加热两分钟再吃。
>
> 我去陵城找证人。

侧卧的房门开着，床上整整齐齐，像是没人睡过，连早餐都做好了，也不知道几点走的。林杏子睡得迷糊，早上隐约听到过敲门声，但没有理会，翻个身又睡过去了。

走了也好，吵架吵不起来也怪尴尬。

林杏子把纸条揉成一团扔进垃圾桶，早餐只喝了一杯黑咖啡，陈城被调去当艺人助理了，新招的司机今天请假，她只能自己开车去公司。

早会结束后，她回到办公室就看见坐在沙发上的展焱，秘书被叫去给展焱泡茶，还没来得及通知她。

展焱听到开门声，抬起头往门口看："早。"

"你没有自己的事情吗？"她下一句就是，"能不能别来烦我。"

"从你们公司经过，顺路上来看看。"展焱笑了笑，"喝杯茶的情分总还是有的吧？"林杏子不知道他哪里来的脸跟她谈情分。

秘书敲门，把准备好的茶水送进来，展焱从托盘里拿起林杏子的咖啡，帮她放到办公桌上。

林杏子懒得理会，该干什么还是干什么。

"昨晚没睡好，是因为我？"展焱在她第三次捂着嘴打哈欠的时候放下手里的杂志走到她身边，他知道这么说一定会被她无情地唾弃，但还是选择了这种方式，毕竟被无视的感觉不太好。

果不其然，她连看都不看他，只是冷笑了一声，带着嘲讽的意味。

"不是因为我，那就是因为昨晚接你回家的男人。"他自顾自地说着，"你为他失眠，但在我看来，他并没有多在乎你。"

林杏子面无表情："哦，你又知道了。"

"男人更了解男人，"展焱挑了下眉，"你如果真想试探他对你的感情，可以拿我气气他。"

林杏子被气笑了："拿你气他？你这是在贬低我还是侮辱他？我就算要气他，也要找一个跟他旗鼓相当的男人，拿你气他？你算什么东西啊。"

展焱和她对视几秒，忽然笑出声："就喜欢你这股劲儿。"

林杏子心里一阵恶寒，贱不贱啊这人。

展焱又在办公室里待了一会儿，等林杏子忙完手头的事才开口邀约："赏个脸，一起吃顿午饭？当然，吃晚饭更好。"

她连想都不想就一口拒绝："没空。"

"吃饭的时间都没有？"

"我午饭和晚饭都在公司食堂吃，今天、明天、后天、大后天都是。"

反正江言不在家，她回去了也吃不到家里的饭菜，在外面吃什么都一样，但这句话在展焱听来完完全全是在应付他。

"食堂也行，我正好可以感受一下你们公司食堂的伙食。"

他话音未落，林杏子就捏紧了拳头，冷冰冰地看过来。

"开玩笑的。"展焱举起双手投降，"好了，不打扰你了。我有的是耐心，总能等到你有空的时候。"

离开前，他留下一句："杏子，我们来日方长。"

林杏子目送他出门，内心毫无波澜甚至还有点想笑。

谁跟他来日方长？

1

江言去外地的第四天，林杏子的手机里依然没有一条属于他的信息。

这种情况对家属来说没有消息才是最好的消息，如果突然来一通电话，反而会让人提心吊胆。

家里空荡荡的，以前她一个人住习惯了，但他回来这段时间让家里有了烟火气，就算她加班到很晚，家里也有个人在等她。不像现在，打开门后，屋里黑压压一片。

习惯果然是件很可怕的事。

林杏子在门口站了几分钟，没进去，关上门下楼，回了父母家。

她嘴上说着只是回来看看，但进屋就往沙发上躺，一边看电视一边听着李青在厨房唠叨，左耳朵进右耳朵出，完全不当回事，等林旭东到家，她才磨磨蹭蹭跟着进了书房。

林旭东知道女儿心里在想什么，没有戳穿。江言调任的那半年，林杏子经常来他这里打听情况，也不直接问，一定要先东拉西扯一些有的没的，最后才装作不在意地问一句。

今天也一样。

在他书房待了半个小时，从书架最上面一层翻到最下面一层，一直磨蹭到李青在厨房喊他们吃饭，她才走到他身边，问道："爸，江言应该还好吧？"

林旭东说："他这次只是去找个证人，不会有什么太大的危险，你安心。"

"我才没有担心他，就是随便问问。"林杏子背过身，把手里的书往书架上放，"过两天就是他妈妈的生日，他如果赶不回来，我就得自己去。去吧，相处起来很尴尬，不去吧，又会对我有意见。"

林旭东笑笑："亲家母是个讲道理的人，只是家里跟咱们家差距太大，在某些事上有分歧很正常。姜姜，你是晚辈，去了江家稍微把脾气收一收，一年也见不到几次，多理解。"

林杏子点头："我知道的。"

她只是在父亲面前抱怨两句，其实票都买好了，去肯定是要去的。

"准备送什么礼物？"

"我上个月逛商场买了只镯子，不是特别贵。"

"礼物只是心意，都是父母心，只要你和江言过得好，当父母的就知足了。"

父女俩待在书房没动静，李青喊第二遍的时候就有点要发脾气的迹象了："吃饭了！都听不见是不是？再让我叫第三遍，你们爷俩就都别吃了。"

"来了。"林旭东无奈地应了一声，他拍拍林杏子的手，"去吃饭吧，不然你妈又要发火。"

林杏子撇撇嘴，跟着往外走。

林旭东年轻时脾气也不好，即使结婚后有了林杏子也算不上是个耐心的男人，和李青吵架晚上只能住单位是常有的事。

李青在林杏子高一下学期生了一场大病，在那之后，林旭东才收了脾气，事事都让着李青，偶尔拌两句嘴，也是他先认错。

"晚上就在家里住？"

"我回去，"林杏子往碗里夹菜，她这几天食欲不好，但在父母面前没有表现出来，"明天有约会，回去住方便一点。"

李青问道："跟谁约？"

林杏子随口一说："当然是帅哥。"

李青立马就瞪了她一眼："胡闹！"

林杏子无辜地眨眨眼："我怎么胡闹了，林柯长得挺帅的，虽然比江言差一点，但也还行，担得起'帅哥'这个两个字，妈，你觉得他丑啊？他好像还给你带了礼物，你这个想法多伤人。"

李青嗔怪地在女儿肩上拍了一下："迟早要被你气出点毛病。"

林桑出差回来了，林柯也带着女朋友回海市过中秋，他待不了多久，说怎么都得跟老同学聚一下，让林杏子周末拖家带口去见见准嫂子。他和他老婆是先有的孩子，十月底补办婚礼。

林杏子是一个人来的，林柯把酒都准备好了，等了又等，愣是没见着江言。

"怎么不带老公，把行李箱带来了？"

她只解释后半句："江言妈妈生日，我晚点直接去机场。"

林桑点点头："结婚到现在都没回去过，你是应该去看看，挺远的吧，你一个人？江言呢？"

江言是高一转学到海市的，江沂反正是租房住，就把江母一起接过来，江母找了一份工作，生活上倒也不愁吃穿。季秋池成绩很好，她那个酒鬼父亲说她读书浪费钱，天天骂，就等着她成年，想把她嫁出去。江沂回去接江言的时候，把季秋池也带了出来，彻底远离季父。

江言和季秋池年年拿奖学金，年级前几名还可以免学费，后来江沂出事，江母才搬回老家。

"他还在外地，没必要赶回海市折腾，从他那边回去更方便。"早上江言打过电话，林杏子也是这么说的。

林柯插了句嘴："你是第一次去，他能放心？"

"我多大人了，能出什么事？"林杏子往他身后看，"嫂子没来吗？"

林柯说："笑笑有点感冒，她在家照顾。"

林杏子把手里的东西递给他："那你把这瓶香水带给嫂子吧，里面还有一张专辑，我上个月见到她偶像了，顺便要了个签名。"

"破费了，"林柯也没客气，接过手提袋放进车里，"替我老婆谢谢你。"

他毕业后就留在读大学的城市，每年回来都会跟江言见面，林桑点菜的时候，他想起一件陈年往事，顺嘴就说了出来。

"高考结束后我们班吃散伙饭就在对面那家饭店，全班就只有江言没喝酒，谁劝都没用，后来才知道他吃完饭还要赶着去做兼职。"

林杏子没搭腔，一边翻菜单一边不动声色地等着他继续往下说。

"我以为他缺钱，结果你猜怎么回事，他竟然是为了给你买手链。"

林杏子愣住，她怀疑的眼神看着林柯："给我买手链？"

"不给你买给谁买？你又看不上那些便宜货，所以他就想着去商场专柜买。"林柯挑了下眉，"这么惊讶，难道林桑没告诉你？"

林杏子有点蒙。

她在江言高考结束后没多久就被林旭东送到国外，在那之前，家里气氛很奇怪，她不愿意出国，但向来疼她的林旭东始终态度坚定，她哭过闹过，最后都没用。

"我跟你说过，江言想见你一面，"林桑短暂回忆了几秒，"你当时的原话是让他滚蛋。"

那时候林杏子正在跟林旭东较劲，江言整个暑假都联系不到她，只能找林桑帮他带句话。林桑当时也说，她能保证把话带给林杏子，但不能保证林杏子会赴约，江言说没关系，他能等。

林桑带着奶茶和零食去林家，林旭东还让她帮忙劝劝林杏子。林杏子也不知道是真绝食还是假绝食，反正一眼看过去确实瘦了很多。她才刚提起江言，林杏子更难过了，钻进被子里把耳朵眼睛都捂得严严实实，最后哭着被送去机场。

林桑也不知道那天江言到底等了多久，等到的却是林杏子离开海市并且短时间内不会回来的消息。

这家餐厅是林杏子选的，点的菜也全都是她喜欢的，她却食之无味，脑子里一直想着林柯说的那条手链到底是什么样的。她的衣服和首饰基本都是每个季度的新品，再好的东西在她这里也就只有几天的新鲜劲。

时隔多年，她今天才知道江言曾经想送她一条手链。

没见到，总觉得有点遗憾。

江言老家在海边的一个小镇，离海市很远，林杏子先是飞机转高铁，再转火车，遇到大雨路封了，她又在酒店住了一晚，花了一天半的时间才到。

镇上大多都是老人和小孩，没有高楼大厦，每家住一个院子，江言晚到了几个小时，在海边找到林杏子的时候，她坐在行李箱上，身边还有个小朋友在撅着屁股用铲子挖沙玩。

林杏子也看见了江言，他熬了几天，风尘仆仆地赶着回来，眼睑的疲惫很明显，但至少几步跑到她面前反复确认她没伤没痛的急切和担心是真实的。

在完全陌生的地方，她只有在见到他之后才有安全感。

江言接过行李箱，又握住她的手。林杏子挣扎了一下没抽出来，就作罢了。

这个小镇还没有被过度开发，风景很美，傍晚时分赤色夕阳将半边天空染得通红，天与海相接，海浪声悠远绵长，民风也十分质朴。路边的小孩们三五成群聚在一起玩闹嬉笑，有种电影的画面感，但林杏子无心欣赏，她现在只想有个地方能睡一觉。

江家的院子里有棵桂花树，海风迎面吹过来，风里满是桂花的香气。

江母半年没见儿子，喜悦之情溢于言表。

林杏子洗漱完早早就睡了，江言去厨房帮忙洗碗："妈，姜姜手机在车站被偷了，一路过来遭了不少罪，她有点晕车，身体不太舒服，所以没什么胃口，你别生她的气。"

准备了一大桌子的饭菜，林杏子没吃多少，江母是不太高兴。

"我生什么气，你们俩能回来，我高兴还来不及。自己的媳妇自己疼，厨房里什么都有，她要是半夜饿了，你给她弄点吃的。"

"好，您也早点休息。"江言笑笑，帮着把厨房收拾干净，倒了杯水回屋。

这是他以前的房间，一直没怎么变。

床摆在窗户旁边，床单被褥都换了新的，下过雨气温降了，林杏子背对着他窝在被褥里。

"姜姜。"江言坐到床边，低低地叫了她一声。

她没反应，呼吸平稳，应该是睡着了。

江言就先把杯子放在桌上，轻手轻脚地去洗漱，回来后掀开被子睡在她旁边。她其实是有一点认床的，半夜寻着热源往他怀里靠，手脚碰到身上的伤口，刺痛感让江言瞬间清醒，下意识的动作不是推开她，而是收拢手臂，安抚性地在她额头亲了一下，等她在他怀里挪来挪去终于找到一个舒服的位置再次进入深度睡眠之后才拉起被她踢开的被子掖好，然后才是等着伤口处的痛感一点点减弱。

林杏子是真的累了，这一觉睡得深。早上被一道大嗓门声吵醒，睁开眼发现自己被男人圈在怀里，手一抬就抵上他温热的胸膛。

她迷迷糊糊的，也忘了两人之间的芥蒂："几点了？"

"还早，你再睡一会儿。"江言拉起被子给她盖好，翻身迅速穿好衣服下床。

几十年的邻居，江母也不好把人拦在门外，季父嗓门大，人长得凶，又喝了一夜的酒醉醺醺的，进门就开始大声嚷嚷："听说你们家江言回来了，我就来问问他知不知道我们家那个赔钱货在哪儿，妈的，老子生她养她，她倒好，翅膀硬了，自己在外面快活，不管老子的死活！"

江言关紧卧室的房门，没给季父多往里面看一眼的机会。

季父被他用手一挡，晃荡着跟跄了几步。

他喝多了，人不清醒，反应慢，对江言也还算客气，咧着一嘴黄牙笑道："这不小江嘛，当了警察，回来连叔都不叫了。哎，那死丫头呢？电话也打不通，这几年跟死在外面了一样，江言，你回城里的时候顺便带叔去找找她。"

江言把母亲护到身后："秋池很久没跟我联系了，我没见过她，也不知道她在哪里。"

"你怎么可能不知道呢，"季父不依不饶，打了个酒嗝，"你们俩以前天天在一起，好得不得了，江沂死了，叔还盼着你给叔当女婿呢，你带叔把那死丫头找回来，今年春节就能把婚事定下来，彩礼的事好说，叔不难为你……"

"季叔，我结婚了，这话您以后别再说了。"江言冷下脸。

他严词厉色，季父有些怵。

江沂是江母心中永远的痛，季父口无遮拦，江母再好的脾气也不会对他有好脸色，直接把人赶了出去。

林杏子从半开的窗户看到院子里的男人走几步摔个跟头，爬起来拍拍屁股上的灰，还在骂骂咧咧地往地上吐口水。

他刚才说的……是季秋池吗？林杏子很难想象季秋池有这样一个父亲。

这里不是自己家，她又是第一次来，昨晚因为不舒服挺失礼的，就没好意思多睡，房间里没有洗漱的地方，她开门，江言刚好准备进去。

两人面对面目光对视，林杏子没说话，从他旁边走过。

江母在厨房做早饭，林杏子洗了个脸，想帮忙，但又不知道该从哪里下手，看到水池里有两根白萝卜，就挽起袖子："妈，我帮您干点什么。"

"不用。"江母拦着没让她动手，"让江言带你去外面逛逛，等饭做好了，我再叫你们。"

"没事，我……"

江言走进来，握住林杏子的手帮她擦干："别碰凉水。"

他刚把菜都洗好就被江母赶出了厨房，林杏子在院子里，她站的地方能看到隔壁的季家，季父就躺在门口睡着了。

林杏子问江言："他一直都是这样吗？"

"差不多，"江言收回视线，"我小时候他就是这样，喝醉了就打人，秋池被他打晕过，幸好送到医院及时。"

林杏子想起他过说季秋池有苦衷。家里有一个这样的父亲确实会让人很无力，但她也不应该往那条不归路上走。

江言低声道："他早上说的那些话，你别往心里去。"

林杏子扭头看着他："哪些话？"

是他和季秋池以前天天在一起，还是季父想撮合他们？

"所有，全部。"

林杏子笑了笑："跟酒鬼一般见识，我成什么了。"

见到她后，她第一次笑，江言心里也松了口气："去附近走走？"

"今天就在家陪妈说说话吧，她平时一个人挺孤单的，你也不常回来。"

今天是江母的生日，林杏子面对婆婆总觉得有些尴尬别扭，礼物也没好意思当面给。吃过晚饭，江母去院子里浇花，林杏子才把镯子放到她房间。

小镇远离城市喧嚣，夜晚很清静，悠悠的海浪声听习惯了也很助眠。

这个时间外面的天色已经暗了下来，林杏子没看到江言，就准备回房间。

刚推开房门，就闻到了空气中有股淡淡的血腥味。桌上一团纱布，男人裸着上身，右边胳膊上的一道伤口从肩侧拉到手肘，血迹斑驳。

林杏子愣住："你……"

江言以为她会先去洗澡，伤口裂开了，他担心血渗出衣服被看出来，就想趁她洗澡的时间把纱布换了，却没想到她会突然进来。

"一点小伤，就是被刀划了一下，看着吓人，其实不严重。"江言开口安抚她，"别怕，没事的，几天就好了。"

林杏子走过去，低着头帮他消毒、换纱布，声音带着点鼻音，闷闷的："你怎么不说？"

她昨天枕着他睡了一晚上。

“还是去医院吧，来的时候我看村口有个诊所。”

“不用，消个毒再换个纱布就可以了。”江言心里有数。

她不擅长做这些，每一个动作都小心翼翼，又极其专注，捏着棉签帮他擦拭伤口周围的血渍，仔细擦完后，再涂上药膏，最后才一层一层缠上纱布，低头时碎发扫在他的手臂，痒痒的。

江言一直等她弄好了才抬起左手将她拥进怀里：“你生气，我不知道该怎么哄你开心，很着急，甚至有些手足无措，但你丢了手机第一时间联系的人是我，我又高兴。”

林杏子下意识反驳：“我是不想爸妈担心才没有告诉他们……”

男人吃痛的闷哼声在耳边响起，他眉头紧皱，额头还有冷汗，林杏子僵着，手都不知道该往哪里放：“碰到伤口了吗？很疼吧，我还是离你远点。”

“嗯，很疼。”他稍稍低头，鼻尖蹭着她的脸颊，“姜姜……你亲亲我。”

他从她眼角眉梢一路往下轻啄吮吻，因为她始终没有回应而不敢继续，却又不舍离开。大概是因为回家了，受了伤，又被冷落，他身上气息缱绻，温热的呼吸浮在她面颊，纠缠不清。

林杏子跪坐在藤椅上，被牵引着向他靠近，他顿了几秒，攻势急促又虔诚，压得她身子不断往后仰，彼此身体厮磨，握在她腰上的手也越收越紧。

“我腿麻了……”

“姜姜，”他声音低哑，混着热气，莫名撩人，“坐上来，我一只手抱不动你。”

被这样热烈专注的眼看着，她总会有种被一心一意偏爱的错觉，就会丧失思考能力。

藤椅其实一点也不舒服，虽然铺了一层垫子，但还是硌得腿疼脚麻，她膝盖都被压出了红印。

她并不是温柔心细的性格，帮他处理伤口的时候尽管已经很小心但还是显得笨拙，总是碰到伤口，他忍着没出声，却出了一身冷汗。

五十米外的路边就能看到沙滩，海浪拍打着礁石的声响被风带到耳边，忽远忽近。

纵使林杏子心有芥蒂，但其实早在昨天见到他的那一刻就已经心软了。


## 2


她好像听到了自己的心跳声，轰隆隆的，仿佛要挣脱束缚破笼而出。

她需要冷静。

可双腿维持着一个姿势太久，酸麻僵硬，只稍微撑起一点就重重跌坐回去。

江言低低地笑，眼神里像是有簇火焰，林杏子脸红了，恼羞成怒般捂住他的眼睛，却挡不住他嘴角上扬。

"让你笑！"

一道阴影从头顶压下来，是她捞起旁边的衬衣直接盖在江言头上，他明明可以轻易将衣服拿开，却纵容着这场由她而起的幼稚游戏。

但这样他也并不好受。

就像他知道树上的水蜜桃有多甜，站在树下就能闻到蜜桃香味，可是树太高，就是摘不到。

"伤……"

"没关系，这样不费力。"

天色越来越暗，还未开灯的卧室也被笼罩在暗青色里。

江言静静地抱她了一会儿，才开口说话："姜姜，你什么时候想要孩子了，记得告诉我……不是逼你，也不催你，你喜欢就要，不喜欢就不要。我不是非要孩子不可，有你就已经很满足了。"

吃饭的时候，江母委婉提过孩子的事。

林杏子才二十五岁，工作忙，暂时不想考虑这些，江言也还年轻，但江母相继失去丈夫和大儿子，对未来的期待全都寄托在江言身上，老一辈的想法就是结婚了就该有个孩子，男孩女孩都好，有了孩子，家才完整。

衬衣还盖着他的脸，林杏子看不到他说这话时是什么表情，脑袋里一片混沌，敲门声响了两下，她才回过神，后知后觉意识到房门没关。

"江言，"江母在外面，"杏子睡了吗？"

江言的卧室面积并不大，房门虚掩着，他们坐在窗户旁边的藤椅上，处理伤口的东西还没收拾，江母在门外，只一墙之隔，进来就能看见。

她起初其实是不同意江言当警察的，这个工作太危险，也许下一次就是有去无回，比起来受伤都是小事，但对于不能再承受任何打击的母亲来说，只会觉得心疼。她奢求不多，只求儿子能平安。

江母又敲了一下门："江言？"

林杏子一惊，回过神时失手扯掉了盖在江言头上的衬衣，他的眼睛露出来，映着窗外夜色寂静浓稠。

"她睡了，我换好衣服也准备休息。"江言先反应过来，"妈，您找她有事吗？"

江母浇完花回房间后看到了桌上的礼盒，里面是一对金镶玉镯子，看起来就很贵重，家里没有其他人，她猜到是林杏子送的。这两天她也看出来了，这个千金儿媳妇倒也没有想象中的那么娇气，不挑吃不挑喝，也没嫌弃家里不好。

"没事，我洗了盘水果。睡了就别叫了，让她好好休息吧。"江母放低声音，儿子在换衣服，她就没有进屋。

"好。"江言应了一声。

江母让他早点睡，离开时帮着带上了房门。

脚步声远去，林杏子紧绷的身体才放松下来，长长地舒了一大口气。

屋里光线很暗，但也还是没去开灯。她担心江言的伤，不敢往他怀里靠，起身收拾那些沾了血的棉签和纱布，江言也不拦着，无论她做什么，他的目光始终在她身上，看着她有条不紊地整理杂物，看着她出去又进来。

"还疼吗？"林杏子拿了条用热水泡过的毛巾，帮他擦身体，"以后不准瞒着我。"

江言说："这点皮外伤不算什么。"

"非得缺胳膊少腿才算？"她突然就生气了，冷着脸瞪他，"我不干涉你的工作，但这是在你平安的前提之下，刀无情，枪无眼，你不要命地往前冲的时候，能不能稍微想一想我……和妈。"

江言伸手把人揽进怀里："让你担心了。"

看不见他的哪一天能不担心？过了许久，林杏子低声喃喃："真希望世界上没有毒品。"毒品害人害己，也害了千千万万个家庭。

江言轻轻拍着她的背："我们都在为这个心愿努力，在未来的某一天，一定可以实现。"

可是未来和意外哪一个先来，谁都说不准。林杏子忽然很后悔在他出任务之前还在跟他闹别扭。算起来他们认识很多年了，从她的学生时代一直持续到现在，但真正在一起的时间其实很少很少，掰着手指头都能数完。

"林柯说，你曾经给我买过一条手链。"话题转得太快，江言甚至来不及反应。

她顿了片刻，轻声问他："是真的吗？"

海风从半掩着的窗户吹进来，房间里的热潮慢慢散开，过了许久，江言才出声："真的。"

"……那个时候我在生你的气。"

"我知道。"

"姐姐帮你传话那天，我在跟我爸吵架，什么都听不进去，不是故意的。"林杏子仰头看着他，"手链……是什么样子的？我想看看，照片也行。"

江言想了想："没有照片。"

他没有拍照的习惯，迄今为止微信朋友圈里也就只有大二那年发过一张夕阳的图片。

林杏子听完就蔫了，闷闷地靠在他肩上不说话。

"东西还在。"江言摸摸她的头发。

林杏子猛地坐起来，动作太大，额头撞到了江言的下巴，她也没觉得疼，眼巴巴看着他："在哪里？"

她很急切，甚至忘了掩饰，这才是她学生时代的样子，率真直白。

江言悠闲地闭上眼靠着藤椅，唇角微微上扬，语调也和刚才不一样了："你亲亲我，就告诉你。"

林杏子太想知道那条手链的样子，时间过去太久，本来以为还能看看照片就不错了，没想到他还留着。她跪在垫子上，双手捧着男人的脸亲了一下。退开一点距离后，又凑近亲了一下。

眼看着他就要得寸进尺，林杏子像个渣男一样应付似的又亲了一下，嘴上却一秒都等不了，着急地催促："快点！"

江言笑着起身去开灯，在结婚之前他都是租房子住，搬来搬去不稳定，考上海市公安局之后，他就把手链带回了老家，和高中所剩无几的几样东西一起锁在书桌的抽屉里。

他找到钥匙，插进锁孔里，打开抽屉的瞬间，像是坠入了岁月的河，那些久别的过往也随之一点一点变得清晰。

海边小镇空气潮湿，那条手链早已锈迹斑驳，价格并不算太昂贵，但对当时的江言来说，已经是倾尽所有，不仅仅是金钱，还有他那颗贫瘠的心。

"就是这个，"他打开盒子，把手链拿出来，"已经有点生锈了。"

林杏子伸出右手，落在她掌心里的手链还带着凉意。

她其实已经不记得这是她高一那年很想要的生日礼物，那时候李青说她还是学生，大部分时间都在学校，又像个野孩子一样天天跟男生混在一起闹，今天这个坏了，明天那个丢了，再好的东西在她那里都留不长久，就没有同意给她买。

但江言记得。

有一天林柯叫他去家里吃饭，林杏子也在，她很烦学习，在他们补作业的时候拿了本杂志趴在沙发上翻着看，杂志上的模特就是戴着这一款手链，她看了很久，最后只是自言自语地感叹了一声"真漂亮啊"就翻页了。

林杏子把手链装进盒子，又把盒子放到行李箱里："我拿去专柜，让他们看看还能不能修复。"

他笑着问："不嫌弃？"

林杏子说："我看上的东西，无论高低贵贱，在我这里就是无价之宝，人也是。"

她怕吵醒江母，动作很小心，江言站在书桌旁看着她，过了好一会儿，才又问出一句："姜姜，你是在跟我表白吗？"

林杏子脸一红，别扭又傲娇地哼了一声："想得美，我只是想说一件东西的价值不仅仅只是印在价目表上展示给人看的数字，我喜欢的就是最好的，轮不到别人说三道四。"

她很快就转移话题，指着抽屉里的东西问："那是什么？"

"试卷。"

"试卷？"林杏子惊讶，这里距离海市很远，"高中那么多试卷，堆起来比桌子还高，你都还留着啊？"

江言没有保留太多高中的东西，除了校徽和校服之外，就只有一张毕业照和这个抽屉里的几样："不是，就只留了这一张。"

林杏子嗅到了不同寻常的味道："江言。"她抬头看向他，一字一顿，"你、有、秘、密。"

"什么秘密？"

"你自己心里清楚。"

江言一只手伸进抽屉，把泛黄的试卷拿出来："我怎么觉得，你应该比我更清楚。"

试卷被展开，林杏子看到他的姓名旁边被人用笔画了一些小图案。

高三每个月都有月考，李青教四个班的化学，在学校批改不完的试卷都会带回家，每次她改试卷，林杏子都会被摁在旁边写作业。

林杏子是典型学习五分钟走神两小时的类型，她坐不住，总要趁着李青接电话或者有事去外面的几分钟里做点什么，刚批改完的一沓试卷放在离她很近的地方，房门关上下一秒她的注意力就不在习题册上了。

书房朝阳，采光极好，午后的窗台被阳光照得发亮。

她偏过头，先看见李青刚用红笔打出来的分数，然后才是写在虚线外的名字：江言。

毫无疑问作为课代表的江言这次月考的分数很漂亮，但字迹却丑得清奇，李青还给他扣了两分卷面分。

理科班的男生大部分都是这样。

李青还没回来，林杏子突然站起身，单膝跪在椅子上，手肘撑着桌面，身体往试卷那边歪了一点，用手里的笔在江言名字旁边画了个小人，收笔后迅速坐回去。

"做完了没有？"李青端着茶杯回屋，要检查林杏子的作业。

她还在磨蹭："这道题好难，老师没讲过。"

"自己上课不认真听，全怪老师，我看你今年期末能考几分。"

林杏子撇撇嘴，没吭声，用心花了五分钟把那道大题算出来。

李青抽空给女儿批改作业，女儿不是笨，就是没把心思用在学习上，再加上叛逆期有点反骨，很多时候又气人又好笑，但只要她静下心来，也不比别家的孩子差。

"妈。"林杏子下巴压在手背上，余光往试卷上的那个小人瞟了一眼。

李青没理会："哪儿又疼了？肚子还是脑袋？"

林杏子对着墙翻了个白眼，起身走到妈妈身后，帮她捏肩："……我是想问问你觉得早恋是对还是错？"

"你又盯上谁了？"

"不是我！是……是林柯！他有早恋的苗头，我觉得不合适。"

"他敢？！你婶婶揍不死他。"

"那如果是我呢？"林杏子试探着问，紧张地观察李青的表情，

"妈，我如果早恋了，你会不会打我啊？"

李青皮笑肉不笑地说："你都早恋多少次了，打你有用吗？"

林杏子："……"

既然这样，那她就无所畏惧了。

周一下午连续两节化学课，江言提前去办公室把试卷拿到教室发给同学们，他发完手里那些之后回到座位上看自己的卷子，又看了眼同桌林柯的，好像不太一样。

他的名字旁边画了一个拿着弓箭射爱心的简笔小人。

李老师家里没有那种会随便乱涂乱画的小朋友，只有一个林杏子。

林柯注意到江言的嘴角都快飞到天上去了，问道："你笑什么呢？"

"没什么。"江言拿了本书盖住试卷，转移话题的同时也是提醒林柯，"李老师来了，你做好心理准备。"

林柯没及格。李青踩着高跟鞋走进教室，林柯深吸一口气，下意识挺直后背，李青讲评完这次的成绩后开始讲试卷，一节课就够了，第二节课讲新内容。

下课前两分钟，林柯才刚稍微松懈下来，粉笔头就从讲台飞过来砸在他头上。

"林柯，听说你有早恋的苗头啊。"

全班哄笑，睡意一下子被打散了，林柯两眼茫然："恋谁？"

李青拿着粉笔敲敲黑板，严肃道："不管你恋谁，最后几个月都必须把心思给我收回来，下次再不及格，以后我的课你就站着听讲。全班只有你没及格，丢不丢人！"

林柯："……"

这事儿不对劲，一定是有人在背后陷害他！

## 3

学生时代的林杏子直白得一览无余，她什么都藏不住，也不知道在人前那些心思应该要稍微收敛一些。

江言就算再迟钝也能感觉到那束热烈的光焰正从身后野火燎原似的烧过来。

可恨的是她放完火就一走了之，留给他的只有四个字：归期不定。

有好几分钟，房间里只剩海浪声。

"这个小人儿难道是……是我画的？"越问越心虚。

看，她早就不记得了。林杏子不是一个长情的人。

江言勾唇笑了一下："我以为是你。"

"那……那可能是我吧，毕竟画得还挺可爱的。"她高中喜欢看漫画，被没收过好几本，"你留着这个干吗？"

江言想了很久，也没能给出一个让林杏子满意的答案。情话对他来说有些困难。在那个年纪说不口，现在更是内敛。

"你觉得是因为什么？"

"望梅止渴？"她脱口而出，眼里满是明亮的笑意，"睹物思人？借景生情？"

他也笑："都是。"

对视间，有什么东西在两人之间无声无息地野蛮生长，林杏子摊开试卷盖在脸上，潮湿的味道很奇怪，但不难闻，她知道这是自己的心理作用，于是试图扭转正在节节败退的势头。

"我已经不是十几岁了，没那么好骗，你少来这一套。"

江言挑眉："哪一套？"

林杏子伸出一只手，抵着男人的额头，把他推远："就是你此时此刻的这副嘴脸。"

眼前种种太容易让她误以为他其实很喜欢很喜欢她。

江言倒是没有解释什么，只是在她用力的时候顺势往后踉跄了半步，手臂撞在桌角，正好碰到伤口。

　　林杏子听见他吃痛的闷哼声，连忙拿开试卷，起身去看他："很疼吗？你小心点。"

　　"没事。"

　　"你去别的房间睡。"

　　"第一次带你回来，我们就分房睡，妈会怎么想？"江言当然不同意，他背过身，默默地补了一句，"我也会多想。"就像他去找证人前的一晚，她把枕头从主卧扔出来，反锁房门后，他就在客厅坐了一夜。

　　林杏子因为男人这句"我也会多想"再次心软，没能说出反驳的话，最后还是睡在了一个房间。

　　她清醒的时候还记得要小心避开他的伤口，半梦半醒快要进入睡眠的时候就什么都忘了。

　　月色朦胧，江言摸着她在胸口蹭来蹭去的脸，从前遥不可及的幻想现在就在身边，只觉得满足。上天待他没那么苛刻，把最好的留给了他。

　　江言和林杏子只能在家待四天，他们订的是明天的车票。江母起得早，想着去市场买点新鲜的鱼虾蟹回来，林杏子不太爱吃猪肉，喜欢海鲜。

　　这会儿天还没亮，江母走出房间就看到小两口已经洗漱完了，一副准备要出门的样子。可能是不想吵醒她，没开灯，动作也轻。

　　"起这么早。"

　　林杏子被吓了一跳，江母站在房门口，婆媳两人面面相觑，林杏子先反应过来，不太自然地把手从江言手掌里挣脱出来。

　　"嗯……昨晚睡得好。"

　　江言开灯："我看过天气预报，今天是晴天，想带姜姜去看日出。妈，你怎么不多睡一会儿？"

　　"到点儿就醒了。早上冷，海边风大，你们俩别感冒。"

　　"我带件外套。"

　　"还回来吃早饭吗？"

"不回来吃了，我顺便陪她逛逛。"江言昨晚和林杏子说好了，看完日出带她去他从小学吃到初中的那家早餐店。

江母听了也没有觉得不高兴："行，那我做晚饭等你们。"

林杏子先出门，江言刚出院子又几步折回屋拿外套，江母往外看了看，林杏子走得远，应该听不清了。

她拉住江言："跟杏子吵架了？"

"……没有。"

"还没有，你当你妈傻？人家姑娘这两天都没怎么笑。"江母虽然也是少言寡语的人，但看得明白，"夫妻哪有不吵架的，吵归吵，有没有理你多少都要让着点，杏子在家是她爸妈的心肝宝贝，嫁给你总不能受委屈。"

她长长地叹了口气："儿子随妈，嘴笨，不会说好听的话。"所以大学四年他都没谈个女朋友，毕业后也一门心思扑在工作上，去年突然打电话回来说要准备结婚，她都吓一跳，以为儿子在外面遇到麻烦了。身边的人都说大城市里上了年纪的富婆喜欢找年轻的小伙子，尤其是儿子这种没权没势但长得端正，身体素质也好的，很容易被看上。

结果儿子确实是被富婆看上了，小富婆。

"夫妻哪有隔夜仇，想办法哄哄。"

江言笑了笑，温声应着："嗯，知道了。"

家门口这片海滩不太干净，江言准备带林杏子去稍微远一点的地方，她怕黑，也不熟悉这边的路，就拿着江言的手机照明。

江言把电动车骑出院子，在她面前停下："上来。"

林杏子骑自行车摔断过腿，对这种两个轮子的车有阴影："你这样怎么骑，胳膊不要了？"

他是不是又忘了自己身上有伤？

"不远，十分钟就到了。"江言给她戴头盔，"我骑慢点，不影响。"

林杏子想起上次江言飙车追季秋池的车速，她宁愿两条腿走过去："你才不慢，你很快。"

江言："……"

虽然知道她不是那个意思，但这话听着总不太对劲。

"不骑太快，听你的，你想多慢都行。"江言把外套抖开，手指穿进她发间，将她被头盔压住的头发拿出来，"会冷，外套穿上，手机就放在你那里。"

天际泛白，破晓微光揉碎了散在他眼底。有他在身边，林杏子就会很安心。

她坐上电动车后座，江言骑车带她穿过这个小镇，时间早，大部分人都还没起床，整个世界都是安静的。

海风里混着湿湿的咸味，林杏子靠在江言背上，想起了高中时期的他背着她一步一步走过校园里的百步梯。无论过去多少年，还是会心动。

"前面的广场以前是个小学，我读了六年，后来被拆了。"

她朝那边看过去，广场上有篮球架："你以前也骑车上学吗？"

江言说："不骑车，都是走着上学，那时候镇上还有很多人，我跟邻居家的小孩一起走。"

"……哦，"林杏子声音拖得长，"你那个漂亮同桌。"

江言："……"

"马上下坡，抓紧了。"江言抓着她的手放到自己腰上，"秋池都是跟我哥一起走，我们小学也不是同桌。"

秋池，秋池……都没这样好好叫过她。林杏子打了个喷嚏，没说话，但回头往广场多看了几眼。她小学是在私立学校读的，班里同学一个比一个有钱。

经过一间矮房子，江言告诉她："这里以前有个小卖铺，老板是一对夫妻，两个人都不会说话。"

门口有棵大树，还能看到墙上画了很多图案，但确实有点旧了。

林杏子问："怎么没开了？"

江言说："学校拆了，学生都不来这边，生意不好做，夫妻俩就出去打工了。"

"好像有狗叫声。"

"嗯，我们这里养狗的人很多。"

"你养过吗？"

"初中的时候养过一条土狗，在路边捡的，养了两年，有天下午被汽车轧死了，后来就再也没养过。"

他的过去好像总是不太顺。

"我们现在也可以养一只，不，养两只，一只有点孤单。"

"养狗需要很多精力，你太忙了，我现在也不能每天都带它们出去。"

林杏子想了想："那就等明年，到时候你陪我去宠物店，我选一只，你选一只。"

江言答应她："好，明年我尽量多陪你。"

到了目的地，江言把电动车放在路边，两人牵着手往前走。沙滩空旷，一眼望去就只有他们两个人，沙子细腻，林杏子脱了鞋踩上去，江言找了个干净的地方，脱下外套给她垫着。

等了大约二十分钟，海天相接的地方就透出浅浅的赤色柔光，慢慢地，红光大面积蔓延，天色随着时间越来越亮。

"好美。"

林杏子上一次早起看日出的经历已经久到想不起来了，日光将海面照得波光粼粼，她静静地看着太阳从海面升起，完全臣服于大自然的美景。

而江言在看她。

今天是周末，起得早的小朋友们成群结伴跑出来玩，大海就是上帝赐予他们的天然游乐场，他们拿着各种各样的东西玩过家家，说要请客吃饭。

林杏子坐在一旁看得兴趣盎然，他们都是认识江言的，热情地问他点什么菜，要不要葱，放不放蒜，玩得特别认真。

江言从那一堆绿草、石头和贝壳里面找到半根已经干了的生姜：

"不要葱，不要蒜，要这个。"

小朋友摇头晃脑地往回跑："好的，江叔叔只要姜！姜！稍等，马上就好。"

江言背着光，回头看她时，嘴角上扬的弧度却十分明显。

林杏子装作若无其事，然而心里海浪翻涌。光线刺眼，她想戴帽子，可头盔还挂在电动车的车把手上。

然而那群小孩儿还在喊："姜姜！江言叔叔最喜欢姜姜！"

林杏子捂着脸，她竟然被一群小破孩逗得面红耳赤。

江言抬手揉揉她的头发："饿不饿？"

"……有一点。"

"穿鞋，带你去吃早饭。"他握住她的脚稍稍抬高，用手拍拍上面的沙子，又掀起T恤给她擦了擦才穿袜子，然后穿鞋，另一只脚也是一样。

回到马路，林杏子说她来骑车。

江言不太放心："你行吗？"

"我先试试，你站远点。"林杏子从他手里拿过车钥匙，跨坐到车座上。

车起步后，江言跟在后面："左手是后轮刹车，右手是前轮刹车。"

"这有什么难的。"她试着骑了一段路就适应了，"坐上来吧，我带你。"

江言试图让她下车："你不认识路，还是……"

"这不是有你嘛，你负责指路，"林杏子催促道，"快点，好饿。"

江言只好坐上后座。

"放心，不会摔着你。"她说话的同时车身还在晃，但她丝毫不慌，"前面路口是左拐还是右拐？"

"你慢点，右拐。"

"还有多远？"

"大概十分钟，在初中学校附近。"

学生放假了，早餐店里的客人少，店面不大，但很干净，江言跟老板娘打招呼，找好位置后让林杏子先坐着，他去倒水，把店里有的都点了一份。

"太多了，我吃不完。"

"没事，你每样都尝几口，吃不完的我吃。"

"江言，带了女朋友回来啊。"老板娘笑着看向林杏子，"女朋友真漂亮。"

江言说："王姨，她是我老婆，我们结婚了。"

"哎哟！都结婚啦！"老板娘惊讶。

老板听见之后也很吃惊，夫妻俩边准备早饭边感叹时间过得真快，江言也能跟他们聊几句，林杏子在旁边听着听着就忍不住笑出声，江言也看着她笑。

暖胃的清汤馄饨先端上桌，林杏子凑近闻了闻："好香。"

"里面有虾仁，可以放点醋。"

"你以前经常来这里吃吗？"

"嗯。"

林杏子吹了吹，喂到男人嘴边："你尝尝看还是不是小时候的味道。"

江言其实不太喜欢回忆过去，年少时坐在这里的他怎么都想不到有一天能带着自己生命里无可替代的人一起回来，吃一碗鲜虾馄饨。

"怎么样？"

他把嘴里的馄饨咽下去，笑着回答："和以前一样。"

"那你多吃点。"

两人在早餐店待了将近一个小时，临走前付钱的时候老板娘怎么都不肯收，江言只好悄悄留下一张纸币压在碗底。

他们骑着电动车去了很多地方，几乎把小镇走遍了，傍晚才回家。

1

　　林杏子丢了手机，耽误很多工作，回到海市之后忙得不可开交，江言也是天天都加班到很晚。

　　海市表面繁华璀璨，但是藏在阳光之下的黑暗根深蒂固，因为地理条件优越，长年累月下已经形成了交易网，毒品来钱快，有人说，尝试过用毒品赚钱，就没有不贪心的。

　　上面派了十人督察组来海市协助办案，江言主动申请加入一线调查组，周峰拦不住，也没有立场拦，毕竟江言是这一批警员当中综合能力最强的，经验丰富，也懂电脑网络，抛开个人情感来讲，他确实是最合适的人选。

　　但名单递上去审批的时候，江言的名字被林旭东划掉了。

　　有人在背后说闲话，二虎都听见好几次了，他安慰江言："江哥，你别往心里去，队里的兄弟都服你，心服口服。"

　　江言面不改色，他的心态没有被最近的那些流言蜚语影响："我不在意这些。"

　　二虎点点头："林局应该是有别的安排吧。"

　　林旭东是想把江言调去刑侦组，周峰找江言谈过一次，其他人还不知道。

　　江言脚尖抵着桌角，椅子往后滑，他站起身："你再把监控回看一遍，我去趟六楼。"

　　"行。"二虎坐到他的位置，继续盯着电脑屏幕。

江言上楼，中途遇到同事，互相点头打了招呼，到林旭东的办公室门外后，整理了一下衣服才敲门。

"进来。"浑厚的嗓音从办公室里传出来。

江言推开门，站得笔直，敬了个礼："林局。"在单位，需要避嫌。"我从入职第一天就开始盯着那批人，对他们很了解，也很愿意配合督察组领导的工作，请您批准我的申请。"

林旭东知道江言会来找他，他放下茶杯，起身从办公桌里侧走出来，拍了拍江言的肩，语重心长道："我理解你的心情，但你不合适。"

"请林局给我一个理由。"

"名单不是由我一个人决定的，是经过开会讨论，综合各方面的考量之后才确定的。"局里同事都知道江言的父亲是吸毒过量导致的死亡，他哥哥的意外死亡也和毒品有关，林旭东当然清楚。

"江言啊，只有咱们俩，我就摊开了说，你现在不是一个人无牵无挂，你有家庭。姜姜嫁给你，你对她就有义务和责任，说句愧对党和人民的话，我林旭东有私心，我不只是人民警察，也是一个普普通通的父亲，我希望我唯一的女儿未来能过得安稳、开心、幸福，而不是整天提心吊胆，既要担心自己的父亲，又要担心自己的丈夫。"

林旭东摘了警帽，眉宇间的锐利和严肃褪去之后，更多的是无奈："姜姜在国外读了五年书，可能是习惯了一个人，回国后也不怎么爱回家，嫌我和她妈唠叨。江言，你可能不知道，你调任的那半年，也就是你和姜姜领证后的半年，她隔三差五就往家里跑，趁她妈做饭不注意就躲到我身边，旁敲侧击地问你好不好。就比如最近这一次，你出去找证人，她吃不好睡不好，总害怕你出事。"

江言不知道的事不止这一件。

再比如，去年他去林家求亲的那段时间，他被林家人刁难指责的时候，林杏子虽然没有为他说一句话，但等所有人都离开林家之后，她跟父母表态，她是愿意的，否则林旭东也不可能点头。

"于公，我非常欣赏你，有时候甚至觉得自己在你这个年纪比你差远了，但是身为一个父亲，我原本不希望自己的女儿嫁给警察，尤其是从事缉毒方面的。"

江言沉默了许久。

每年都有同事在这条路上牺牲，墓碑上连名字都没有，从他穿上警服的那一刻就做好了随时为国家牺牲的准备。会怕吗？当然会，没有人不怕死，他也怕。他会因为林杏子而变得胆怯，但也会因为她更坚定。

"我知道，但我还是坚持。"

林旭东的脸色渐渐沉了下来："那你也给我一个理由。"

"我穿上这件衣服，一生都会忠于国家。"江言顿了半秒后抬起头，不卑不亢地看着摆在办公桌上的那面国旗，"娶了姜姜，这辈子也必定忠于她。我要给她的不只是眼前的快乐，而是往后余生都不用再担心我可能在她不知道的时候死在某个角落。

"这条路很难走，但我只能向前，也必须向前。

"我希望未来的某一天，姜姜不用再站在我身后，而是可以毫无顾忌地穿上婚纱，邀请亲朋好友，在她喜欢的地方补办一场婚礼，再去蜜月旅行，我们还可以拍很多合照。"

"林局……爸，"他改口，语气也柔和了，"请您相信我。"

林旭东叹气："我不是不相信你，江言，我和李青不能陪姜姜一辈子，你才是她的依靠。"

"我懂。"

"那就不要参与了，暂时先在队里待着，年后去刑侦组，孙队长很看好你，也很欢迎你加入他们。"

江言如果愿意妥协，今天就不会走进这间办公室："爸，姜姜是同意的。"

林旭东问道："你们商量过？"

"没有，在这件事上，姜姜一开始就是支持我的，她是您的女儿，从小到大都为您感到骄傲。"

林旭东捏着眉心，许久才说话："让我再想想。"

江言话已至此，决定权在林旭东手里，林旭东如果依然不同意，他明天还会再来。


有份合同要找展天雄签字，展焱在公司没有找到人，直接掉头去红山别墅。季秋池被养在红山别墅区。

展焱把车扔在楼下，带着合同乘电梯上楼。展天雄名下的房产多得数不清，里面住着年龄、类型各不相同的女人，但可笑的是所有密码都还是他母亲的生日。

展焱一进屋就闻到了味儿。果不其然，那两个人在酒窖。

展天雄咬着雪茄吞云吐雾，季秋池衣衫不整地躺在地上，身上的伤有深有浅，每一处都落在足够隐蔽但很折磨她的地方。她眼睛飘忽，失神地望着角落，有人进来了也没什么反应，完全没了那晚在酒桌上的风情万种。

展焱从来不管老头子的这些事，只瞟了一眼桌上的那堆东西。

这女的很能忍，所以到目前为止她是在展天雄身边待的时间最久的女人，看样子应该是有瘾了。

展焱问："这玩意儿，你碰没碰？"

"放心，你老子心里有数。"展天雄抬腿踢了季秋池一脚，她过了好一会儿才有反应，身体往破碎的衣服里缩了一下，人还没回过神，身体就已经很自觉地往他脚下爬。

展天雄对她的表现很满意："给狗玩更有意思。"

展焱懒得管，把合同翻到需要签字的那一页递给展天雄。

"最近和林杏子相处得怎么样？"

"见不着人，"展焱所有的联系方式都被林杏子拉进黑名单了，"我跟她之间有点误会，她还记恨着我，而且这段时间我忙新项目的事，没顾上。"

展天雄签完字合上文件夹，另一只手抚摸着季秋池的头发："找机会多约约她。"

"她跟别的女人不一样，不能追太紧，我有分寸，不用你操心。"

展焱离开红山别墅，半路接了一通电话，对方说："展总，房子的事儿我给您办好了，您随时都能过去住，手续可以慢慢办，交给我就好。"

"辛苦了。"展焱挑眉，挂断电话。

这么一想，他去林杏子办公室喝茶已经是上个月的事了。不能追太紧，否则会惹得她厌烦，但如果长时间远离她的视线，她就会忘了他这个人。

展焱点了根烟，在路口打转方向盘。

林杏子今天下班早，江言还没回来，她先洗漱。

她洗澡时间长，要敷面膜，要护理头发，但门铃一直响，她只能关了花洒，把身体擦干，披了件大浴袍出去开门。

打开门就看见展焱背靠在对面墙壁，手指勾着车钥匙漫不经心地晃着，笑着朝她吹了声口哨。

林杏子下一秒就准备把门关上。

"别这么无情啊林妹妹。"展焱早就料到她会这样，眼疾手快地挤进去一条腿抵住门。

展焱回国之后，展天雄就把林杏子正在和他们公司接洽的项目交给了展焱，他一直在挑刺，导致林杏子最近天天加班，压力也极大，偶尔在某些场合遇到他还要赔笑脸，客客气气的叫声展总。

新仇加旧恨，林杏子看见他这张脸就烦："我打电话报警之前你赶紧滚。"

"啧啧，"展焱笑得散漫慵懒，"林杏子，你就这样对待你的合作伙伴？"

林杏子面无表情："我说过了，谈公事可以，公司有专门的负责人二十四小时随时都能准备好跟你谈，除非是签合同，其他的事别找我。"

"我也说过了，我只跟你谈啊。"他还是那股闲散劲儿，仗着身高优势，余光往她浴袍领口里面瞟，"好香，刚才在洗澡呢？难怪这么久才给我开门。"

林杏子比力气肯定是比不过他的，比贱也自愧不如，他大摇大摆地走进客厅，这里看看，那里看看，还顺带着点评几句。林杏子冷着脸去沙发拿手机，找到林旭东的号码之后拨了出去。

"爸。"

接到女儿电话的林旭东缓和语气："哦，是姜姜啊，我还在单位跟江言谈工作，你有什么事吗？"

林杏子："……"

江言在爸爸旁边？那她就只能没事了。

"没事没事，"林杏子抓了抓头发，挤出笑脸，"我就是想爸爸了，今天下班早，就想着给您打个电话，其实没什么事，那……那你先忙，我们周末见，拜拜！"

电话挂得快，林旭东还没说几句话。

江言还站在办公桌前，僵持过后，终究还是林旭东妥协了，他牵唇笑了笑，似是无奈，但看向江言的目光又很欣慰。

"好，很好，我没看错人。行了，快回家吧。"林旭东这么说，就代表他同意江言参加这次的行动。

江言走出办公室之前庄重地敬了个礼，他知道是林杏子的这通电话才让林旭东改变了主意。

二虎还在看监控，眼睛里全是红血丝，见江言回来，他立马起身："江哥，怎么样？"

江言说："林局重新在名单里加上了我的名字。"

"就说嘛，队里少了谁也不能少了你，论默契，谁比得过咱们？！"二虎打了个响指。江言走近，两人默契地击掌。

"海市这半年太平静，也该起点风浪了，江哥，行动前一起吃顿饭吧。"

谁都不知道还能不能回来。

"嗯，到时候叫上齐铮他们几个。"

"那是必须的！"

家里，丝毫没把自己当外人的展焱已经在客厅转了一圈，转身对上林杏子冷冰冰的眼神，他瞬间就笑了。

"别生气，逗你玩儿呢，这个时间我能找你谈什么工作。我搬到你对门了，老钱忘记问门锁密码，我进不去，前房主出国了，一时半会儿联系不上，我总不能一直在门外等着，咱俩好歹也是二十年的朋友，一杯水总不过分吧。"

林杏子以为自己听错了："你……你住我对门？！"

"我不可能住家里，之前的房子也都是临时住几天。"他解释道，"这小区清静，风水也好，我就买下来了。"

很多明星都住在这个小区，安全防范和隐私保护这方面不用说。

"你编瞎话连脑子都不过，"林杏子皮笑肉不笑地，用手指点了点自己的头，"是觉得我这里也有问题吗？"

展焱一双桃花眼盯着她，几秒钟后，嘴角疯狂上扬。

他无奈地叹了声气："好吧，我承认我是因为你才想搬到这里。杏子，我对你的感情没有变，当初是我太自负了，现在很后悔，想找机会把两年前的误会解释清楚，那天不是你看到的那样，我很爱你。"

当时林杏子抓奸在床，甩了他一巴掌，办完毕业手续后就直接回国了。展焱年轻气盛，从小到大被捧惯了，一身傲气，被她那一巴掌扇得没心情解释，现在想想真是自讨苦吃。她这样的性子，怎么都不可能低头服软。更何况，她本就对他没有太深的感情，死皮赖脸跟在她身边的人是他，追着出国的人也是他。

想起两年前的那场误会，展焱扶额苦笑："咱们俩才在一起两天，我高兴都来不及，怎么可能跟别的女人不清不楚惹你不高兴，是那个女人不知好歹，当然，也怪我……"

"展焱，我拜托你别再提那两天了，我尴尬得想跳楼！"林杏子一句都不想听，"游戏就是游戏，提前结束了而已，一提再提烦不烦？"

她皱眉往展焱搭在她肩上的手瞟了一眼："拿开你的手，别碰我。还有，你刚才说你爱我？不好意思，爱我的男人多了去了，排队都轮不上你。"

　　展焱倒也没怎么生气，他脸上还带着笑，只是说的话意有所指："杏子，你就没想过那警察图的是你这个人、你的财，还是图你爸手里的权？"

　　林杏子神色淡淡，毫无波澜。图钱吗？幸好她最不缺的就是钱。图爸爸的权？狗屁。图她这个人？嘻嘻！

　　"你管他图什么，我就是喜欢不爱我的男人，"林杏子有点不耐烦了，"你这种上赶着找骂的才下贱。"

　　"是吗？"展焱坐在沙发上，笑着迎上她的目光，"那咱俩刚好一对。"

　　"餐桌上有白开水，喝完了赶紧滚。"林杏子懒得多说，丢下一句话，回卧室换衣服，她还穿着浴袍。

　　富家子弟都爱面子，被她羞辱一顿心里应该有气，她以为吹干头发之后展焱肯定走了，没想到他还是那么不要脸，竟然给自己泡了杯茶。

　　展焱那双桃花眼把林杏子从头到脚扫视了一遍，再慢慢回到她漂亮的脸蛋："这件好，刚才那件浴袍太容易让我想入非非。"

　　林杏子心说：我不是穿给你看的！

　　"你走不走？"

　　"等我喝完茶。"他笑笑，"我总不能睡在你这儿。"

　　他这杯茶不知道要喝到什么时候，林杏子可没那么多耐心："展焱，已经很晚了，你这样让我很有负担。我不需要你的解释跟道歉，真的没必要，过去的事情就是过去了，而且，我结……"

　　"嘀嘀——"门口传来密码解锁的声音。

　　林杏子心里一惊，没来得及说出口的"婚"字卡在喉咙里，视线定格在玄关那扇门上。

　　开门的过程像是电影里的慢动作，每一个细微的变化都清晰可见，在安静的环境下，声音也被无限放大了。

2

江言带了束花回来，他一只脚迈进屋，和展焱目光对上的瞬间显然有些意外。

展焱像个男主人一样坐在沙发上，眼里是毫不掩饰的挑衅，嘴上却又充满歉意地解释道："江警官别误会，我家密码锁出了点问题，杏子是我老同学，暂时收留我喝杯茶。"

江言的意外也就只维持了几秒钟。

"没关系，密码锁修起来有点麻烦，展先生可以多坐一会儿。"他态度随和，把花放在柜子上后自然地看向林杏子，"老婆，我拖鞋放哪儿了？"

林杏子上一秒还在唾弃展焱怎么说话阴阳怪气的，下一秒就被江言那声"老婆"惊得魂都没了。他平时总叫她小名，连"杏子"都没叫过，那声"老婆"却无比顺口，好像早已习惯，在没有外人的时候，他一直都是这么叫她。

"……拖、拖鞋啊，"林杏子摸了摸自己的耳朵，余光往展焱脚上瞟，幸好他穿的那双是李尧的，"不在鞋柜里面吗？"

江言低头在鞋柜里找："不在。"

"你早上没穿吗？"林杏子往房间里走，"我去卧室找找。"

上一次江言把林杏子在展焱面前接走之后，展焱就调查过他，他确实和林杏子在去年年底的时候就已经登记结婚了，但这婚结得十分简单，几乎没有任何仪式，外人都不知情。

调查之前，展焱对这个人一无所知，调查之后才知道原来是高中校友，大他两级，并且还和季秋池有那么点说不清道不明的关系。

当初林杏子隔三差五就往高三楼跑，他以为她单纯是去找林家那对姐弟，现在抽丝剥茧，才恍然惊觉当时的她醉翁之意不在酒，而是坐在林柯旁边的江言。

两年前是他太过自信，总觉得林杏子玩够了最后最爱的人一定会是他，他也一样，可是现在有另外一个男人一脚插了进来，在他看不到的地方，和林杏子做着旁人窥探不到的亲密事。

"江队长，我和杏子之间的关系，不是一句两句就能解释清楚，你应该也早就对我有所了解，杏子十五岁就被他爸送出国了，那几年，如果没有我，她一个人撑不下去的。"

林杏子不在场，他甚至不屑于拿正眼瞧对方。

江言始终淡定沉稳："我很感激展先生那几年对姜姜的照顾，但你可能是低估她了，她很坚强。"

展焱不以为意地嗤笑："那你是没见过她哭的样子。"

"江言，我找到你的拖鞋了，怎么在沙发下面，你早上穿的什么？"林杏子拿着拖鞋从卧室走出来。

她多披了件外套。

展焱目光转向一边，将剩下的话和茶水一起咽进肚子里。

江言回答道："这双鞋底有点硬，走路有声音，早上我不想把你吵醒了，就没穿。"

林杏子说："明天重新买一双吧。"

"好。"

江言在门口换鞋，展焱没有半点自觉，一副要把那杯茶喝完再走的烦人样。家里又一次陷入莫名尴尬的寂静，林杏子表面不动声色，但脑袋里在天人交战，展焱像是感觉不到她强烈的暗示，她如果催他赶他，就有种此地无银三百两的心虚感，本来没什么，这样就很容易被她搞得像是有点什么。

林杏子站在旁边看江言整理鞋柜上的钥匙和耳机，她有乱丢东西的毛病，东西找不到了就再重新买，他回来之后，家里就整齐多了，她要找什么只需要叫叫他。

他不是和爸爸在警局谈事情吗？怎么回来得这么快？他今天带了

束花回来，如果展焱不在，会不会还有一个下班吻？

想到这里，林杏子对展焱的意见就更大了，他不仅影响她的心情，还影响她和江言之间的感情。

"这天好像突然就变冷了。"

江言点头："嗯，降温了，下周有台风会更冷。"

"你今天忙吗？"

"还好。"

"吃饭了吗？"

"没有，你下班早，我回来陪你吃。"

"……可是我忘了让阿姨过来做饭。"他们不是每天都能回家吃饭，家政阿姨一般是接到电话才会提前过来。

江言说："没关系，我做。"

展焱听着林杏子没话找话，心里很不是滋味。

林杏子看着江言抬起有伤的那只手时皱了下眉，他衬衣的扣子永远扣到最上面，一只手弄了好一会儿都没能解开一颗。

江言眉头轻皱："胳膊有点疼，你帮我。"

"啊？"她茫然地抬起头，愣了一瞬才反应过来，"哦！"

林杏子完全忘了家里还有个外人，江言一张开手，她就过去帮他解扣子，扣子有些紧，他下巴微微抬起，喉结就更明显了。

他……他这是不是在出卖色相？林杏子咽了下口水。

在老家的时候，他连电动车都能骑，公交上人多，出门那两次他一直用手撑着车窗挡住她，昨天还提了半个西瓜回来，早上去医院换药医生也说恢复得很好，怎么到晚上就连扣子都解不开了？

事出反常必有妖。

他会不会是吃醋了？喜欢才会吃醋吧……那四舍五入是不是就代表他还挺喜欢她的，展焱的出现让他有了危机感，让他生气了，所以他才会在展焱面前一会儿叫她老婆一会儿让她帮忙解扣子。

"可以了，"男人低低的嗓音响在耳边，干燥的手掌覆上她的手背，无奈中又极为宠溺，"姜姜，可以了，我只想把外套脱了，白天去了个旧工厂，不太干净。"

林杏子这才回过神，和江言对视几秒钟后惊悚地发现自己的手竟然在解他的皮带。她到底在干什么啊！

"打扰了，"展焱不想再继续看下去，他怕自己会忍不住做点什么，误会还没解释清楚，不能让林杏子更讨厌自己，"老钱问到密码了，我回去还有点事，杏子，你早点休息。"

"拜拜。"林杏子巴不得这个电灯泡赶紧滚。

可展焱离开之后，家里就剩她和江言，她不知道怎么回事有点紧张，坐在沙发上看似稳如泰山，但眼睛一直转啊转。

她看着江言把那束花整理好插进花瓶，看着江言换衣服去厨房做饭，心里一直很焦躁，就连吃饭的时候她都在纠结到底要不要先开口解释。

算了，保险起见，敌不动她不动。

饭后还是江言收拾的桌椅碗筷，林杏子重新刷了个牙，她从浴室中出来，江言刚好拿着睡衣准备进去洗澡，她就去了书房。

书桌电脑屏幕一直亮着，但鼠标没动一下，林杏子心不在焉地窝在黑色软椅上，眼睛一眨不眨地盯着门的方向。

从浴室传过来的水声隐隐约约，林杏子在等待江言来跟她"算账"的时间里对自己有了新的认识。

她最爱的好像不是钱，是色。

这哪还有心思工作？手机叮咚叮咚响，一直有消息进来，林杏子嫌吵调成了静音，书房的门虚掩着，江言推门进来时，她动作太大，膝盖撞到了桌子。

"好疼……"

"吓着你了？"江言把杯子放到桌上，一只手握着她小腿轻轻抬高，她膝盖撞破了点皮，红了一大片，"抱歉，我下次敲门。"

林杏子没脸见人了，闷闷地趴在桌上。

江言帮她揉膝盖，摸着她的腿脚有些凉："冷不冷？"

"……有点。"

"知道冷，还穿这么少。"

林杏子进书房就把外套脱了，随手丢在沙发上，身上只有一套睡衣，黑色的，领口有蕾丝，裙摆到膝盖上面一点。她从江言手里挣脱，规规矩矩地坐好，白嫩脚趾勾在地毯绒毛里微微蜷着。

"这件是新买的，买回来第一时间穿上是对新衣服最起码的尊重，冷不冷不是最重要的，漂亮才是。"就是没想到便宜了展焱。

江言无奈地笑了笑："你已经够漂亮了，穿什么都很漂亮，降温了要保暖，凉气对你身体不好。"

林杏子当没听见。

"跟林桑一起逛街了？"

"没有啊，姐姐这段时间很忙，衣服是我一个月前定的，前几天到货了，一直加班没空去取，陈助理去帮我们公司艺人拿礼服，正好帮我带回来。"

"挂在衣帽间的那两套，是一起的？"

"……嗯。"林杏子也给他买了两套。

不问展焱，问什么衣服。算了，果然还是木头。

"已经不疼了，你去睡吧，我还要……"她话还没说完，腰间一紧，脚下腾空，转椅被往后拉了点，他坐下来，她被抱着坐在他身上。

江言拿过热牛奶放到她手边："在看什么？"

"看公司的季度报表，我做不好，舅舅会失望。"林杏子象征性地看了几行，但心不在工作上，"唑……动了一下又有点疼，你再揉揉。"

她膝盖破皮了，一直揉会更严重，也容易感染，江言的手避开了她的膝盖，手掌落在她的小腿上。她的小腿被暖热，耳垂也一点点漫上绯色。

江言其实很少在林杏子工作的时候进书房，今天是因为他知道她是装的。

"姜姜。"

"嗯？"

"你高一各科成绩都还可以，但英语差，后来为什么出国？"

那一年海市的毒贩就已经十分猖狂，三个月内市公安局就牺牲了六名警察，其中一个警察的儿子被砍掉了一根手指，林旭东几乎住在警局，李尧公司出了问题，每天忙得焦头烂额，李青也在那个时候生了一场大病。

家里收到一件恐吓快递那天，林旭东就当机立断决定送林杏子出国。但林杏子当时不懂，她觉得自己可以照顾好自己，不会给父母和舅舅添乱，为什么非要把她送走？

回想起在国外的那几年，她情绪有些低落，滑动鼠标的动作停了下来，只是说："爸爸决定的。"

江言并非过分在意展焱的话里有几分真几分假，而是展焱提醒他错过了很多，在那些无论他怎么努力都追不回来的时光里，林杏子度过的每一分每一秒都和他无关，哭也好，笑也好，他毫不知情。虽然他很清楚展焱的目的，但还是觉得很遗憾。分开的时候她还是一身校服，再见面，她已经能在大公司里独当一面，喜欢的东西也不再是可乐和酸奶，而是香水和高跟鞋。

电脑屏幕的光亮暗了一度，他轻声问："这些必须要在今晚全部看完吗？"

林杏子心里躁躁的，江言给了她一种他介意展焱的错觉，可他又只字不提。

"我都看过了，但要好好想想开会的时候怎么跟股东们交代，可能很晚才能休息，你先睡吧。"

她刚要起身，原本虚搂在腰上的手臂却悄然收紧，将她牢牢地圈在怀里。

"刚才不是还要帮我脱裤子吗？"

男人温热的呼吸落在颈间，林杏子觉得痒，也被这句话弄得红了脸："你你你你你好心机！"

江言压在她颈窝闷声低笑，薄唇沿着她漂亮的脖颈一下一下轻啄，在她恼羞成怒之前亲了上去，五分钟的深吻结束后又退出来，额头碰着额头，耳鬓厮磨。

林杏子一只手揪着他衣服，一只手撑着书桌，指甲刮过桌面留下浅浅的痕迹，呼吸也乱了。

这间书房平时只有林杏子用，抽屉里都是文件，江言拉开抽屉动作丝毫没有迟疑，显然是早就知道里面有。

林杏子惊讶："你什么时候放进来的？"

他倒是坦然："你不知道的时候。"

林杏子："……"

长发被他拢到左肩，呼吸之间浮在颈间的痒意令人燥热，容不得她多想。

可太容易得到的东西，人是不会太珍惜的。

"等等，"她及时喊停，再晚一分钟就没有机会了，"你去换套衣服。"

被推开的江言靠着椅背，眼里情意正浓，手还扶在她腰上，她最近天天加班，换季胃口差吃饭也不规律，瘦了很多。

"我洗过澡了，衣服是干净的。"

"知道你洗过了。"林杏子转了个方向，面对江言坐着。他在家穿得简单，以舒适为主，睡衣领口摸着有点潮湿。他每次给她洗澡，连手指缝隙都要擦得干干净净，自己洗澡却很潦草，随便擦擦就出来了，"我是说，重新换一套，就是……挂在衣架上的那套。"

江言当然知道挂在衣架上的那套是哪套，他闭了闭眼，声音已经有些哑了："袭警是犯法的，知不知道？"

林杏子无所畏惧地耸耸肩，双手搂住他的脖子，眼神清透无辜又放肆。

"那套不行吗？不行就不行吧，你随便换。"

江言听懂了，他睁开眼，里面满是笑意："想看我穿你买的新衣服？"

她嘴上不肯承认："我这么说了吗？"

"是我想穿给你看。"江言把林杏子抱起来放回到软椅上，又拿了条毯子盖住她露在空气里的两条腿才去衣帽间。

林杏子关了手机，关了电脑，只做一件事，那就是在书房等着江言换衣服。

像是在婚礼上他被朋友们拖着灌酒，她在他们的婚房里等着他。

大约十分钟左右，细微的声响越来越近。

是他的脚步声。

门把转动了一下，然后，他推开了房门。

林杏子先看到的是一尘不染的皮鞋，视线顺着裤脚慢慢往上，她从来没见过穿西装的江言，他还打了领带，书房里只开着一盏小夜灯，暗黄光线勾勒出他比例完美的身材以及棱角分明的五官，领口处露出喉结，随着他的呼吸上下滚动。

林杏子用仅剩的那点理智想着，她也太会挑了。就这么一个，被她骗了回来。

江言关上房门的同时，林杏子朝他勾了勾手指，他走过来的这几步像是加了特效的慢动作。

终于到她面前。

江言低下头，手掌覆裹住她急躁的手："这件再扯坏了就把你抓起来。"

十分钟前她已经把他那件睡衣的扣子拽掉了一颗。

林杏子丝毫不见收敛，哼哼着解开男人衬衣最上面的几颗扣子，仰头吻他："你敢威胁我，你才会被抓起来。到时候乖乖叫声'老婆'，我可能会考虑一下保你出来。"

江言不如她巧言善辩，又极其纵容她，被折腾得十分狼狈。

这个时候堵住她的嘴才最有效。

"姜姜……"

林杏子总记着最初的经历并不愉快，她空有理论知识但没有实践过，而江言也生疏，她就只记得疼。

所以之后每次开始之前她都信誓旦旦要让他好看，可次次都败在他手里。

他只要开口叫她，姜姜，姜姜，她就什么坏心思都没了。

江言反复克制最后还是失了控。

展焱底气十足地说出"那几年如果没有我，她熬不下去"这句话之后，他心里就滋生出一只怪物在作祟，他不能给她婚礼，甚至连正常的夫妻关系都不能公开，遗憾始终无法弥补，那股占有欲就愈发强烈。

他在林杏子面前对展焱只字未提，是怕她回想起那段日子，所有好的坏的记忆全都和另一个男人有关。

在那个年纪，他无能为力，唯一的胜算就只有她心里的天平是朝他倾斜的。

大学那几年，他曾经无数次回到海市一中，学生们的校服还是原来的样子，偶尔一个晃神的瞬间会产生下一秒她就会从教学楼里走出来的错觉，会下意识摸摸衣服兜里有没有零食，回过神后才想起她早就已经离开海市了。

那几年里他也不知道自己在等什么，但有一点很清楚：他没办法再喜欢别人了。

后半夜，睡得迷迷糊糊的林杏子习惯性地靠向热源，江言抱紧怀里的她，躁动不安的那颗心被安抚。

幸好，幸好。

3

清晨。

林杏子睡得深，她手机还在书房，睡前关机了，所以李青的电话打给了江言。

李青是化学老师，当老师的说话声音中气十足，她已经进电梯了，江言猛地惊醒，边接电话边穿衣服。

昨晚闹得晚，江言快速收拾完客厅和书房的垃圾桶才去开门。

"妈，您今天休息吗？"

"休息半天，你们俩还没吃早餐吧。"

"还没……"

"不用忙活了，吃现成的。"李青做了早饭专门送过来，天气冷，分了好几个保温饭盒装着。

客厅整整齐齐，她进屋看了一圈，觉得欣慰。

林杏子还没醒就听见亲妈吐槽她以前一个人住的时候家里像猪窝，"衣服鞋子乱扔""昨天吃完的外卖今天还堆在桌上""碗也不洗""厨房乱得像遭了贼"……

不，我没有，我不是！林杏子捂着耳朵往被子里躲，江言关上卧室的门，坐到床边轻声叫她："姜姜，妈过来了，给你带了早饭。"

"是给你带的吧。"林杏子闷声哼哼。

江言把被子往下拉了点，林杏子露出半张脸，头发铺满了枕头，她刚醒，眼里睡意朦胧，看他的眼神柔柔的，人也软："你岳母诋毁我。"

江言表示赞同。

林杏子一下子来了劲儿，问他为什么。

他笑着说："因为你不做饭，我回来之前厨房还是新的，哪里都可能乱，唯独厨房不会。"

林杏子："……"

李青把早饭都弄好了，林杏子磨磨蹭蹭十几分钟都没从卧室出来，李青是个急性子，以为江言在阳台，就随便敲了两下推门进去。

林杏子僵住，她掐着江言的脖子，两条腿也缠在他腰上，上一秒还在讨伐他竟然讽刺她，下一秒就收了力，对着李青干巴巴地笑："呵呵……妈……早上好。"

卧室里的画面让李青愣了一下，她看着自己的女儿大早上就像条饿狼一样往江言身上扑，顿时老脸一红。

"还早？你也不看看几点了，快点洗漱出来吃早饭，再磨蹭，我又要重新热一遍。"

李青关上房门后，江言倒是没什么，反应大的人是林杏子。

"为什么不早点叫我！"

"我叫过了。"江言接到李青电话的时候就叫过林杏子，是她赖床不想起。

林杏子挂在江言身上唉声叹气："幸好是我妈。"

"是我妈也没关系。"江言笑着亲她，就这样把她抱进浴室。

她撇撇嘴："那不一定，你根本不懂婆媳关系有多难搞。"

江言想了想："别人家的婆媳关系怎么样我确实不懂，但我肯定不会让你在我妈那里受委屈。以后我们再回去，或者她来海市住，你都可以不洗碗不做饭不做家务，这些我都会，和结婚前一样，你想睡到几点就睡到几点，想干什么就干什么。姜姜，你是自由的。"

他不会说情话，但这几句不比情话差。

林杏子本来只是开玩笑，没想到他会这么认真："妈对我挺好的，那几天她做的菜都是我爱吃的。"

江母和他一样，感情内敛，对一个人好的方式很朴实，说的少做的多。

"她很喜欢你。"

"以后我们一起孝顺她，等你工作没那么忙了，可以把她接过来。"

"好。"

已经在餐厅等了一会儿的李青在卧室外面敲门："林杏子我再叫你最后一遍！几岁的人了，吃个早饭还这么费劲！"

"马上就来，我刷个牙。"林杏子连忙应声。

她还挂在江言身上："放我下去吧。"

拖鞋刚才被她踢远了，江言索性把她抱进浴室，让她站在洗漱台的垫子上："用热水洗。"

"嗯。"

他出去拿拖鞋，又折回来把拖鞋放到她脚边。

在他直起腰的时候，一个吻落在他下巴。

林杏子挤牙膏刷牙，镜子里倒映出她笑盈盈的模样："奖励。"

江言抬手摸了摸被她亲过的地方："以后都有吗？"

"不一定，"她身上的娇气还是一分不少，"看你表现，看我心情。"

如果他们能一直这样，她也可以不计较那些。

这顿早餐林杏子如坐针毡，她一向是有些怕李青的，从小就和林旭东更亲近，吃饭的时候李青一直用一种很一言难尽的眼神盯着她，还一声接着一声地叹气，但不说话，林杏子被盯得浑身发毛，李青走了她都还觉得莫名其妙。

林杏子小声嘀咕："妈是不是更年期了？"

江言看破不说破，只是笑着转移了话题："穿什么？"

"今天要穿正式一点。"林杏子坐着化妆，她要和一群四五十岁的老古董开会，被挑剔责难是必然，但气势上不能输，"那件酒红色衬衣，还有旁边的半身裙。"

江言帮她把衣服拿出来，她弄好头发后开始换，脱掉睡衣后顺手丢进脏衣框。

她不让江言在锁骨肩膀留下痕迹，但在那些外人看不到的地方，浅浅红印蔓延，像是在雪地里开出的桃花。

江言喉结动了动，走过去帮她把内衣搭扣扣好。林杏子对着镜子将衬衣下摆扎进半身裙里，拿过桌上的婚戒戴在无名指是习惯性动作，戴着婚戒和江言在她身边一样，她会觉得自己特别厉害，也更有底气。

半身裙将她完美身材勾勒得玲珑有致，该翘的翘，该细的地方也没有一丝多余赘肉，衬衣领口微微敞开，露出了锁骨。高跟鞋衬得脚踝纤细，左腿膝盖有点红。

江言第一次看她穿得这么正式："降温了，穿太少会冷。"

"在外面会穿大衣，办公楼里有暖气不会冷。"她看看时间，"要来不及了。"

司机在楼下等着，江言陪她下楼。两个人不同路，江言也要去单位，就没有送她。

林杏子进公司的时间不算太久，无论大事小事李尧都亲自教，但有些场合她不能全依靠李尧。公司这半年的风评不是特别好，有个当红的男演员被传吸毒，还有酒驾肇事的，都在网上引起不小了风波，股东大会上林杏子免不了被追责。

会议从早上九点一直持续到下午两点，连午饭都没吃，李尧全程都在，他对林杏子的表现是满意的。

结束后，会议室里就只剩下舅甥两人，李尧余光有意无意地往林杏子膝盖处瞟，跟她妈早上看她的眼神一模一样。

林杏子真诚解释："我昨晚加班了，不小心磕到桌子才弄成这样的。"

李尧笑了笑："你和江言都年轻，既是新婚，又是小别，舅舅懂。"

林杏子："……"

洗不清了。

她们感情好，李尧当然是高兴的："展焱最近找过你吗？"

提起展焱，林杏子就没什么好脸色："他昨天还去我家烦我了，被江言撞了个正着。"

李尧不了解展焱，但圈子里的朋友对他的评价不是特别好，他在国外待了好几年，各方面都比较开放，就算知道林杏子已经结婚了也还在纠缠。

"不想理就不理，如果他因为私事不想合作就算了，我们还有别的选择，也不是非展氏集团不可，做生意的目的是赚钱，赚谁的钱都是赚。"

林杏子扔了手里的文件，一把抱住李尧的胳膊："舅舅，你真好。"

"李家就只有你一个，我不对你好对谁好。"

"……舅舅，你没想过要个孩子吗？"

李尧说："不是所有男人都会想要孩子，我不打算结婚，不结婚就不用考虑到孩子的问题。"

事业起起落落，他已经过了想要有个家的年纪。

"江言跟你提要孩子的事了？"

林杏子叹气："没有啊，但是他妈妈提过一次。"

"你怎么想？"

"我不是特别喜欢小孩，也不觉得自己现在能当一个合格的妈妈。"

李尧又问："江言是什么意思？"

"他说听我的。"

她不经意间流露出的甜蜜，就已经是很好的说明了，李尧摸摸她的头发："那就听你的。舅舅还是那句话，钱这个东西永远都赚不完，你的幸福是无价的。"

林杏子无疑是幸运的，她生在林家，在这二十多年里，如果真要计较得失，她得到的远比失去的要多。学生时代的江言是个例外，那是她第一次体会到失恋的心酸，虽然后来的几年里都对此耿耿于怀，想一次难过一次，就像一个圆缺了一角，但好在兜兜转转几个春秋之后又把缺失的那一角找了回来。

她希望是圆满的，至少现在是。

连续半个月，林杏子和江言天天都被李青叫回家吃饭，饭桌上每一道菜都不简单：枸杞牛鞭汤、爆炒羊腰子、清蒸生蚝、大骨汤……

这些菜李女士没让林杏子动一口，对江言则是"多吃点""再多吃点"，林杏子不乐意，她上班也辛苦，也需要补。

"我不喜欢吃草。"

"你营养够了，再补容易超标，吃青菜对皮肤好。"李青只给她夹蔬菜，转过头就又给江言盛了一碗汤，"江言，你多喝两碗。"

"谢谢妈。"碗里被安排得满满当当的江言抬头朝林杏子看了一眼，忍笑忍得耳朵都红了。

林杏子："我难道不是亲生的吗？"

李青顺着她的话说："才知道啊，你是你爸在垃圾桶里捡回来的，没嫌你丑没嫌你脏地养了你这么多年，天天就知道气我们。你这个臭脾气，除了我们，也就只有江言不嫌弃。"

林杏子苦着脸哼哼："妈，你现在眼里就只有江言了。"

"谁跟你一样。"李青起身进了厨房。

林旭东今天不回家吃晚饭，家里就三个人，林杏子看向江言："我什么样？你是不是背地里找我妈告状了？我欺负你了吗？虐待你了？还是家暴你了？"

"可能是……"江言顿了两秒，斟酌措辞，"妈可能是担心你把我榨干了。"

林杏子："……"

"你胡说！"看着桌上的大补汤，她想到什么后小脸爆红，手在桌子底下掐男人的腰，"你诋毁我，明明是你……"

她那点力气落在身上跟挠痒痒似的，江言镇定自若："我怎么？"

他一本正经的样子说着色气的话，林杏子耳根发烫，有几分恼羞成怒的意思："江言，你最近越来越厚脸皮了！"

"在自己的老婆面前脸皮厚点又没什么。"他想了想，还是交代了，"林柯说你吃这一套。"

"你们见面了？他什么时候回来的？"上次林柯回海市，江言在外地，林杏子是一个人去跟那兄妹俩吃的饭。

江言说："没有见面，只是在电话里聊了几句。"

林柯那张嘴真是一点都靠不住，林杏子低声哼哼："你倒是把我的家人里里外外都打通了。"

江言不露痕迹地靠近她，贴着她的脸颊亲了亲："我不是你的家人吗？"

她故意不说话，一副"你自己心里清楚别再来问我"的模样，江言温和地笑："嗯？姜姜，我难道不是你的家人吗？"

厨房的门半开着，林杏子抬头就能看见李青的背影，温热的吻落在颈间，湿湿热热的，有些痒："脸皮厚不是什么优点，你还不知道收敛了是吧？"

江言从不觉得在她面前脸皮厚是缺点或者丢人："想听你说。"

"说什么？"

"你知道的。"

她装作听不懂："我不知道。"

江言喜欢她傲娇的小脾气："年后抽空陪你去选狗。"

林杏子听完这句，眉眼间顿时流露出肉眼可见的喜悦，他想听，她也可以说说："你是我老公啊，当然是家人，如果没有意外，你还是唯一且能永远陪在我身边的人，未来的很多年，我们都是彼此最亲的家人。"

窗外夜色朦胧，万家灯火点缀其间。

许久，江言才回过神。

门口传来声响，原本说今天不在家吃晚饭的林旭东回来了，李青虽然嘴上唠叨，但最关心林旭东的人无疑是她。

"怎么又回来了？也不知道打个电话，真是上辈子欠了你。我们刚动筷，你赶紧洗洗手来吃饭。"

林旭东脱下外套，身上有股掩饰不住的疲惫感："你们继续吃，我待会儿喝碗汤就行了。"

"爸。"

"你们吃，不用等我。"

"……哦。"林杏子木木地扒了口饭，"江言，爸今天一直在开会吗？"

江言说："应该是，爸压力很大。"

李青泡了杯茶："你们俩趁热吃，我去看看他。"

林杏子心里有点不安："江言，你们是不是要有行动了？"

　　他只是说："别担心，我会注意安全。"

　　"我才不担心呢，就是随便问问。"上一秒还在嘴硬，下一秒就忍不住多问了几句，"要去外地吗？什么时候走啊？最近天气好冷……"

　　"暂时还不确定。"江言握住她的手，"姜姜，你安心，我不会瞒着你。"

　　林杏子心不在焉地点了点头，这段时间海市确实太平静了，像是暴风雨来临之前的假象。

　　一颗炸弹埋在城市中心，如果不早点解决，被摧毁的会是整座城市。

1

临近年关，缺钱的人一定会想尽办法弄钱。

江言和几个同事二十四小时轮流蹲守了三天，在台球厅抓到两个正在交易的马仔，但那天下着大雨，抓人时惊动了台球厅里的其他人，现场极为混乱，身上藏了货的那个马仔显然是经验丰富的老手，逃跑时把货扔了出去，被雨水冲进下水道后取证实在太困难。

他们被带回警局审了很久，两个人一直装糊涂绕圈子，嘴巴咬死了，什么都不肯交代。

汤志把手机扔在办公桌上："别小瞧了这些小马仔，他们对局里有多少警员一清二楚，也很懂这一套，嘴跟石头一样硬，知道咱们没有证据不能把他们怎么样。"

"再审不出来，就得放人了。"

"好不容易抓到了，却没拿到证据，真是气人！"

二虎烦躁地抓了把头发："当时都怪我，是我太大意，没防着那小子会来这招。"

"咱们都有责任，"齐铮叹气，"还是太着急了。"

"江队，"有人敲门，朝办公室喊了一嗓子，"周队长让你去他办公室一趟。"

"知道了。"江言站起身，拍拍二虎的肩，"你们去休息一会儿，吃口饭，人我来审。"

那两个马仔不是第一次进局子，不用点心思根本撬不开他们的嘴。

江言走到周峰的办公室外敲门："周队。"

"进来。江言，坐吧，"周峰也是刚从外面回来，他赶时间，直接说重点，"我接到情报，七天后会有一批货从东码头走，大概两吨。"

江言心惊："这么大的量！"

"是啊，那些人真是赤裸裸地打我们的脸。"周峰扶额冷笑，"两吨啊，这得害死多少人。"

"各个码头一直都有我们的人对进出货物开箱检查，两吨的量，一批肯定走不完，分几批风险又太大。"江言顿了片刻后，问道，"周队，消息可靠吗？"

他是周峰带出来的，在周峰面前，他毫无隐藏。

周峰笑了笑："你是怀疑警局有内鬼？还是怀疑你师傅我给你的是虚假情报？"

言多必失，尤其是在现在这种局势紧张的阶段，江言明白这个道理。

各个码头每天二十四小时都有警员蹲守，他们依然选择冒险从码头出货，显然是有所准备，或者是有人在暗处给他们提供保护。

之前不止一个案子查出大量毒品的货源是海市，如果周峰的消息可靠，那么他们背后的人一定身处高位，周峰的手伸不到那么远。

"那就试一试，狐狸藏了这么久，尾巴也该露出来了。"周峰了然于心，"把你们抓的那两个马仔放了，耐心等七天。"

江言服从命令："好。"

人放了，线索就断了。

无数个案子堆在一起毫无头绪，上面的领导暂时不允许私自查案，几个年轻的同事十分挫败丧气，约着晚上一起喝酒。都是一起出生入死的兄弟，江言自然不会拒绝，他其实不喝酒。

"小江同志，也该让我们见见嫂子了吧。"和江言一起调任临市又一起调回海市的汤志没让他走，勾着他的脖子挤眉弄眼，"在二虎家里喝，不会有麻烦的，兄弟们就当是喝你们俩的喜酒了。"

林杏子没见过江言的朋友，他也有意让她远离是非。

手机里不存她的号码，钱包里不放她的照片，结婚不办婚礼不办酒席，那半年也尽量少回来，为的都是保护她。

"她忙，可能没时间。"

"白天忙工作，所以咱们晚上喝嘛。放心，林局的女儿谁敢冒犯！该怎么说话哥们儿心里都有数，绝对不会给你后院点火的。就这么定了啊，我们几个先去买酒，你们俩后来。"

江言连回绝的机会都没有，只好给林杏子打了通电话。

她没接，过了几分钟回了过来："江言。"

"下班了吗？"

他很少这样，就算去接她，也是直接在公司楼下等，林杏子就问："你刚才打电话什么事啊？"

"我有几个朋友想见见你，都是队里的同事。你晚上如果有时间，我想带你和他们一起吃顿饭。"

她说等她想想。

"姜姜，你怎么了？"江言听出她那边不对劲。

林杏子看着被撞瘪的车头，实话实说："车撞坏了。"

江言猛地站起身，疾步往外走："你怎么样？"

"……没事。"

"地址发给我，我马上就过来。"

"嗯。"

挂断电话后，林杏子给江言发了个定位，司机和她都没受伤。林杏子心情不好倒也不是心疼这点钱，而是因为撞她车的人是季秋池，她实在没办法把这件事归结为巧合。

虽然都在一个城市，排除一定会见面的场合之外，如果没有提前约好，偶然遇见的机率并不大。

也是见鬼了。她懒得理会季秋池，季秋池反而找上了她。

僵持一个多月，展焱今天终于松口，约林杏子签合同，他还是那句话，别人去他不认，只跟林杏子签。林杏子虽然十万个瞧不上他，但钱还是要赚的，商人不会跟钱过不去。

去签约的路上，被季秋池撞了车。

季秋池自己开车，林杏子的司机是刚换的，已经报警了，在等警方处理。

豪车和美女在哪里都低调不了。这一幕落在围观的人眼里，两人大概是在谈赔偿的事。

"不要和展氏扯上关系，能撇多远撇多远。"

季秋池在任何场合遇到林杏子都当作不认识，今晚的事故是她撞上来的，但她没有挑衅的意思，这句话也让林杏子开始审视她："什么意思？"

季秋池看向远处，低声道："杏子，我不会害你。"

见过无数俊男美女的林杏子也得承认，季秋池是个美人，所以那次在江言老家看到季秋池的父亲时就在想她母亲是怎样的美貌，才能给了季秋池这样一张脸。

她妆化得浓，但人消瘦，相比上一次见面，瘦了很多。

林杏子站在风口处，她拢了拢手臂，侧眸看着季秋池只穿了一件很单薄的外套："要说就说清楚，这种毫无根据模棱两可的话，再加上你和江言之间那层关系，我很难不往坏处想。"

季秋池抿唇，脸色有些苍白："我知道……我们之间可能有些误会，你不相信我是正常的，但你应该能相信江言。"

"他是我丈夫，我当然对他有最基本的信任，我相信他，不代表我把对他的信任转移到你身上……"

"杏子，"她打断林杏子的话，"我没有太多时间跟你解释，有人监视着我的一举一动，我只能选择这种办法。不要跟展氏签合同，也不要有任何资金往来，我……我不会害你的。"

她只说了这些。

展焱不知道从哪儿听到林杏子车祸的消息，和交警同时赶了过来，江言比他晚了一步。

"今天倒是热闹。"展焱点了根烟，坐在车头神色淡漠地看着江言从马路对面往这边走。

"是我的责任，晚上雾气重，拐弯的时候我没看清路，不小心撞到杏子的车了。"季秋池转过身，在展焱不注意时给林杏子递了个眼神，她又恢复了待在展天雄身边的风情万种、千娇百媚，像是醉得厉害，但身上没有酒味。

她眼神迷蒙，展焱以为她刚吸过，脑子正兴奋着，所以才不知轻重地惹上林杏子。

展焱暗骂这女的就是蠢货一个，表面上却不动声色。

"杏子，给我个面子，闹大了不好看，车我给你修，修不好就换一辆，我车库里的随你挑，如果都不喜欢，那就你看上哪辆我赔哪辆，餐厅那边的菜都上了，我赶着过来接你，一会儿让他们重新准备，都是你爱吃的，吃完我们签合同。"

路口红灯时间长，林杏子隔着人群看见了江言，司机说车还能开，只是车头撞得难看，不影响驾驶。


    **杏子，我不会害你。**


周遭喧嚣吵闹，林杏子耳边再次回响起季秋池的声音。

李尧给她选的司机不会有问题，在这之前，季秋池也没有找过她的麻烦，今天却偏偏高调地撞上来，像是提前知道她要去和展焱签合同。

林杏子低着头出神，脸色也不太好。展焱好话说尽，算是给足了面子，她却没有半点反应。

"杏子？"

"出门就被撞，看来今天不适合签约，"林杏子淡淡道，"改天吧。"

在展焱眼里，她又在要大小姐脾气，不高兴就什么都不管："你也不小了，别总意气用事，十几亿的生意可不是开玩笑的。"

江言拨开人群跑到林杏子面前，着急地拉过她从头到脚检查了一遍："有没有受伤？"

"没有，就是有点晕。"林杏子摇头，毫不避嫌地往他怀里靠，委屈巴巴地抱怨，"他们俩趁你不在合伙欺负我，一个撞我车，一个骂我不懂事。"

她从不这样。江言很快恢复自然，那一瞬间的诧异仿佛不曾有过，他下意识地抱住林杏子，摸摸她的头发："我来了。"

"我等了你好长时间。"

"路上堵车。"

"……好吧，这条路确实挺堵的。"

旁人听不到他们在说什么，这一幕却是极其美好的，季秋池远远看着，恍惚间好像看到了自己，只是太过遥远，连记忆都很模糊。

交警遣散了围观路人，对事故进行拍照取证。

街头寒风凛冽，江言把外套脱下来给林杏子披上，让她先上车，然后才走向季秋池。

"没事吧？"

季秋池笑了笑："一点小伤，几天就好了，谢谢江警官关心。"

"没事就好。"

林杏子上了江言的车，手机震动声在车里格外明显，林杏子看了眼屏幕上的号码，皱着眉接起。

展焱的那辆跑车极其嚣张地横在路口，林杏子侧首看向窗外，目光和车里的人对上。他脸上嘲讽的笑显得意味深长："你什么时候这么大度了？当着你的面都这么放肆，背着你还不知道做过什么，啧啧……"

"淫者见淫。"林杏子换了只手拿手机，长发散落，她半张脸都落在阴影里，"他们是同乡，江言如果视若无睹，我反而瞧不起他。他坦坦荡荡，你背地里挑唆，真是低级又可耻。"

展焱脸色慢慢往下沉："林杏子，你仗着我喜欢你，什么难听的话都往我身上砸。生气了？生我的气还是生他们的气？你是什么性格我还是了解的，心里就算介意得要死，表面也会装成一副什么都不在乎的样子。生他的气，却把气撒在我身上，林杏子，我在你心里是不是怎么都不会受伤不会难过？如果是生我的气，你气我什么呢？我得知你出车祸一分钟都没耽误就赶过来了，你有给过我一个好脸色吗？"

"是你自找的，我求着你来了？"她语气平静，"展焱，你一来就开始摆阔，而江言关心的是我有没有受伤，冷不冷，饿不饿，这就是你和他的区别。"

展焱紧握方向盘，手背青筋凸起，他气极反笑："林杏子你摸摸自己的良心，我对你还不够好？"

几米远外，江言在跟交警说着什么，侧脸轮廓分明，林杏子眉眼笑意柔和，窝进他的外套里，语调也不像之前那样不给人留情面。

"我承认，在国外那几年确实应该感激你，但是展焱，我对你的感激早在你和方灵差点滚上床的那天耗尽了……不用解释，该解释的时候你不解释，现在我是真的不想听了。那天是你喝多了也好，是她故意硌硬我也罢，我不是圣母玛利亚没那么大肚量能当作什么都没有发生过，你每一次出现在我面前，都是在提醒我被你渣过的事实，我很难有好脸色。而且，我结婚了，江言就算对我再纵容，也不会喜欢我跟一个时时刻刻都想着插足我和他之间的男人有过多牵扯。他最近表现挺好的，我不想让他不开心。"

展焱神色冷漠："所以你放弃签约是为了避嫌，还是有别的原因？"

"嗯……"她拉长音调，还有点娇羞，"算是吧，为他散尽千金我都愿意。"

"林杏子，你可千万别后悔。你这次是真的让我有点生气了，到时候我不一定还能像现在这么好说话。"

"后悔我也认了，公司倒也不至于没了这单生意明天就要倒闭，你放心，这点骨气我还是有的。"

展焱掐断电话。车尾极速消失在街头，林杏子收回视线。

刚才她嚣张娇纵，包括跟江言的撒娇都是有意为之，是为了打消展焱对季秋池的怀疑，如果季秋池真的在做什么，应该远离江言，而不是靠近他。

事故是季秋池单方面的责任，她很配合，交警处理起来很快。

江言带着一身凉意上车，林杏子靠过来，他看着她亮晶晶的眼睛，原本要稍稍将她推开的动作改为轻揽住她的腰，问她合同的事。

"不签了，晚点再跟舅舅说。"林杏子还没想好理由，她冒险相信了季秋池，心里有些不安，一方面是对因为自己丢失一单大合同即将要面对的事情心烦，另一方面是怀疑展家有见不得人的秘密，"好饿呀，去吃饭吧，你的朋友们还在等吗？我们现在去会不会有点晚？"

她不说，江言就不多问："不在外面吃，他们自己做。姜姜，我们先去趟医院。"

"去医院干什么？我真的没事。"

他不放心："还是去检查一下。"

"真的没事，医生会以为我有神经病的。"

"真的？"

"骗你是小狗，她要是敢把我撞伤，我肯定不会就这么算了。江言，你再不带我去吃饭，我可能要被饿出点问题了。"

江言只好报了二虎家里的地址，司机跟着导航往那边开。

林杏子还在想季秋池的事，今天着实有些反常："季秋池有没有什么秘密？"

"什么秘密？"

"我问你啊。"

"我如果知道她的秘密，你又要吃醋了。"江言从善如流，"乖，不吃这种没有营养的醋。"

她嗔怪地瞪了他一眼："你难道还有别的醋让我吃？江言，你敢在外面拈花惹草，我饶不了你。"

江言低头亲她："没那个时间，更没那个心。这辈子我只惹你一个人就够了。"

什么叫只惹她一个人？

"我是草？"

"你是花。"

这还差不多。

"还有多远啊，再不到，我就要变成食人花了。"

"很快，再开十分钟就到了。"江言给二虎发了条消息，说他和林杏子马上到，"中午没吃饭吗？"

林杏子今天一直在忙合同的事，午饭只是随便吃了几口："没食欲，吃得少。"

林旭东这两天身体不好，她有点担心。

车只能开到小区门口，不能开进去，林杏子和江言下车往里走，海市的冬天又湿又冷，路边有成排的梧桐树，枯叶落了满地，被踩得沙沙作响。

等电梯的时候，江言简单跟林杏子介绍等会要见到的几个朋友："有两个是我大学同学，高的叫齐铮，稍微胖一点的叫陈胡胡，我们都叫他二虎，做得一手好菜，今晚就是在他家吃，其他几个都比我早工作好几年。"

"那你一会儿怎么介绍我呀？"

林杏子本来只是故意逗逗江言，他心机归心机，但也就只在展焱面前"老婆"长"老婆"短，展焱住在对面，有时候早晨上班会遇到，可等人走了他连手都不牵。

门打开，里面六七个男人目光全集中在她脸上，林杏子觉得尴尬，手指轻轻拽了拽江言的衣服。江言反握住她的手，带她进屋："我老婆，林杏子。"

客厅短暂寂静之后再次闹起来，端菜的端菜，倒茶的倒茶。

"嫂子好，你叫我二虎就行，别客气，随便坐。"

"嫂子好……"

林杏子记得江言说有几个比他年长，但他们像约定好了一样统一都叫嫂子，林杏子当着外人的面撒娇都不会脸红，却被几个男人热情的吹捧弄得面红耳赤。

饭菜已经准备好了，啤酒白酒摆了一桌。

刚开始都还有些局促，但几杯酒下肚胆子也大了，忘了林杏子是林旭东的女儿，都在问她和江言是怎么认识的。

二虎说："你们的保密工作做得也太好了，我跟江哥大学一个宿舍，睡上下铺，工作后也在一个屋住了一年，愣是一点儿不知情。"

林杏子心里默默地想：因为她和江言根本就没有谈过恋爱，略过谈恋爱这一步直接领证结婚了。

"我们是高中认识的，江言跟我堂哥堂姐是同班同学。"

二虎听完像是恍然大悟："难怪！"

林杏子笑笑："难怪什么？"

"难怪江哥明明大学几年都没谈过，却总跟失恋了一样。"他脱口而出。

江言就坐在林杏子身边，她看向他的时候，他也刚好看着她。

其实那几年他没有刻意想她，生活在普普通通地继续，没人知道未来会是什么样子。

林杏子忽然有点难过，她低声喃喃道："那个时候……我们差一点就早恋了。"

真的就只差一点。

在学生时代错过了彼此，时隔多年再回想起来，也还是觉得遗憾。

众人都开始起哄，二虎胆子最大，但酒量不行，江言笑着给了他一拳："差不多行了啊。"

"哟，我们小江同志害羞了，那你喝三杯，喝完三杯这篇就翻过！"

"这可是喜酒，喝还是不喝，江哥你自己看着办，反正嫂子在场，我们也不敢有意见。"

每一杯都倒得满，江言喝完一杯接着下一杯，林杏子看得口渴，拿起面前的果汁喝。

有人点了根烟，江言眉头轻皱："齐铮，把烟掐了。"

"江哥，你以前不也经常抽……"

累的时候抽烟解乏，林杏子不喜欢烟味，江言就戒了。

二虎嫌弃齐铮这条万年单身狗没有眼力见，不知道人家江哥是心疼老婆："嫂子在呢，你多高贵啊让人家吸你的二手烟，赶紧灭了，窗户打开吹吹，散散味儿！"

齐铮后知后觉，连忙把刚抽了两口的烟摁在灰缸里："嫂子，不好意思啊。"

"没关系。"

"菜都吹凉了。"

"……没关系。"

大家都有几分醉了，酒瓶滚得到处都是，男人们酒后一顿吹牛胡嗨，林杏子倒是听得颇有兴致，江言把外套放在她椅子后面挡风，又给她倒了杯白开水，去厨房热菜之前叮嘱最爱起哄的二虎："别让她喝酒。"

二虎大手一挥："江哥放心，你的老婆就是我的……"

林杏子："？"

她拒绝。

"哈哈哈哈哈哈二虎你继续说啊，嘴瓢了吧，让你平时满嘴跑火车！江哥的兄弟也是你的兄弟，但江哥的老婆只能是他一个人的老婆！"

一句醉话让几个大男人笑得东倒西歪，男人的快乐就是这么简单。

二虎不好意思，脸红得发烫，他喝酒本来就容易上脸。

"嫂子，我自罚一杯。"二虎拿起面前的酒杯一口闷，"江哥好男人，下得厨房上得厅堂，我们局的门面担当，当然实力也不容置疑，嫂子你不知道，江哥早两年办案跟不要命似的，为了抓人，三层楼都跳过，有一次半条胳膊差点都废了。"

林杏子其实看不到这样的江言，哪怕他调回海市，天天住在一起，他在外面一身狼狈也都是先洗干净了再回家。

"现在的江哥也猛，但知道惜命了，好事儿！"二虎又给自己倒满，跟旁边的齐铮碰杯。

林杏子用手指点了点自己的左肩："他这儿有个疤。"

"被枪打的吧，那次任务我也在，江哥太能忍，愣是在楼顶守了两个小时一动不动，最后任务结束我才知道他受伤了，衣服上全是血，留疤都是他命大。"

林杏子心里酸涩，没吃什么，有一下没一下地拨弄着碗里的花生米。

二虎并没有刻意夸张，只是留了个疤，确实命大。

林杏子小时候其实见过一个退役的缉毒警，那次是林旭东送她去上兴趣班，车开到单位，在停车场停了十几分钟，林旭东在外面跟人说话，她留在车里，虽然听不到他们在说什么，但能看见那个叔叔的模样：他左腿截肢了，拄着拐杖勉强可以走路，但外套右手的袖子空荡荡的，脸上皮肤没有一处是完好的。

对他们来说，能活下来已经是最大的幸运。而那些已经在这条路上牺牲了的人，墓碑上甚至连名字都不能有。

"别说这些了，"齐铮给二虎使眼色，"聊点轻松的话题好下饭。"

"对对对，今天不聊这些。嫂子，你和江哥分开之后，几年都没联系吗？"

如果江言和林杏子保持联系，二虎几乎天天都跟江言在一起，不可能一点都不知情。

"没有，"林杏子低着头，她吹了冷风，声音有些哑，"我以为……我以为他不喜欢我，讨厌我，伤心了一段时间之后就准备把他给忘了，反正离得远，见不到面，就不会总是想，久而久之，就不伤心了。"

"为什么会以为江哥不喜欢你？"二虎对此很意外，"江哥喜欢一个人其实挺明显的，根本藏不住。嫂子，今天其实不是我第一次见你，你和江哥刚领证那会儿，我就见过你一次，当时还不知道你们俩结婚了，认识这么多年，我就没见过江哥那么开心。"

开着窗，空气里的酒味淡了。

许久，林杏子才开口："我也不知道，可能那个时候还太小了，看见他和别人在一起就特别生气，又或者是自尊心太强，觉得很丢脸。"

那时候林杏子突然疏远江言是有原因的。

## 2

临近放假，学校办元旦晚会，当然只有高一和高二年级的学生会去礼堂，高三照旧自觉上晚自习。

礼堂的音乐声隐约传到教学楼，教室里压抑的学习气氛在看不见的地方逐渐躁动起来。

这种时候林柯向来是坐不住的，已经有人偷偷溜去礼堂看表演了，他看了看时间，觉得差不多了，就抬手拍了拍前桌埋头做题的江言。

"我妹今天要跳舞，咱们去给她撑场子。"他从书包里掏出一卷红布，"三米长的横幅，我一个人搞不定。你不是把笔记都整理好了嘛，正好一起给她，也快期末考试了，她如果不及格肯定死定了。"

草稿纸上被划出一道突兀的黑线，江言不动声色："你先去，我写完这道题。"

"那你快点啊，我在楼下等你。"

学校重视元旦晚会，老师们也都在礼堂，林柯既然已经溜出来了就绝对不屌，等江言到了就把横幅拉开。

林杏子是班里年纪最小的，平时人缘好，她虽然去得晚，但同学给她留了位置，两个节目之后就轮到她了，要提前去后台准备。

明明林柯手里举着横幅，叫得也最大声，她先看到的却是江言。

她裹了件羽绒服，里面应该是条裙子，两条细白的腿露在空气里，跑过来的时候每一根头发都像是在跳舞。江言闻到了她身上的香味，像是橙花的味道，不太自然地移开视线。

　　音乐声震耳欲聋，他刚才走神了，没听到她说了什么。

　　林柯替他找了个很好的理由，对，他是来给她送笔记的。

　　"我……有东西给你。"

　　"那你一会儿在楼下等我，我跳完舞就去找你。"林杏子拎着裙摆在他面前转了一圈，"江言，我今天漂亮吗？"

　　何止今天，她每一天都很漂亮。

　　江言不敢多看，不然他一定会出糗，就像夏天还没过完的那个午后，只是稍微回忆一个画面就足够凌虐他的羞耻心。

　　"嗯。"

　　她却偏偏要追根问底："漂亮就是漂亮，不漂亮就是不漂亮，'嗯'是什么意思？"

　　江言抿唇："……很漂亮。"

　　她又走近了一步，飘逸的纱裙从他手背拂过："哪里漂亮？"

　　主持人已经在提醒林杏子应该去后台准备了，她还在等江言的回答。

　　"全部。"

　　她等到了。林杏子转过身捂住胸口深呼吸，周围的尖叫声掩盖住了她不正常的心跳，但藏不住她眼里的笑意。

　　在舞台上看不到他所在的位置，她明明练习过无数次，但表演的时候还是错了好几个动作。

　　他要给她什么？……情书吗？他嘴那么笨，会说什么呢？……一句喜欢就行了吧。不行不行，如果被李老师知道那就大事不妙。怎么不行，她这么聪明，瞒住就好了啊！

　　"不行不行，我是千金大小姐，你是穷光蛋，我们之间根本是不可能的。"林杏子心里已经在幻想待会儿要说的台词，"除非……"

　　三步并作两步走的林杏子忽然停下脚步，欢喜的笑意就这样僵在脸上。

礼堂外冷风呼啸，路灯昏暗，梧桐树投在地上的影子极为模糊，林杏子站在路口，离她不远的地方，江言怀里抱着一个女生。

那天，林杏子误以为江言准备跟她告白，却在十分钟后看见他和季秋池抱在一起，才后知后觉地醒悟过来她有多自作多情。

他这段时间是不是觉得她又蠢又烦？不喜欢她为什么不直接说？林杏子几乎想当场冲过去质问江言，可她有她的骄傲。所以那天之后她再也没有去过高三楼，也没有跟江言说过一句话，后来出国了更是没有联系过一次。

"有缘分的人，怎么都会再次相遇的。"二虎长叹一声，难掩羡慕，"江哥还是有福气。"

林杏子笑了笑："你这么会做菜，有女朋友吗？"

二虎喝了口酒，摇头道："不敢找，怕耽误人家。"

客厅很热闹，江言把热好的菜端出来，他煮了一碗面，热气腾腾的，林杏子没什么异样，只在他坐下时，把手悄悄往他掌心里蜷。

她手凉，江言不轻不重地捏了捏，给她换了双干净的筷子："吃这个，用番茄煮的汤，很清淡。"

"嗯。"林杏子低低地应了一声。

听着江言和朋友们聊天，她鼻腔发酸，不想被看出来，一直低头吃面。

她脸很红，也不怎么说话，吃完面之后就只坐着发呆，江言察觉到她的情绪不对劲："喝酒了？"

"……我就是想尝尝你杯子里的酒是什么味道，没多喝。"

放在手边的那杯酒见了底，她的脸几乎要埋进碗里，江言托着她的下巴抬高。

上次他解释高三那年和季秋池的那个拥抱，提起江沂，她就是这样的眼神，眼眶里蓄满了泪，眼尾泛着红，像是下一秒就要哭了。

江言心脏抽了一下，拿过帽子盖住她的脸。

"二虎，姜姜酒量不好，有点醉了，我先带她回家，下次再约。"

"我送你们下楼吧。"

"不用。"

二虎也没多留他们："行，路上注意安全啊。"

进了电梯，林杏子抱住江言，脸埋在他颈窝里蹭，不像是生气，也不像不高兴，很招人心疼，江言低声问："他们跟你说什么了？"

她声音闷闷的："也没什么，都在使劲儿夸你呢，可能是担心我对你不好吧。"

"别听他们瞎说，男人酒后没几句真话。"

"人家都说酒后吐真言。江言……我好像确实对你挺不好的。"

电梯门打开，冷风迎面袭来，江言把人从怀里拉出来，仔细帮她整理好压在围巾里的头发，握住她一只手送到唇边亲了一下："好不好我说了算。"

林杏子在车里乖得过分，车开了十多分钟之后，她酒劲儿上来，迷迷糊糊地往江言怀里靠，只是叫他的名字，但又不说什么。

司机以为她不舒服，小声问江言要不要去医院。

江言说："她是在心疼我。"

二虎他们几个不可能背着他说一些会让她不高兴的话。

到家后，江言抱她下车，抱她上楼。

都进屋了，林杏子也还一直搂着他的脖子不松手："江言。"

"在这里，我就在这里。"江言哄着她，"没有其他人了，你想说什么？"

"……我以前是不是吃错醋了？"

"是我做得不好，不怪你。"

那几年一个人在国外，不是没想起过他。想忘记是一回事，能不能忘记又是另一回事。

"你去保护世界吧，我可以自己保护自己，不拖你后腿，不成为你的负担。"

冰凉的液体流到脖子，江言打开台灯，坐到床边轻轻拍着她后背："你不是负担。"他想了想，又继续说，"姜姜，你是勇气。"让他更勇敢无畏，但也更懂取舍，因为他得回来见她。

　　不知道过了多久，林杏子哭够了，江言说去给她倒杯水，她拉住他的衣摆，泪眼婆娑地看着他："亲我。"

　　林杏子在二虎家喝的那一杯是白酒，后劲儿大，她觉得自己没醉清醒得很，但其实早就醉了。

　　人迷迷糊糊地，眼神也恍惚，哭过之后眼眶泛着红，鼻尖也透着粉。

　　她就睁着水雾迷蒙的眼睛一眨不眨地看着江言，直到他俯身靠近，阴影笼罩下来，属于他的干净气息闯进她鼻腔，她才心满意足闭上眼。

　　江言想起了很多年以前，她在他后颈留下的那个吻。

　　林杏子大概一直以为她趁江言睡着偷亲他的事只有天知地知，殊不知那天江言并没有睡熟，她每靠近一分，少年贫瘠但赤诚的心就乱一分。

　　周围静得只剩书本被风吹动翻页的声音，一场海啸正破风而来。

　　少女趴在窗台上，笑盈盈地轻声叫他，江言，江言……

　　晚夏燥热的空气像是火焰，少女的呼吸仿佛都是甜的，发梢落在他颈间，有些痒，他几乎就要一跃而起，却又贪婪地想要多保留一会儿。

　　到底是梦还是现实？又或者只是他可耻隐蔽的幻想。

　　"江言？"她的声音很近，就在耳边，携着晚风轻轻拂动。

　　他没动，她也没再说话，在他以为这个梦即将醒来的时候，后颈传来柔软温热的触感，转瞬即逝，却将他困在这个梦里一年又一年。

　　那天，从不旷课请假的江言没去上晚自习，请假原因是发烧了，作业也没交。

　　其实作业写完了，但皱得不像话，根本没办法交上去。至于发烧，也是借口。因为那个轻如羽毛的吻而起生理反应让少年羞于启齿，只能躲起来。

　　然而相比之下，多年后和她的那一晚才更像是梦，清晨醒来，她

146

甩下一张银行卡头也不回地摔门离开，将他没来得及开口的话一并关在酒店房间里。

一夜露水情缘，可他像着了魔一样，晚上一闭上眼就是她，他毫无办法，只能抽烟缓解，越抽越凶，也是那半个月有了烟瘾。

如果江言没有刚好撞见林杏子蹲在医院花坛边干呕，也许就那样过去了，他们之间差了太多。

展焱说，他们分手是因为林杏子误会他劈腿，她这么硬的性子，不可能会低头，一气之下回了国，随随便便找个人气他。

江言当时没说话，心里想的却是：她软的时候，外人怎么看得见。

"疼……"林杏子眉头蹙起，软绵绵搭在男人肩上的手开始推他，她有点喘不过气了。

胸口传来一道阻力，江言停下来，撑起身体，她脸颊红扑扑的，带着点醉后的娇憨，让他心痒，忍不住再次低头吻她："要洗澡吗？"

林杏子反应慢，好一会儿才点了点头："要洗的，还要卸妆、刷牙、洗头发。"

她爱干净，每天都是要洗了澡才睡觉。

"你醉了，好像不能自己洗，我给你洗，好不好？"

"……好吧。"

江言脱了衣服抱她去浴室，林杏子站不稳，江言已经不再像第一次那样笨拙，洗完澡又给她吹头发，她昏昏欲睡，江言刚开始只是喂她喝水，后来就变得贪心了。

她喝了酒，神经被麻醉，人也困倦，感觉来得缓慢，但江言有足够的耐心。

"江言，你是不是生蚝吃太多，补过量了？"

"那你跟妈说。"

林杏子哼哼："我才不说。"

他忍着笑，没完没了，像是在弥补什么。

1

　　林杏子搞砸了一单大合同,对公司的艺人们来说,机会和资源少了,对股东们来讲,丢的不仅仅只是利益,更是打开海外合作平台的通道。公司上上下下对她都很不满,李尧开会的时候把责任揽在自己身上,替她担着,但私下该问的还是要问清楚。

　　"上周你说,展焱已经准备签了。"

　　"舅舅,我现在不知道该怎么跟您解释,您就当是我任性。"她选择相信季秋池,其实心里很没底。

　　李尧知道林杏子讨厌展焱,对展家的人也十分反感,但这个项目开始就是她负责和展氏对接。她任性娇纵,但懂得分寸,知道什么场合该说什么样的话。

　　"姜姜,这里没有外人,你告诉舅舅实话。"

　　李尧早就表过态,公司不需要她牺牲自己的感情,也永远不会拿她的幸福当筹码。林杏子犹豫了很久,李尧是完全可以相信的人,但她没有证据。单凭季秋池一句话,什么都说明不了。但如果展天雄真的有见不得光的秘密,那么她签完那单合同,公司就全毁了,这是李尧半生的心血。

　　"舅舅,我……我怀疑展氏的资金不干净……"

　　李尧越往后听,眉头皱得越紧:"展氏这几年确实风头过盛,但也不排除其他可能。如果真像你猜测的那样,展天雄应该对你避而远之,为什么反而一直想撮合你和展焱？"

林杏子苦恼地摇了摇头："我也不懂，爸爸是不喜欢我和展焱关系过密，也有嘱咐过我离他远一点。不过，爸爸一直就看不惯展焱那样的公子哥，我以前没有考虑太多。"

她想过，但想不明白。展天雄如果真的在做那些事，他胆子大到想和林旭东结亲，那就真是无法无天。

李尧神色严肃："江言知道吗？"

"季秋池选择告诉我，而不是直接告诉江言，应该是有她的顾虑。"

"这不是小事。"

"……是的，舅舅，对不起。"

"算了，这件事就到此为止，不值得我们冒险。"

林杏子回到办公室，发了好久的呆才想起要给林桑打个电话，手机落在会议室了，她穿了一天高跟鞋，脚酸腿疼，坐下了就不想动。

抽屉里放着好几个备用机，她翻出常用的那一个，开机后等了一会儿，有条微信消息弹出来，她习惯性点进去看：**我今天可能要晚点回家。**

她根本没注意这条消息是江言哪天发的，看完就回了一条：**知道了。**

然后退出去翻通讯录找林桑的号码。

两分钟后。

等等……她愣了愣神，想起什么之后突然反应过来。

撤回！撤回！撤回！

江言调回海市那天，给她买了一个草莓千层蛋糕，她还抱有侥幸心理，觉得是巧合，为了避免露馅好长时间都没动过这个小号，仔细一看，江言的消息还是上个月发的。

"为什么不能撤回啊啊啊啊啊！"林杏子绝望到差点把手机甩出去。

秘书听到办公室里的声音，赶紧去敲门："林总，发生什么事了？"

林杏子扶额："没事，你出去吧。"

她表面淡定，然而内心有几万匹马在奔腾，本来想着敌不动她不动，江言不提她就装作没发生过，反正他不可能随随便便查她的号。这下好了，没打就招了，还是自己主动送上去招的。

林杏子深吸一口气，重新打开微信看着聊天界面的那条消息：**我今天可能要晚点回家**。

好像没什么不对，但又处处都不对。

"周秘书，帮忙把我的手机拿进来，在会议室。"

"我马上就去拿。"

周秘书跑了一趟，林杏子拿到手机后，目的性极强地去翻她和江言为数不多的聊天记录，很快就找到了证据。

在同一天，江言也给她平时用的这个微信号发了一条一模一样的消息，只是晚了几分钟，看起来应该是第一次发完之后意识到发错号了她可能看不到，于是换号又重新发。

原来他早就知道是她！

消息过了时间不能撤回，林杏子盯着那个备用手机，半个小时了都没什么动静，江言平时其实很少看手机，忙起来更是顾不上。

林杏子想起早上出门时他说过晚上可能回不来。在忙吗？

正当林杏子绞尽脑汁想方设法给自己愚蠢的行为找借口，最后还是决定以不变应万变的时候，手机响了。

江言的电话。

林杏子第一反应是叫人："周秘书，你进来一下。"

周秘书敲门："林总，有什么吩咐吗？"

"帮我接电话，"林杏子把手机递给她，"先问他有没有急事，没有急事就说我还在开会。"

"……好的。"

工作时间，周秘书帮林杏子接电话很正常："江先生您好，我是周秘书，林总的手机暂时是我保管，请问您找林总有急事吗？"

电话接通后，江言听到周秘书的声音就猜到是怎么回事了，他也没有戳穿："她有点感冒，麻烦你提醒她吃药。"

"好的，我会的。"

"那我就不打扰你工作了。"

林杏子在旁边听着，她总觉得江言这句话是对她说的。林桑和林柯这对姐弟果然克她，逛街是逛不动了，她没心情，下班了直接回父母家避难。

李青和林旭东都在家，林杏子进门后一直蔫蔫地，干什么都心不在焉，她没有要走的意思，看样子晚上是要在家里住。

李青嘴上嫌弃，但背过身就高兴地去收拾房间了。

林旭东问："你妈说李尧今天要过来，都这么晚了，他是不是又在加班？"

林杏子很有自知之明："舅舅可能还在公司帮我收拾烂摊子吧。"

"闯祸了？"

"我搞砸了和展氏的合作，前段时间的努力全废了，公司那些人气得不行，但又不能当面骂我，舅舅……"

"展氏？你们怎么和展家扯上生意关系了！"林旭东反应很大，茶杯都被他碰倒了，"林杏子，你怎么都不跟家里人商量！"

林杏子被吓了一跳，她懵懵地看着林旭东，手里拿着的半颗苹果掉到地上："舅舅知道啊，您跟妈妈又不懂公司的事，而且没做成我哪有脸回来跟你们炫耀，爸……您在生什么气啊？"

林旭东宠女儿，在家很少有疾言厉色的时候。

就连在收拾房间的李青都被他莫名其妙的脾气吓到了。

林旭东眼里闪过些许不自然的情绪，他摘掉眼镜，起身去捡那半颗苹果，语气缓和后才解释道："爸爸不是生你的气，就是太惊讶了，你一直都不喜欢展家那小子，小时候被他欺负了还经常哭着回来找爸爸，怎么会想着跟他们合作？"

"……讨厌归讨厌，但他们实力强，这也不是我一个人的想法。"

过了一会儿，林旭东重新洗了颗苹果，给女儿削皮："姜姜啊，没做成就算了，你一个女孩子，还是轻松一点，年轻人有事业心是好事，但也要适度。"

"嗯。"林杏子点头应着，心里觉得林旭东哪里怪怪的，可又看不出什么异样。

她睡得晚，躺在床上和林桑视频，林桑把这次出差拍的照片发给她看："你这是跟江言吵架回娘家了？"

"能不能盼着我点好？"林杏子没好气地翻了个白眼，"他加班，我回家吃晚饭，就懒得再回那边了，睡一晚明天去上班。"

林桑在处理照片，笑着说："小日子过得挺美啊，不准备离了？哎，我怎么记得当初有人信誓旦旦地说要甩了江言恢复单身继续潇洒快活，一三五貌美小鲜肉，二四六钻石多金男，啧啧，这才半年，就黏黏糊糊地离不开了。"

林杏子两眼一闭，闲散地晃着腿，不听不听，王八念经。

"我听人说展焱前段时间挺消沉的，还在夜店闹事了，"林桑意味深长地问，"不会是因为你吧？"

展焱就是那副德行，林杏子可太了解了："他跟我有什么关系啊？"

"都说是你伤了他的心。"

"只要他不嫌丢人，随便怎么说。"她不在乎。

"人家毕竟喜欢你这么多年呢。"

"他估计是有受虐倾向，越骂他，他就越来劲。以前我无聊的时候还觉得他有点意思，现在没那个闲心跟他玩了。"

尤其是在这件事之后，林杏子更是要对展家的人敬而远之："姐姐，你对季秋池这个人还有印象吗？"

林桑想了一会儿才记起来："她是我高三同学，你怎么突然问起她了？"

林杏子说："我就是想知道江言的小青梅是个什么样的人。"

"好多年没联系了，印象不深，但有印象。"林桑顺手打开抽屉，找到高中的毕业照后拿到镜头前指给林杏子看，"看见了吧，就是她，那时候她可是我们班的班花，人没什么脾气，性格温温柔柔的，很好说话，学习成绩也好。不是所有的青梅竹马都有感情线，再说了，你和展焱不也是青梅竹马吗？你还不是照样看他哪哪儿都不顺眼，更谈不上什么日久生情。"

　　"我不是问这个，我是想问问她人品怎么样。"

　　"以前挺好的，现在我就不知道了，人都是会变的。"

　　"……也是。"林杏子叹气。

　　"这么晚了，你不睡觉？"

　　"睡不着，再陪你聊会儿。"

　　"林杏子你真是越来越娇气了，才一个晚上没有老公陪着就失眠。"

　　"是的啊。"

　　江言下出租车已经是凌晨，路口还有些过往的车辆，但小区里面很安静。

　　突然，从电梯口走出来一个人，步履匆忙，脚步声在寂静的夜里隐隐有回音，江言看清那人是林旭东，正要开口，林旭东就已经上了车。

　　车灯十分刺眼，江言侧身避开，看着远去的车尾，若有所思。等周围恢复寂静，他才上楼。

　　林家也是密码锁，李青早就睡了，江言轻手轻脚地进屋。

　　"笃笃——"敲门声很轻。

　　林杏子以为是爸妈起夜发现她房间还有灯，催她睡觉。

　　"姜姜，是我。"

　　他他他他怎么来了！

　　林杏子连忙挂掉和林桑的视频电话，在房门被推开的前一秒迅速扯开被子盖住自己。

　　江言一身寒气，随意放在床边的电脑屏幕还亮着，床上的人在被子里窝成一团，长发凌乱地铺散在枕头上，露出一只脚在外面。她一个人睡觉会开盏灯,柔和的光线在她脚边落下阴影,脚趾轻轻动了一下。

江言看着,唇角无声上扬:"睡着了?"

林杏子感觉到床在往下陷,但打定了主意装睡,一动不动。她绝对不会给他问下午那条微信的机会。

江言坐在床边,手掌放在衣服里暖热之后才握住她露在被褥外面的那只脚,贴着脚背抚到脚踝,轻轻按着。

林杏子怕痒,撑不到半分钟就掀开被子坐了起来。

房间里暖气足,她被闷得脸红耳赤,眼里没有半分睡意,对上男人笑意融融的目光后很快扭到另一边:"是你吵醒我的!"

江言也不戳穿:"你继续睡,我就是过来看看你。"

林杏子看了眼旁边的闹钟,差十分钟就一点,她和林桑聊得忘了时间,都这么晚了:"……你还要走吗?"

"三点得走。"

周峰得到的消息,那两吨毒品交易案就是明天,交货地点在码头,但双方会提前见面。

"三点……那还能再睡一会儿,你快去洗洗。"林杏子下床,推着江言进浴室。

他本来不打算睡觉了,但还是听她的。

"爸妈都在家?"

"嗯,他们睡得早。"

江言刷牙的动作顿了一秒,林旭东凌晨出门,没有让她知道。

局里明天的行动是半保密情况,督导组领导越过林旭东直接跟上级汇报之后下的命令,为了避免打草惊蛇,并没有提前调任警力,所有参与行动的人员都是在今天晚上八点才接到命令。

江言简单洗了洗,脱衣躺上床。

关了灯,林杏子反而更清醒了:"会有危险吗?"她自言自语,"有吧,怎么可能没有。"

热意从身后收拢,林杏子翻身往他怀里贴近,听着他的心跳声,心才慢慢静下来："后天就过年了，你得早点回来，这是我们第一个新年。"

已经过了凌晨，应该是明天。

去年春节之前江言就被调走了，在林杏子心里，今年才是她和江言真正意义上的第一个新年，以后还有很多很多年。

江言给她掖被子："嗯，行动结束了就回来陪你过年，你安心睡觉。"

林杏子虽然很少过问江言工作上的事，但心里很清楚他的职业有多危险，命令下来了，无论人在哪里在做什么，都必须无条件服从，每一次任务都很有可能是最后一次。

她不想拖累他，也不想成为让他频频回头的负担。有些话到嘴边了都说不出口，只能揉碎了埋在心里。

迷迷糊糊到了凌晨三点，江言大概是不想吵醒她，起床动作很轻，也没开灯，衣服都拿到浴室去穿，她其实没有完全睡着，脑袋里有根弦绷着，怎么都睡不踏实。

江言的手机收到消息，准备离开时又折回到床边把壁灯打开，她一个人睡会害怕，即使在自己家也是。

灯光微弱，江言才发现她醒着，一双眼睛雾蒙蒙的。

一颗心寸寸柔软，最后还是没忍住俯身抱了抱她。

"怕丢了，"江言把婚戒从衣服里拿出来放到林杏子手里，"你先帮我收着。"

"好。"林杏子揉了揉眼睛，"你走吧，别耽误了。"

她其实很想送他下楼，但知道他不会同意。

冬天，天亮得晚，林杏子被李青叫起来吃饭的时候，整个人都是昏昏沉沉的。

家里就只有母女两个人，李青煮了南瓜粥，林杏子磨蹭了半天也没吃几口，白天做什么都有些心不在焉。

## 2

周峰通知江言接头人见面的地点，在海市街区最繁华地段的一个十字路口附近有家咖啡厅，那里道路四通八达，周围有六家百货大楼，新年前一天的人流量非常大。

码头有人蹲守，江言赶去咖啡厅附近。

天还没亮，周峰带着二虎和其他几个人晚到五分钟。

江言问道："周队，今天的行动是不是惊动了林局？"

周峰说："我从局里过来的，没有见到林局，这个时间林局应该还在休息吧。"

江言出门时，林旭东的车不在小区停车位，这也就意味着他还没有回去，如果是私事，时间未免太过巧合，再加上先前种种猜测和疑虑，江言不可避免地往坏处想。

海市公安局有着全国最优越的警力，禁毒工作也没有松懈过，犯罪分子却依然这么嚣张。

"师傅，"江言站到周峰身边，破晓之前的最后几分钟天色最暗，"为什么越过林局？"

周峰是缉毒大队的大队长，在职十年，江言不是他带的第一个徒弟，但他是最能感同身受的一个，最亲的家人死于毒品，没有比这更坚硬的后盾。

江言目光里带着犀利的审视，他能问出这句话，就代表已经对林旭东有所怀疑。

周峰目视前方，沉默了片刻才开口："督导组领导有独立办案的权利，我们无权过问，只需要严格执行上级布置的任务，服从命令听指挥，其他的不归我们管。"

江言挺直脊背："是。"

所有人员共分为三组，周峰带队伪装成路人埋伏在露台，第二组已经提前到了咖啡厅，江言守在五十米外的楼顶。

一切准备就绪，就只需要等待。

上午咖啡厅客人不多，大多都是附近办公楼里的员工打包好带走。

九点一刻，一个身穿黑色风衣的男子走进咖啡厅，他选了靠近侧门的位置，坐下后点了根烟。

"注意注意！可疑目标出现！"

"收到！"

江言沉稳地瞄准黑衣男人，对方戴着帽子，遮住了大半张脸，服务员在给他点单。

十分钟后，通信设备里再次传来周峰的声音："注意！第二个可疑目标出现，咖啡厅门口戴墨镜的女人。"

女人自然地走进咖啡厅，坐到黑衣男子那桌，她抬头整理压在大衣里的头发时，江言看清了她的脸。

季秋池！怎么会是她？！

黑衣男子咬着烟环顾四周后换了一个位置，背对着江言的方向。

这个背影……寒风从耳边呼啸而过，那一瞬间，江言气息凝滞，死死盯着瞄准器里的人，风吹得他瞳孔猩红。

与此同时，在五十米外的咖啡厅里，季秋池失手打翻了服务员刚端上来的热咖啡，咖啡泼在身上，她像是没有丝毫痛感，神色茫然又恍惚。

她已经记不清有多久了，那些绝望得想要死去的漫长深夜，都是靠着和江沂的回忆熬到了天亮，坐在面前的黑衣男子身上有他的影子，却又像另外一个完全陌生的人。

仔细看，男人脸上布满了疤痕，有一道疤直接从嘴角拉到眼尾。那双眼睛浑浊锋利，刚刚透出的不悦是因为她把咖啡泼到了他身上。

"不好意思，"季秋池压低眼眸，即使很快整理好情绪，也仍在轻微颤抖着，"我重新再帮你点一杯吧。"

"不用了。"

周围都是警察，桌子下面装了窃听器，黑衣男子收到一条消息之后立刻起身离开。

消息内容是：

有意外，交易取消。

情况有变，二虎迅速控制住季秋池，周峰追着黑衣男子从咖啡厅后门跑出去，将其他人甩开后跟进了一条小巷子。

"怎么回事？"

"展天雄那个老狐狸可能是提前得到了消息，没有按照约定出货，你们的人二十分钟后只能拦截到两吨海产品。"

这次行动走漏了风声，周峰并没有太意外。

"你答应过我的事没有做到，我有命回来再找你算账，事已至此，已经回不了头，江言就交给你了，还有……"男子发现江言追了上来，重新戴上帽子，"保护好她。"然后转身消失在巷子深处。

周峰截住江言，反被江言揪着领口摁在墙角，江言用了狠劲儿，周峰喘不过气，皱着眉头折住他的手臂用力一扣，下一秒又被压制住。

到底是年轻啊，一身力气。周峰感叹。这小子，如果不是还记着他是师傅，估计就要拿枪抵着他脑门儿了。

"松手！"周峰压低声音呵斥道，"是不是又想被停职了？"

"他是谁！"江言双目赤红，他双手骨节发白，青筋凸起，低吼着追问，"你告诉我，他到底是谁！"

当初警方找到了尸体，死者面目全非，法医鉴定过，确实是江沂。江沂已经死了，刚才咖啡厅里的人又是谁？一个人的外貌和声音可以改变，但背影绝对不会变。

江言原本的任务是守在码头，后来计划临时有变，才会跟着周峰来咖啡厅，周峰敢让他见，就做好了准备。

迟早的事，就算是送他的新年礼物了。

天阴沉沉的，晚上可能会下雪，周峰对江言说了这么一句话："朝着你认为对的方向走，即使没有光。"

江言盯着黑衣男子消失的巷子口，冷汗从额头往下滴，眼里翻涌的怒气愈加深沉，几分钟后才慢慢松了力道。

周峰揉着胳膊地往外走，一声接着一声地叹气，骂完了又笑："怎么这么疼，不会是骨折了吧，臭小子……"

任务失败，那两吨毒品根本就没有运出来，车里全都是海产品，只抓到了季秋池，窃听录音里仅五六句简单对话，说明不了什么。

展天雄明明提前得到了消息，但没有阻止季秋池去接头，摆明了是拿她出来祭天的。

季秋池被带回警局后一直没说话，到了晚上，人渐渐变得暴躁易怒，甚至出现了轻微的自残行为。

负责审讯的警察见过太多类似的情况，一看就是瘾犯了。

江言从监控里看到她抓着头发往桌子上撞，忍耐过后还是一脚踢开了椅子，大步走进审讯室。

"江队……"

"你们先出去，给我五分钟时间。"

两个同事互相递了个眼色，起身走出审讯室，并关上门。

江言解开季秋池的手铐，拧开一瓶矿泉水后捏着她的嘴往里灌。季秋池暂时冷静下来，靠着椅子大口喘气，脸色透着失血的白。

江言下颌绷紧，他握住季秋池的手，撕开一枚创可贴给她贴上。

"多久了？"

季秋池低着头，凌乱的长发遮住了她苍白的脸，她没有看江言："……没多久，我就是烦，很好奇那东西到底有多好，能让人不要命似的前仆后继，就试了几次。"

展天雄逼她，她没有别的办法。

"戒掉。"江言闭了闭眼，握紧拳头，侧颈的青筋都在隐隐跳动，"你自己戒不掉，我们帮你戒，还有，离开展天雄。"

季秋池痴痴地笑："离开他就没钱了啊，没钱怎么活啊……"

"你要多少？"

"谁会嫌钱多呢，你这是什么表情，难道你要给我钱？不担心杏子跟你生气吗？"

"她不会。"这三个字江言回答得毫不犹豫，季秋池视线恍惚，仿佛透过他看到了另一个人。

真好啊。至少，还是有人可以得到幸福的。

"江言，你别管我了。"她回不了头了。

江言看着她，心里涌出一股无力的挫败感。他记忆里的季秋池会因为害怕被醉酒的父亲打而躲在外面不敢回家，会因为丢了学费哭得手足无措，她身上没有太过锐利的性格，是很典型的海边小镇姑娘。

"你身体状态很差，"他抽了张纸巾，帮她把手上的水渍擦干，"于公于私，我都不可能放着你不管。"

季秋池木讷地坐在椅子上，折断的指甲在手心里抠出深深的印子。

许久，她才沙哑地开口："我也想为他做点什么。"

江言知道她说的是谁。

"我有我想要守护的人和事，以前觉得辛苦，总觉得明天可能就要放弃了，但现在好像一切都是值得的。"

还能再见一面，对她而言已经没有遗憾了。

1

局里没有一人伤亡的消息是林旭东带回家的，绷在林杏子脑中的那根弦这才终于松懈下来，不然她总是心不在焉的，做什么都不顺心。

公司年会结束得晚，李尧要跟她一起回林家过年，车开到半路，李青打电话说江言还在警局，让他们绕段路把江言接回家，年夜饭准备得差不多了，就等他们回来。

李尧就改道去了警局，车在路边停了二十多分钟，虽然车里开着暖气，但也还是很冷，李尧往车窗外看了一眼，原来是下雪了。

"都快七点了，给江言打个电话？"

"再等等吧，他可能还没忙完。"林杏子拿着手机，通讯录里就是江言的号码，她一直没有拨出去。她从不在江言上班的时候打电话催他，虽然早就过了下班时间，"妈还在炖排骨汤，吃饭早着呢，也不着急，舅舅冷吗？"

"我不冷。"李尧是担心她感冒了。

年会结束之后，林杏子直接上了车，身上的礼服都没换，虽然裹了一件厚厚的羽绒服，但脚和腿都还露在外面。

"不冷吗？那把你的衣服给我穿，我冷。"

李尧："……"

"真是白疼你了。"李尧脱下外套盖在她腿上，故作失望，长长地叹了声气，"唉，只知道关心老公，眼里都没有舅舅了。"

"那我天天都跟舅舅在一起，"她很会撒娇，"但是已经两天一夜没有见到江言了。"

李尧笑着拨开抱在他胳膊上的林杏子："行了行了，你辛苦了，年后给你放假。"

他有通电话进来，林杏子就没再闹了，坐在旁边听他接电话，也不是故意听，坐在一辆车里，她想不听都难。

打电话的人，林杏子是认识的，对方大概是想和李尧一起过年。在林杏子心里，李尧称得上是全世界最好的舅舅，但她也承认，李尧对女人多多少少有点薄情寡义。

"舅舅，你如果带她回去吃饭，我妈应该挺高兴的。"

"没必要。"李尧甚至不想多聊一句，他看向车窗外，距离远，看不太清，"那是江言吧？"

林杏子的注意力被转移，她看见江言的下一秒就扔了手机开门下车："是他。"

从警局出来，江言身心俱疲，下台阶时余光捕捉到的一个身影让他停下了脚步。

林杏子站在路灯下，飘飞的雪花在光晕里飞舞，她像是发着光。这个世界上依然有人能永远干净如初。

江言就这样远远看着她，所有疲惫和冲击仿佛都悄无声息地散开。他不知道什么是对什么是错，但他愿意朝着光的方向往前走。

等他走近，林杏子把脖子上的项链取下来，他的婚戒被她串在项链里，这两天一直戴着。

她捏着戒指重新给江言戴上，转了转，稍微有点大："你瘦了，戒指都大了。"

才两天，能瘦多少。江言牵唇笑了笑，展臂把人拥进怀里。

他怀里好暖和，她忍不住靠得更近："好冷，抱抱。"

"怎么穿这么少？"

"急着过来接你回家啊。"

林杏子从江言怀里仰起头的时候，江言刚好低头，一片雪花落在她鼻尖，融化成水珠，江言虔诚地吻下去。

她及时地抬起手挡在脸上："舅舅在车上看着，我有点不好意思，除非你强吻。"

江言："……"

李尧见江言的次数屈指可数，都说细节见人品，这话倒也没错。林杏子裹着厚厚的羽绒服坐到后座，江言帮她关上门后绕到副驾驶，在他的认知里，长辈开车，他和林杏子都坐在后面很不礼貌。

"舅舅。"

"你也坐后面，"李尧不怎么在意这些，"今天我给你们俩当司机。"

江言打开车门："我坐前面陪您聊天。"

李尧笑着说："一家人不用客气，你坐后面陪你老婆，不然我们家的小公主又要埋怨我这个当舅舅的不合格。"

林杏子对着李尧的后脑勺吐舌头，江言看着她娇俏生动的表情，唇角止不住地上扬。

江言绕到后座，上了车，握住林杏子冰凉的手放进他衣服里暖着，他这两天加起来就只睡了四个小时。

季秋池被抓的事，林杏子通过林旭东知道了。任务失败，接头人竟然是季秋池，换成林杏子都不太能接受，更何况是和她从小一起长大的江言。

李尧开车，江言平时就是寡言少语的性格，两人只是随便聊聊，林杏子反而是最沉默的人。

来接江言下班的路上，林杏子满心欢喜，连李尧都能看到她眼里的光亮。可真正见到了，却又不知道该怎么开口。

安慰？怎么安慰？事实摆在这里，季秋池到底是自甘堕落还是另有隐情，在今天之前她琢磨不透，也不愿意深究，只是在季秋池冒险提醒她展氏有问题的那一刻，她心里那杆秤就已经朝着一边倾斜了。

江言会怎么想呢？她不知道。她只知道江言从警局出来时整个人都是疲惫的，仿佛被什么沉重的东西压得喘不过气，从大门走到路口都没有发现下雪了。他是难过的吧，苍白的安慰反而是在往他心口上戳刀子。

城市里的年味越来越淡了，前几天，小区物业在路灯上挂了红灯笼，李青早早就开始准备这顿年夜饭，厨房里热气腾腾的。

听见林旭东的笑声后，李青从厨房探出半个身子："李尧，江言，你们先坐一会儿，我还有两个菜。"她系着围裙，手里还提着把菜刀，往女儿身上扫了两眼，声音依旧中气十足，"今天零下四摄氏度，林杏子你就穿成这个鬼样子？冻不死你！你还不如直接裹块抹布。"

林杏子习惯了，她在公司参加年会的时候可是丝毫不比女明星逊色，回家照样被嫌弃。

"妈，这件裙子八万，还是舅舅给我挑的。"

李青只是嘴上唠叨，让林杏子赶紧冲杯感冒冲剂喝。

林旭东提前泡了茶，李尧懂茶，能坐着和他品一品，一杯茶下肚，身体就热了起来。

李青喊开饭，江言起身去房间叫林杏子。

林杏子换了身家居服："马上，我扎头发。"

她鼻音有些重，江言走过去拨开她散落的碎发，掌心贴着她额头摸温度："是不是发烧了？"

林杏子吸了吸鼻子："没有吧。"

"头疼吗？"

"不疼，就是吹了会儿冷风，没事的。给妈打过电话了？"她说的是江母。

"打过了，妈回娘家了，她们也在吃饭。"

"妈肯定很挂念你，明年把她接到海市过年，或者我跟你一起回去。"

"她也很挂念你，你送她的镯子，她特别喜欢。"江言笑着说，"刚才打电话还叮嘱我要好好照顾你，不要总惹你生气。"

林杏子这段时间过得顺风顺水，她和江言从老家回来之后就没再吵过架了。

"嗯……你最近的表现好像还可以，"她故作轻佻，手指轻轻勾着男人的下巴，"那就看在妈的面子上奖励你一个吻吧。"

江言坐着没动，等她亲完，搭在沙发上的手才扶上她的腰，看着她的眼神里多了几分笑意："只是一个吻？"

她傲娇地哼了一声："不然呢，你还想要什么？"

"很多，很多……很贪心。"他懊恼地叹气，"我以前不是这样的。"

林杏子听着却很开心："江言，你说情话的本事真是日益见长啊。"

他也笑："这是情话吗？"

"听着像。"

"那说明我的学习能力还可以。"

"你不是一直都是好学生吗？"她想起高中，"在学校，你是我妈拿来教育林柯的正面范例，在家，你是她用来激励我的榜样，她每次改试卷，都要把我叫进书房。"

李青那时候确实很喜欢江言，他就是大多数家长口中"别人家的孩子"。

"按理说，你应该讨厌我。"

然而并不是，林杏子喜欢得不得了。

"你猜，每次我妈拿你举例子数落我的时候，我心里都在想什么？"

他配合地问："想什么？"

林杏子凑到他耳边："我在想，我一定要把你搞到手。"

江言："……"

李青在外面喊："林杏子，江言，出来吃饭了！"

"……来了。"

江言不太自然地应了一声，他和林杏子一前一后走出房门时耳朵通红，李尧开他的玩笑，林杏子在旁边帮他说话，说是暖气太热了。

今天是除夕，林旭东准备了酒。

江言是晚辈，他这两天几乎没怎么休息，家里人也知道他不怎么喝酒，一人敬过两杯后林旭东就没再让他多喝。

林旭东最先醉倒，李尧和他喝的差不多，但半点事儿都没有。

喝了酒不能开车，李青让林杏子和江言留下来住，明天林柯他们一家要过来，李尧的司机跑了一趟，李青还给他包了个红包。

林杏子放下手机："妈，舅舅到了，他让我跟你说一声。"

"这么大的雪，非要走。"看样子应该不是回家，而是去外面了。

"舅舅有自己的生活，你就别担心了。"

李青叹气："他如果成家了，我也懒得管。"

"也不是一定要结婚，现在很多人都不愿意结婚，舅舅自己过得开心就好了。"林杏子走过去帮她捏肩膀，"妈，您以后别给舅舅介绍相亲对象了，他不太喜欢。"

"我的眼光不行？"

"您看的是结婚对象，舅舅不想结婚，顶多就只是谈个恋爱而已，谈恋爱和结婚是两码事。"

李青听到了重点："他身边有正在谈的？"

林杏子干不出在背后出卖李尧的事，随口搪塞道："追求舅舅的女人一直都没断过，但他的心思大部分都在工作上，应该是没有遇到合适的吧。"她转移话题，"爸最近的情绪不太好，今天喝了好多酒。"

"男人喝酒解压，他压力太大了。"李青今天在饭桌上没拦着林旭东喝酒，她偶尔晚上起夜，他都还没睡着，"唉，操不完的心。我去给你爸和江言泡两杯茶就睡了，你也早点休息。"

"嗯。"

泡好茶，林杏子端着一杯回屋，江言刚洗完澡，顺势就把她抱到床上。他入睡得很快，林杏子躺在他身边玩手机，公司的微信群里还挺热闹，她发完几个大额红包之后，大家聊的话题全都在她身上，打趣地问她除夕夜有什么安排。

平时大家私下也会聊她，小林总什么都好，就是太神秘了。

林桑打来电话，林杏子看着熟睡的江言，凑近亲了他一下，拿着手机轻手轻脚地下床，关上房门，在客厅接电话。

林桑她们家人多，很热闹。林柯的女儿小名叫笑笑，遗传了林柯脸上的两个酒窝，笑起来特别可爱。林杏子跟他们聊了一会儿，挂了电话去露台。

雪势不大，雪花纷纷扬扬地从巨大黑色幕布里飘向这座城市，下了几个小时，路面都还是湿的，露台上有薄薄一层落雪，她刚准备把脚伸出去踩个脚印就被江言从后面拦腰抱了起来。

她下意识抬手搂住男人的脖子，腕上的那条手链往下滑了一截，送去店里修复好之后，她就一直戴着。

江言关上露台的门，林杏子不乐意，两只脚在半空晃来晃去："你睡你的，干吗烦我？"

林旭东醉得一塌糊涂，李青也休息了，江言抱着林杏子回卧室。

他说："你不在旁边动，太安静了，睡不着。"

林杏子哼了一声，没搭腔。

她的房间是落地窗，拉开窗帘视野极好，入冬后李青就铺上了地毯，房间里更暖和，她盘着腿坐在地上往窗外看，城市没什么年味，还不如她在国外那几年的华人街热闹。

"阿嚏！"林杏子打了个喷嚏。

江言在年夜饭后找李青拿了感冒药，这包感冒冲剂是苦的，从舌苔到喉咙都发苦，林杏子眉眼皱成一团。客厅桌上有一盘李青买的奶糖，江言剥了一颗喂给她，甜甜的奶香味慢慢盖住那股药物的苦涩感。

白天的林杏子一身昂贵礼服出席公司年会，代表整个公司管理层致辞，高贵冷艳，晚上的她洗去妆发岁月静好，因为一颗奶糖展露出灵动的小表情。江言坐在她旁边陪她看雪，心也慢慢静下来，所有扰乱他心绪的事似乎全都悄无声息地抚平了棱角。

"睡不着了吗？"林杏子从桌上抽了张纸巾，帮他擦额头上的汗，"你刚才是不是做噩梦了？"

江言喝得不多，只睡了不到一个小时，梦里反复出现江沂和季秋池这两个人熟悉却又陌生的身影，他被困在原地动弹不得，只能看着这两人越走越远。两人背道而驰，谁都没有回头。直到他一只手摸到身边空空如也时才从梦中惊醒。

"姜姜，他没死。"

"……谁？"林杏子一时没反应过来。

"江沂。"江言眼眸压低，停顿了几秒，"我昨天看见他了，他是我哥，我不可能认错。"

林杏子怀疑自己听错了。

八年前就被确认死亡的人，突然出现了？没死为什么不回家？为什么八年没有给家里打过一通电话？为什么法医鉴定结果会出这么大的纰漏？"江沂"这个人已经"死了"，那么他这八年是用什么身份活着？人在哪里？在做什么？真正的"江沂"还活着那八年前被确定是"江沂"的那具尸体是谁？

脑海里无数疑问堆砌，其中错综复杂的原因林杏子不敢细想。她睁大眼睛，好一会儿都没说话，江言以为吓着她了，她却突然靠过来抱紧他的腰，手在他后背轻轻拍了拍，像是在安抚他。

"那真好，江警官又多一个家人了，"她仰起头，笑着眨眼，"这样的新年惊喜可不是谁都有。"

"嗯。"

"既然见到了，有说什么吗？"

"没有，我离他很远，任务结束后也没追上。"江言收拢双臂，脸埋进她颈窝，"他在躲我。"

林杏子没有见过江沂，不知道他是一个什么样的人："他不想见你，应该是有顾虑吧。"

周峰在那条巷子里放走江沂，江言就已经猜到他这几年在做什么。

"只要他平安，不见也好。"

"不会一辈子都不能见面的。"林杏子忽然很认真，"你现在做的一切，是为国家，也是为他。"

江言笑了笑："嗯，你对。"

窗外一阵冷风刮过之后雪势渐大，大片大片的雪花落在玻璃窗上，不知道是谁先吻的谁。

"……我感冒了。"

"出汗驱寒。"

她不是这个意思："会传染的！"

"我有三天假期。"

"……"

牛奶糖的味道越来越淡，齿间丝丝苦涩蔓延。

林杏子的感冒好像加重了，觉得暖气太热，头脑昏沉，再没有多余精力去想明天早上这座城市被一层雪覆盖的洁白景象。

地暖开了一整天，后背贴着地毯格外得热，林杏子觉得仿佛要着火了。不，那是她在江言眼里看到的火焰。恍惚间，她听到他低声问："姜姜，你小时候是不是也住在这里？"

"你说多小的时候？嗯……五岁之前住爷爷家，爷爷去世之后搬到以前的老房子，在那边一直住到我十二岁，然后才搬到了这里，但是床一直没换哦，这还是我十几岁睡的床。"

所以这床并不大，也显得有些旧。

"为什么只留着床？"

家里其他家具都换新的了。

"因为我想留着，爸妈就没换。"

江言执着于这个问题："为什么？"

林杏子忍着笑，故意不说："你猜呀。"

"小时候睡觉认床？"

"……不是。"

他继续猜："有什么特别的意义？"

磨了好一会儿，她才松口："算是猜对了吧。"

"什么特别的意义？"江言缠着她问，"姜姜，我想知道，姜姜……到底有什么特别的意义？"

林杏子本来没想告诉他，但他喝了酒之后让她太难招架了："就是……嗯……其实本来没什么，我读高一那年，家里重新装修，爸爸说全都换新的，我不让他换这个床是因为……因为我在床垫下面的木板上写了很多字。"

他顿了几秒："什么字？"

"就在我的枕头下面，你想知道就自己看。"

江言真的自己看了。他搬开床垫，原来木板上一块小小角落里写满了他的名字。

在林杏子出国之前，有很长一段时间，她每天都是枕着他的名字入睡。

江言低头吻她："姜姜……"

林杏子抬手抱住他的脖子："如果有了孩子，就当是送你的新年礼物。"

他其实是想要的，因为她不想，所以也从不主动提。

她不讨厌小孩，之前不喜欢别人提是因为觉得婚前那场乌龙太丢脸了，她跟林桑视频，听着林桑教笑笑叫姑姑，也会觉得笑笑很可爱。

窗外冰天雪地，房间里热腾腾的。

2

夜晚雪势渐大，到了早晨小区地面和屋顶已经是白茫茫一片，老梧桐树的枝丫都被压断了一根。

李青早起把里里外外收拾一遍，开始准备早饭，林旭东在门口贴春联，邻居家也是男人在忙这些，两人聊了几句。

桌上的手机震动声响起，是一个没有备注的号码，平时找他的人多，逢年过节更不会少，李青一般不动他的手机，也不会随便接他的电话，连看都没多看。

"老林，你的电话。"李青叫林旭东进屋，"你小声点，让姜姜和江言多睡一会儿，好不容易能休息几天，别把他们吵醒了。"

林杏子在家很随便，睡懒觉睡习惯了，江言前两天没怎么休息，不然他会比李青起得还早。

"来了。"林旭东放下东西，用毛巾擦擦手。

他从桌上拿起手机，看到来电号码时眼底闪过一丝凌冽的厌烦，他背过身，挂断电话。

李青看了他一眼："怎么不接？"

林旭东说："骚扰电话，你做饭吧。"

"现在的骗子真是越来越猖狂了，都敢给你们打电话，"李青开玩笑道，"咱们小区有家六十多岁的老夫妻被骗了十几万，养老钱全没了，上个月还来找过我，想让我问问你。"

林旭东知道这个案子："网络诈骗案很难侦破。"

李青系好围裙，进了厨房："是啊，所以我也没敢跟人家保证什么。"

林旭东烧水泡茶，五分钟后，那通电话再一次打过来，林旭东下颌紧绷，手指关节都在隐隐作响。

晚上林桑她们一家会过来，李青想着早饭就弄得简单点，林旭东把厨房的门关上，回到卧室，走到卧室外面的阳台才接起电话。

对方笑着问候："林局，新年好啊，这个时间应该没有打扰到你吧。"

林旭东没有心情跟他客套："你又想干什么？"

"林局别误会，我没别的意思，就是想跟林局道声谢，一个外地的朋友弄了点好茶，林局什么时候有空，我把茶叶带给你尝尝。"

"不必了。"

"老同学，何必这么生疏，我们好歹也认识几十年了。"

"早在你坑害我的那一天，我就没有把你当成同学了，这是最后一次，请你适可而止，以后不要再联系我！"

"林局这是哪里的话，常联系感情才不会断。"电话那端的人笑了笑，意味深长，"林夫人身体可还好？"

林旭东脸色沉了下来："我警告你，别再拿我家里人威胁我！把我逼急了，谁脸上都不好看！"

他掐断电话，喘着粗气一拳打在墙上，正气的眉目间多了些苍老感。

难得可以抛开工作和其他乱七八糟的事，林杏子自己赖床不起，也不让江言起，觉得他身上暖和，窝着不想动。

江言两天没刮胡子，下巴冒出短短的青茬儿，林杏子睡够了就不太安分，一会儿蹭蹭，一会儿摸摸。

窗外白雪纷飞，室内温暖清净，耳边是彼此浅浅的呼吸声，有种岁月静好的感觉。

她问："你们家是不是很少下雪？"

"嗯，很少，有一年全国大降雪，那次印象比较深。"江言给她掖被子，"你再睡一会儿，我起床陪爸下棋。"

林杏子拿过手机看了眼时间："还早着呢。"

她要赖，江言被她抱着，也动不了。

"林柯晚上会带笑笑过来，一顿饭吃完怎么也得十点了，人多热闹，还不知道几点能睡觉，你不用起这么早。"

江言还没见过笑笑："没来得及给笑笑准备礼物，包个红包？"

"行啊，孩子还小，等再大一点，就能送她喜欢的玩具了。"

李青没有惊动他们，等林杏子起床去厨房喝水的时候才知道林旭东早上哮喘犯了，吃了药在休息。江言又给江母打了通电话，江母嘱咐他注意身体，随口提了一句季秋池她爸年前又上门问季秋池的住处，说她这个月没往家里打钱，江言让母亲先尽量避着，那人根本不讲道理，只认钱。

林旭东睡着了，林杏子轻轻关上门从主卧出来，她靠在江言怀里，声音闷闷的："爸爸这两年老得好快，白头发都多了。"

林旭东也是五十多岁的人了。他没有什么大背景，靠着自己一步步走到今天，在单位里是出了名的清正。江言更愿意相信他始终都站在正义这一边。

"局里压了不少大案子，爸压力大，我刚才联系过秦医生，一会儿我去医院拿药。"

"我跟你一起去吧，"林杏子想了想，父亲病倒牵动了她万年不动的恻隐之心，"反正闲着没事，再顺便去一趟你们单位，妈包了饺子，给她带点。"

季秋池还被拘留在警局。展天雄必定会保她出来，只是早晚而已。

林杏子说完这句话多少都有点不自在，当初让江言要么离婚要么和季秋池保持距离的人是她，现在动了怜悯心要给季秋池送温暖的人也是她，前后也就半年时间。

手被他握着，挣脱不开，抬头就跌入他满是笑意的双眸。

她忘了自己那次喝醉说过什么，即使脑子里还残存着那么一点零星稀碎的片段，她也理所当然地当作什么都没发生过，当面承认自己吃醋并且吃错醋这种事只有喝醉了才干得出来。

"我是说，二虎今天不是值班嘛，上次他请我们吃饭，我们都没回请，天冷，吃份热饺子比食堂或者外卖好多了，带一份还是带两份都是顺手的事，也不麻烦。"

江言只笑不语，却又仿佛什么都说了。

林杏子恼羞成怒跳起来捂他的眼睛，李青刚好看见，以为她又一大早就对江言图谋不轨，于是摇着头往晚上年夜饭菜单里多加了一道补汤。

吃完早饭，江言煮了两份饺子，他们先去医院拿药。

拿到药后，林杏子让司机帮忙把药送回家，她跟江言去警局，大家都在过年，路上的车都比平时少。

林杏子昨晚吃过感冒药，又出了一身汗，气色好多了，头也不疼了。

江言带了保温杯，林杏子在车上渴了，江言把杯盖拧开，她才闻到里面装的是姜茶。他真的很细心，从来都是只做不说。

"你哥跟你长得像吗？"

江言打转方向盘，提到江沂，心里多多少少都会有些说不清道不明的情绪："他更像我爸，我遗传了我妈。"

林杏子看过江父的照片，照片上他还很年轻，五官端正，那会儿也还没碰过毒品，即使那个年代的低像素也掩盖不了他的帅气。

"你们感情很好吧。"

兄弟之间和姐妹之间不太一样，林杏子和林桑虽然不是一个妈生的，但跟亲姐妹也没什么区别，小时候隔三差五闹别扭，常常因为一件芝麻大点的小事吵架。

"以前也经常打架。"路边有个卖糖炒栗子的小摊，江言问她，"现在想不想吃栗子？"

林杏子："？"

江言说："你有个微信的头像不是炒栗子吗？"

她有段时间有个小习惯，想吃什么就会把微信头像换成什么，望梅止渴。

林杏子："……"

他果然早就知道那是她小号！

"我……你……"林杏子脸上红一道白一道，心里千军万马在奔腾，却愣是说不出半个字。

江言已经下车小跑着过去买了一包回来，还趁热剥了一颗喂给她。

一直到警局，林杏子都没理他，为了掩饰尴尬全程埋头吃栗。

她自己都记不清给他发过什么样的消息，一大半都是喝醉了借着酒劲儿，而且也就是异地那段时间她每次心情不好的时候才会发几句，他回来这半年，她几乎没动过那个微信号。

"你什么时候知道的？"

"知道什么？"

"……知道那个微信是我。"

江言笑着说："你加我的时候。"不然他也不可能同意添加好友。

林杏子一听，脸红得更厉害，之前那些气都白生了，她纯粹是自己气自己。

"别吃太多。"江言把装栗子的纸袋拿过来放到一边，"你在车上等我十分钟。"

"哦。"

警局安排了值班人员，雪地里脚印清晰可见，江言下车，林杏子坐在副驾驶百无聊赖，刷朋友圈看到有个朋友说今天凌晨上映的新电影不错，公司有新人演员参与了，虽然戏份不多，但也算在陆山大导演的贺岁片里露了个脸。

现在公司里最红的女艺人是慕瓷，她跟前东家的合约到期后，是陆山在中间搭线签给林杏子的，她在这部贺岁片里也有客串，以她现在的咖位不可能给人作配，即使客串一个小角色也是陆山的人情。

林杏子想着她和江言好像还没看过电影，她也懒得装了，反正早就暴露，索性换成只有他一个好友的小号给他发消息，问他好了没。

江言回复了一个微信系统自带的 OK 手势。

有点土，但莫名可爱。林杏子顺手点进他的朋友圈，还是只有一条动态，她看过很多次，像是在篮球场拍的一张夕阳的照片，没有任何文字，时间在六年前，那个时候他应该还在读大二。

他拍这张照片的时候在想什么呢？

江言没在警局待太久，把饺子给二虎，让他把另外一份带给季秋池之后就出来了。

林杏子看了看时间，林桑和林柯一家都是自己人，不用把他们当客人一样陪着，晚饭定在七点，还有大半天。

"江言，"她握住男人的手，"我们去约会吧。"

江言想都没想就点头："好。"

他们没谈过恋爱，结婚之前对彼此的了解都还停留在八年前。要说太快，可持续了八年。可这八年期间，联系断得干干净净。

所以半年前林杏子和林桑一起去江言工作的城市想跟他谈离婚，不是完全没有理由。虽然其中不乏她自尊心作祟的可能，但更多的是对江言因为"怀孕"娶了她但婚后就调离海市这件事耿耿于怀。

展焱真是杀人诛心，他了解林杏子，"那警察是图你这个人？图你的钱？还是图你爸的权？"这句话可谓一击致命。林杏子只是表面洒脱。

江言竟然有点紧张："你想去哪里？"

"都行啊。"

他手机屏幕上还显示着搜索"约会流程"的页面，林杏子趁他不注意偷偷看了一眼，笑得肚子疼。原来他是真的不会。

"去看电影吧，这里离水游城近。"

"想看什么片子？"

"今天上映的那部悬疑片评价好像还不错。"

江言不知道那部电影叫什么，在网上搜索查了一下，浏览完剧情简介之后，他觉得不适合给林杏子看："还是看别的吧，我过两天要去趟外地，不知道什么时候能回来，你一个人睡觉会害怕。"

林杏子也不是真的想看电影："那你挑，看什么都行。"

十分钟后，江言把买好的电影票给她看："这部时间正好，开车过去不用等太久。"

林杏子："……"

他选了部动画片。

悬疑片就算了，两个人约会怎么都应该选爱情片吧？

"你以前跟女生看过电影吗？"

江言就算再迟钝也能听出她是什么意思："没有，工作之前没想过，工作之后没时间，只有偶尔周末会跟二虎他们几个在家里用投影仪看。"

他这么说，林杏子就不好意思再继续问了，因为她没少看。

江言等她那些年是一心一意，相比之下，她有点渣。但实话实说，她和展焱那一段算不得什么，开始得很草率，结束得也很像个笑话。她气那么久也只是因为自己刚准备重新接受一段感情就被绿了，不是为展焱伤心，她从小就知道展焱这个人是什么德行，为他多流一滴眼泪都是对自己犯蠢的惩罚。

看电影的地方在水游城顶楼，分厅设置等候区，林杏子坐在一群小朋友中间，远远看着江言排队取票买爆米花，继在展焱面前的那声"老婆"之后再次对他有了新的认知，一副胸无城府的外表，私底下其实居心叵测。

昨天晚上她才松口，今天他就把她带到全是小孩的地方。

周围都是家长带着孩子，年纪稍微大一点也是和同学一起来，有个七八岁的小胖墩领着一个四岁左右的小女孩走到林杏子面前问她："阿姨，请问这是你的小宝宝吗？"

林杏子面带微笑："不好意思哦，我没有小宝宝。"

小胖墩："那你是带谁来看动画片的啊？你一个人来的吗？"

林杏子觉得自己受到了鄙视和羞辱。

"她跟我来的。"江言按着林杏子的肩让她继续坐着，顺手把一桶爆米花放在她手里，然后才低头看着旁边的一大一小，"你们的家长呢？是不是走散了？"

"我妈妈在那边，但是她的家长不知道去哪里了。"小胖墩摇摇头，"我在厕所门口捡的。"

他刚说完，小女孩的家长就急匆匆地找了过来。

小孩子多的地方就是麻烦，电影开场后，时不时就会从周围传来笑声，让林杏子感觉自己和江言牵个手都会玷污他们幼小单纯的心灵，没看完就拉着江言出去了。

她没喝完的可乐，江言全喝了："我去趟洗手间，里面暖和，你到里面等我。"

"嗯，你去吧。"林杏子随便逛逛，却没想到遇到了个烦人精。

# 3

方灵这个女人算是展焱无数前任里最喜欢在林杏子面前招摇的一个，当初林杏子前脚出国，展焱后脚就跟了过去，几个月后方灵也去了，她缠了展焱好几年。

林杏子甩了展焱一巴掌并且把他甩了就是因为方灵，当时头顶一片绿，面子里子统统丢得干净，说不记恨这两个人肯定是假的，不过现在想想还得感谢她。

"林小姐，真巧，你也来这里逛街。"方灵笑着打招呼，手上的钻戒亮得晃眼，"展焱在里面结账，我们正好要去吃饭，一起吗？"

林杏子可太知道她在炫耀什么："不用了，我早饭吃得晚，现在不太饿，你们吃吧。"

方灵盛情邀请："你和展焱是很多年的朋友，我不介意的。"

林杏子笑笑："不好意思，我很介意。"

她倒也不是介意方灵和展焱又搅和在一起，这两个人就算结婚了也跟她没关系，她和江言出来约会，多一个人都是打扰。

"之前的事，我可以解释的，"显然方灵误会了，"那天我和展焱都喝多了……"

"打住，我不想听展焱解释，也同样不想听你解释，不要用你的想法来揣测我。"林杏子没兴趣听她唧唧歪歪，"麻烦让一让。"

方灵还想说什么，在林杏子从面前经过的时候，伸手拽住她。

林杏子穿着高跟鞋，脚下被绊了一下，整个人失去重心。

江言走到大厅就听到"扑通"一声落水声，还混杂着女人的尖叫声。

水池旁边的护栏被撞坏了在维修，暂时只拉了一条绳子，水深只到林杏子膝盖的位置，摔下去当然淹不死，但她浑身湿透，众目睽睽之下既狼狈又难堪。

展焱听到方灵的尖叫声以为她怎么了，随即挂了电话，回头发现是林杏子摔伤了，心里蓦地一颤，当下只想着林杏子怕水，也顾不上之前的恩怨就要过去，然而有人先他一步。

江言把林杏子从水里抱出来，脱了外套裹住她。

林杏子脸色发白，差点就哭了出来："好疼。"

"我知道，"江言能感觉到她在发抖，"我在这里，没事的。"

展焱冷着脸质问方灵："是你把她推下去的？"

"我不是故意的，我真的不是故意的。"方灵也没想到林杏子会掉进去，她急忙解释，"展焱，你相信我，我就只是跟她打了声招呼……"

江言抱着林杏子进了服装卖场试衣间，他走过的地方水滴了一路，展焱盯着地面上的脚印，想起林杏子脸色苍白的模样，心里一阵烦躁，方灵还在解释，说她没有推林杏子。

"你没有推她，这么大的地方，她自己摔下去的？她没长眼睛？"

方灵低声细语地解释了半天，他一句都没听进去："我哪会知道？展焱，你别忘了你现在是谁的男朋友。"

展焱耐心不足："不想谈了就分手，少在我面前作。"

"你什么意思！"方灵眼睛都气红了，她委屈地看着展焱，"这段时间我们明明好好的，是不是只要林杏子一出现，我在你眼里就什么都算不上了？"

"你不嫌丢人就继续闹，别指望我会哄着你。"展焱甩开她的手，周围这么多人看着，他丝毫没有顾及方灵的感受，余光还留意着林杏子的情况。

方灵知道男人最烦什么样的女人，就算心里憋屈，也还是懂得这个时候应该示弱。

商场试衣间里开着暖气，林杏子依然在发抖，手指紧紧攥着江言的衣服，仿佛是沉下水面之前抓住的浮木，江言问她哪里疼，她只是摇头。

轻吻落在额头、脸颊、唇角，林杏子听着他低声安抚的声音慢慢平静下来，恐惧和害怕如潮水般散去，不是江言技巧有多好，而是他每次吻她时都全心全意地只要她一个吻。

"姜姜，你感冒了，湿衣服不能穿太久，我去买，很快就回来。"

"……好。"

她膝盖摔伤了，手掌心也擦破了皮，江言快速买好一套衣服、消毒棉签和创可贴。

好在头发没被弄湿，换好衣服之后，也不算太狼狈。

江言半跪在地上帮她处理擦伤，她低着头，一滴眼泪掉在他手背上。

"弄疼你了是不是？我轻一点。"江言握着她的手送到唇边轻轻吹气，"没关系，我们以后再找时间去。"

他知道她是在为被破坏的约会难过，刚才从电影院出来，他们商量好回家之前去宠物店挑两只狗，现在肯定是不能去了。

方灵等在外面给林杏子道歉，林杏子听完她的一句"对不起"之后抬手甩了她一巴掌，方灵气得要还手，被展焱拉住了，他对女人一向没什么耐心，尤其是麻烦的女人。

展焱走近："杏子，没事吧？要不要去趟医院？"

林杏子就算需要去医院，也用不着他送："不管我今天有事还是没事，都不可能就这么算了。"

方灵捂着被打的半张脸，想解释，江言挡在林杏子面前，没让方灵和她直接接触。

方灵在林杏子面前矮一截本来就够她气的了，展焱不帮她，现在又有第二个男人给林杏子出头："你是哪位？"

江言说："方小姐今天如果是故意伤人，我们会再见的。"

方灵没当回事，吓唬谁呢？"不能因为林杏子以前和展焱谈过就针对我吧，都分手多久了。"

林杏子刚要开口骂回去，江言握住她的手："不谈别的，就事论事，刚才方小姐的行为到底是有心还是无意，你心里应该最清楚。"

方灵虽然心虚，但绝对不会当面承认，她咬着唇委屈地挽住展焱的胳膊，想让他帮她说话。

林杏子甚至没有多看他们一眼："展焱，管好你的人，她如果再来我面前犯贱，我不会客气。"

她说完就转身往停车场的方向走，展焱下意识就想追上去，江言拦在路口，一字一句地告诫他："从现在开始，我会盯着你，以及你背后的展氏集团。"

展焱脸上露出嘲讽的表情："江警官，你挺有种啊。"他点了根烟，眼神带着几分不屑和讥诮，"尽管来，我等着。"

虽然林杏子说自己没事，但江言还是不放心，坚持带她去了趟医院，医生和护士处理伤口更专业，左膝的擦伤有些严重，稍微动一下都疼，从医院回去的路上，江言没让她走一步路。

电梯里有邻居认识林杏子，看见她被江言抱着，还笑着打趣说年轻夫妻感情真好。

林柯和林桑一家人都到了，平时有些许冷清的家今天格外热闹，笑笑抱着一个苹果啃得有滋有味，林柯一边玩手机一边拿着拨浪鼓逗她玩。

江言抱着林杏子进屋，把她放到沙发上坐着。

林柯连忙问："这是怎么了？"

"出了点意外。"江言给他使眼色，让他这会儿先不要多问，免得大家担心。

一桌人坐着打麻将，林旭东休息半天后也好多了，家里有孩子，没人抽烟，茶香味很浓郁。

"怎么出去一趟还换了身衣服？"李青从厨房出来，她记得两人出门时穿的不是这身，林杏子的脸色看着也不太好，"发生什么事了？"

在商场遇到前男友的现女友并且发生了肢体冲突这种事，林杏子肯定是不愿意让父母知道的，而且今天家里这么多人。

林杏子没吭声，悄悄在后面捏了一下江言的手，江言了然于心，手掌一翻反握住她的。

"没事，喝饮料的时候弄脏了，就重新买了一套。"江言转移话题，"妈，有什么要帮忙的吗？"

李青哪会让他动手："厨房里有我跟你婶婶就行了，你们几个都是同学，平时各自忙各自的，难得在一起聚聚，聊聊天。"

"好，"江言抱林杏子回房间，"外面冷，姜姜有点发烧，我们就提前回来了，让她先睡会儿。"

"哎哟，"李青一听，立刻担心地去摸女儿的额头，嘴上又忍不住唠叨，"让你今天别往外跑你非不听，非要跟你妈拧，你是折腾你自己还是折腾江言？早上你爸吓我一跳，晚上你又发烧了，这年过的。"

"妈，你别担心，我照顾她。"

"林杏子，你赶紧吃药！"

林杏子有气无力地应了一声："知道啦。"

身体难受，倒也还能忍，她就是心里烦闷，展焱和方灵这对狗男女真是阴魂不散，大过年的都要凑上来恶心她一遍。

好烦，一天倒两次霉。微信小号暴露就暴露了，但被江言知道她以前和展焱曾经有过那么一段就很要命，尽管在她心里那一段什么都不算。

江言倒了杯水，把退烧药也一起拿进房间，她还维持着他出去之前的姿势，双手抱腿坐在床上，情绪也不好。

"睡不着吗？"

林杏子回过神，抬头对上男人温和的目光，像只鹌鹑一样缩进了被子。

"……不想睡。"她早上起得晚。

"再量一次体温，家里只有这种水银温度计。"江言坐在床边，把手暖热了才往被子里伸，"膝盖还疼不疼？"

那一下摔得重，幸好池子里有水，减缓了冲击力，否则林杏子今天搞不好会残在那里。

上车后，林杏子就让助理去弄水游城的监控视频，她又没瞎，那么宽的路她怎么可能自己摔下去，是方灵绊她，一个巴掌一句对不起就想了事，也得先问问她同不同意，更何况要不是因为方灵管不住自己的嘴，江言也不会知道她跟展焱谈过。

"疼，但是……"林杏子心里憋不住话，"你都不生气的吗？"

她发着烧，又在被子里闷了一会儿，脸颊红扑扑的，人没什么凶劲儿。

对视许久，江言低头慢慢地笑了："生啊，怎么不生。"

"可你看着一点都不像生气的。"林杏子郁闷，"没见过你生气，不知道你生气的时候会怎么样，会摔东西吗？还是会骂粗话？或者动手？还是冷战？"

江言想了想："分人，分情况，对那些知法犯法害了无数人的犯罪分子我会……"

不等他说完，林杏子就迫不及待地问出口："那对我呢？"

他说："我以为你很了解。"

这是什么意思，林杏子眼神很无辜："你生过我的气吗？"

"很多。"

再好的脾气也不可能从来不生气。

"……我怎么不知道。"她往枕头里躲，显然底气不足。

八年前少年贫瘠的心被搅得天翻地覆，作乱之人却断了所有的联系方式一走了之，江言知道她在世界的另一边，但不知道她什么时候会回来。

在漫长的岁月里等着一个不确定的人，很多时候他都分不清到底是气自己，还是气她。如果没有她，他也许会一直平凡普通，但那颗心不会小到多一个人都容不下。

"因为我很好哄。"江言给了她答案。

她甚至什么都不用做，他就会原谅她。

林杏子心里舒服多了："那我说给你听？"

她不想因为展焱那个混蛋和江言吵架闹矛盾，但如果江言真的半点都不生气不介意，她又不舒坦。

"其实很没意思，还有点丢人，你不许笑话我。"

江言点头："好。"

林杏子想到哪里就从哪里讲起，她跟展焱那点事也没什么不能说的。

"刚开始我英语不好，一个人在国外也没有朋友，身边所有的一切都很陌生，而且当地人很排外，我刚出国待了三个月就想回来，可是爸爸不让。"

林杏子到现在都不明白林旭东那个时候态度为什么那么坚决。

她每天晚上往家里打电话都在哭，知道林旭东宠她，所以每次都先打给林旭东，林旭东心疼归心疼，但始终都没有松口，只是一遍遍地说："姜姜你乖啊，听爸爸的话，好好把书读完，等过段时间爸妈就去看你。"

反而是李青心疼了，说要去接她回来，林旭东不同意，两人还为此吵过。

"后来又过了一个月，展焱也去了，跟我读一个学校，就住在我旁边。"

展焱嘴上说是为了她，但谁知道他脑子里都是些什么歪歪道道，他是有点厚脸皮，但绝对不是恋爱脑，林杏子也从来没有把他的鬼话当真。

"我爸和展焱他爸以前是老校友，我跟他幼儿园就认识了，小时候经常打架，后来他知道让我了，我又觉得没意思，一直到高中，虽然不怎么喜欢他但也不至于讨厌，他出国肯定有他自己的打算，但平心而论我是感激的。"

在陌生的国家身边有个熟悉的朋友，多多少少都会方便一些。

"我三年没回国，慢慢地也就习惯了，本来毕业之后就准备办完手续回来，不是展焱说的因为他，他在我这里没那么大的影响力。"

她几句话带过，江言也能想象到她那么小就被送去异国他乡一个人会有多孤单，展焱能说出"没有我她熬不过去"这样的话，自然是有底气的，也许有那么几分过于夸大的可能性，但那几年确实都是他在陪着林杏子，这是江言不能否认的事实。

江言问："你们是什么时候在一起的？"

他语气平和，林杏子偷偷看了他一眼，他脸上没什么情绪波动，但把温度计拿反了。

"就……就……就是大学毕业那会儿，"她支支吾吾，声音越来越小，"有天晚上，我住的地方进了贼，拿了东西不算还起色心。"

剩下的即使不明说也都不言而喻，展焱算是终于做了件人做的事。

林杏子答应展焱那天，江言其实是知道的。那时候，他很长时间都没有她的消息，林柯回海市约他吃饭，刚好刷到展焱发在朋友圈的合照，他就在旁边，看着林柯一边吐槽展焱人品不行委屈了自己家的妹妹一边点个赞。林柯还顺手给她打了通视频电话，江言听着手机的声音，心里是期待能接通的。然而她并没有接。

"他英雄救美，你感动了，以身相许？"

"什么啊，我也就只是在你面前很肤浅。"林杏子索性一闭眼，全都交代了，"是他趁火打劫，我又不喜欢他为什么要答应？然后他就说我嘴硬不承认，要跟我玩个对视二十秒的游戏，搞笑，我刚经历过一场意外心跳能正常吗？他耍赖，我……我那天脑子也不太正常……但是就两天！他自己作死恶心我，我痛痛快快地甩了他就回国了。"

江言和林杏子结婚之前，两人之间仅有的回忆就只有她读高一的那一年，跟她和展焱的二十年比起来显得苍白又单薄。

无论展焱是不是为了她才出国，但事实上他就是陪在她身边的人，说去就去了，一待就是好几年。

可是江言没有办法，他只能笨拙地等在原地。

就像她吃芒果冰沙过敏那次，展焱一个电话就帮她找了最好的医生，而江言什么都做不了，那种无力感伴随了他很久很久。

"如果同学聚会那天我没有去，或者……展焱在你回国之后就立刻追了回来把误会解释清楚，没有空两年，结果是不是就不一样？"

"这世上没有如果，所有发生的都是应该要发生的。"

　　她想都不想，坦然直接，江言忽然就释怀了。

　　他俯下身，下巴先碰到她的额头，然后是温热的唇，手指捏着她的耳垂轻揉摩挲，彼此呼吸纠缠："嗯，你对。"

　　林杏子发现最近没有外人的时候，他格外眷恋这样的亲密，她也喜欢："我说了这么多，总能换一个问你问题的机会吧。"

　　他笑了笑："你想知道什么？"

　　"你好像有个秘密，一直没有告诉我。"

　　"你把我里里外外都摸透了，我还能有什么秘密瞒着你？"

　　"不承认？拿错体检报告是我的失误，但姐姐说后来你单独去见过医生，应该比我先知道我其实没有怀孕……你别走啊，还没说完呢！"林杏子抬起手抱住他的脖子，不准他离开房间，"我爸妈骂你的时候，你半句不提，瞒着他们也瞒着我，一直到领完证的第二天我大姨妈来了，我误以为是流产了，又去医院检查了一遍。"

　　检查完她才知道自己没有怀孕，连家都不想回，躲到了李尧那里。

　　前两天她跟林桑约着喝下午茶，聊天的时候，林桑无意间提了两句，她当时没觉得有什么不对，晚上回到家才反应过来，如果不是因为江言这几天在办案，她不可能忍到现在才说。

　　李青总说林杏子假孕骗婚，但结婚这件事，说不清楚到底是谁算计谁。

　　"江警官，骗婚的人应该是你才对吧，嗯？"

　　她明明发着烧头昏脑胀，却比任何时候都要犀利，江言躲避不成，沉默许久后只能举手投降："我承认，你要制裁我吗？"

　　林杏子忍笑忍得辛苦，肩膀都在抖。

　　她呼吸很热，细细密密地落在江言颈间，他的耳朵渐渐红了。

　　那次他去医院找医生的本意是想咨询林杏子的检查结果，想知道她的身体怎么样，怀孕后要注意些什么，应该多久产检一次最好，但医生在电脑系统里查到林杏子的病例后说她并没有怀孕，他当时的反应有些失态，愣了很久才再次确认，医生还是那句话，没怀孕。

后来是怎么离开医院的，他都记不清了。

回去之后他一夜没睡，想了很多，林旭东原本就不同意，如果没有孩子，他和林杏子之间就不可能了。

那是他对她唯一自私的一次。

林杏子还在笑，江言被她推倒在床上，她趴在他身上，手指一下一下戳着他的胸口："你真是好心机，以前上学的时候我还觉得你很单纯。我一直以为是我心思不纯骗了你，内疚了好久。"

在他调回海市之前，两人相处得很别扭，她没有一句好话，他也不在她身边。

江言低声回答："大概是因为我太喜欢你了，太想娶你了，被这种贪婪的念头蒙蔽了良知，一心只想着结婚，所以做了一次坏人。"

他每次说这种话的时候都是一本正经。

林杏子的心情好了很多："好吧，原谅你了。"

江言伸手摸了摸桌上的水杯，温度正好："现在吃药？"

"我不想吃，吃完药就没有胃口吃饭了。"她也睡不着，"你去找林柯聊天吧，叫姐姐进来陪我。"

"那你把水喝了。"

"嗯。"

## 4

江言把林桑叫进房间，他跟林柯两个人坐在沙发上喝茶，林柯以为他们又闹别扭了，他简单解释了几句，林柯才知道原来是遇到展焱了。

林柯认识展焱很久，但两人不在一个圈子，没有什么交集。

"听说展氏不干净，你让林杏子少跟他来往。"

江言倒是没什么反应："你听谁说的？"

季秋池被拘留，但什么都没有交代，依然没有任何证据可以证明展天雄犯了法。

"一个从展氏离职的朋友，反正谨慎一点肯定没错。"林柯坐到江言旁边，笑着问他，"怎么样，结婚是不是挺好的？"

江父和江母的婚姻很失败，江言以前对婚姻并没有太多期待。

对他来说好的不是结婚，而是和林杏子结婚。

"是很好，姜姜和爸妈给了我很多。"

"你可不能辜负我妹，否则我们全家都不会放过你的。"林柯把女儿抱到过来，逗着她叫江言，"笑笑，叫姑父。"

笑笑一边拜年一边在江言脸上亲了一下："姑父，新年快乐。"

"谢谢笑笑，姑父也祝你新年快乐。"江言给了她一个大红包，"去找你姑姑玩吧，她们在房间里。"

小姑娘拿着红包往林杏子的卧室跑，她自己会开门。

林柯乐得清闲，用手肘撞了江言一下："晚上喝点。"

江言点头："行。"

李青做了满满一大桌的菜，林杏子虽然不舒服，但还是跟大家一起吃晚饭，笑笑好像特别喜欢江言，总往他身上爬。这点倒是跟林杏子一脉相承——专挑好看的。江言喂她吃饭，她乖得让人惊讶，吃完了还给大家表演节目。

客厅里都是笑声，林旭东看着笑笑就想起了林杏子小时候，眼眸潮湿，些许沧桑浑浊："这一眨眼，我们姜姜也长大嫁人了。"

李尧打趣道："过不了几年就要当姥爷了，还把姜姜当小孩呢。"

他这么一说，大家就问林杏子准备什么时候要孩子。

林杏子不好意思，江言替她应付，说现在还不着急。

吃完饭，大人们喝茶下棋看春晚，年轻一辈都在旁边。林杏子浑身都没劲儿，她窝在沙发上支着手肘看江言陪笑笑玩洋娃娃，林柯闲着没事凑过去跟她说话。

"妹妹，你这个老公怎么样？"

断腿之仇不共戴天，当初林杏子误会江言和季秋池连带着林柯也一并关进了小黑屋。

"你和江言能重归于好，这期间少不了我的功劳，如果对他还满意的话就帮哥哥一个忙，你嫂子又喜欢上你们公司那谁，你让他多演点变态渣男的角色，断了你嫂子的白日梦，守护好哥哥的婚姻幸福。"

林杏子："……"

林柯还是以前那样，他真是一点都没变。

"难怪嫂子今天都不怎么搭理你。"

"这是什么话，我们的感情好着呢。"

林杏子翻了个白眼："说得好像谁感情不好一样，你炫耀什么呀。"

她和江言也很好。

林柯一年难得能见江言一次，因为工作性质特殊，即使提前约好，当天也可能会有变数，显然是都不准备睡了，李青又去厨房弄了几盘下酒菜，老少几个男人坐在一起喝酒聊天。

林杏子困劲儿来了，昏昏欲睡，人没什么精神，就先回房间休息。

十二点的时候会燃放烟花，这个时间江边应该已经围满了人，她小时候也爱凑热闹，但现在更贪恋这样家人团聚的平淡和温馨。

她最爱的人和最爱她的人都在这里，隔着房门，隐约还能听到客厅里的谈笑声。

半梦半醒时，烟花爆竹巨大的响声在夜空中炸开，林杏子被惊醒，迷迷糊糊地下床，拉开窗帘，夜色被渲染得流光溢彩，白雪映着五颜六色的火光，她想着，明年春节把江妈妈也接过来，如果江沂也能回来就更好了。

耳边全是烟花炸裂的声响，开门声显得微不足道。

男人从身后圈住她的腰，陪她看了二十分钟，直到世界恢复安静，烟花燃尽，夜色再次笼罩整座城市。

"新年快乐。"

"新年快乐。"林杏子转身与他相拥，外面静悄悄的，"他们都要走了吗？"

"嗯，笑笑认床，睡不好一直哭，他们就回去了。"

"林柯竟然放过你了。"吃年夜饭的时候他就扬言要放倒江言。

江言笑着说："他就是嘴卜爱吹牛，其实喝不了多少。"

林杏子没见过江言喝醉的样子，他虽然平时不怎么喝酒，但酒量很不错，林柯一来劲儿就是不醉不归，她看江言脖子上的皮肤透着红，眸色也稍稍有些浑浊。

"你是不是有点醉了？"

"一点点。"

"姜姜，"他收紧手臂，林杏子顺势背靠着落地窗，男人嗓音低得模糊，"我明天就得出发。"

她心里一紧："明天……不是说有三天假期吗？"

刚盼到他平安回来，年都没过完又要走，再过两天就是情人节，林杏子没正经谈过恋爱，也就没过过情人节。

"师傅手里有线索了，晚了怕人跑了，刚才联系我，说明天下午动身，如果一切顺利，半个月就能回来，但如果耽搁了，可能要更久。情况特殊，不能给你打电话，微信也不能开。"

他酒后难以掩藏情绪，细碎的轻吻落在脸颊唇角，林杏子靠在他怀里，沉默了许久才闷闷地应了声："……好，你去吧。"

江言有些后悔，应该明天再告诉她，至少今天晚上她还能睡个好觉。

那两吨毒品还没有运出海市，多存一天就多担一天的风险，一旦被查缴，损失将不可估量，他们必定会想办法重新交易。春节期间各个关卡警戒都放松了，警局大部分工作人员也在休假，无疑是最好的时机。

"你困了吗？"

"不困。"

林杏子听完就勾住他的脖子吻了上去，咬破他的唇。

半年前她尚可忍受，就当没他这个人，该工作就工作，该玩还是玩，可如今心境全然转变，情绪汹涌而来根本无处可躲。

"江言，你死了我就去找别的男人，一刻都不会多等，别指望我会给你守寡，不想坟头长满绿草就给我平安回来……"她的模糊尾音消失在唇舌之间。

林杏子还发着烧，体温偏高，她嫌药太苦，一颗都没吃，男人被酒精燃烧的身体更是滚烫，但她爱这样炙热的江言，手沿着腰腹紧实分明的肌线往上，反复抚摸着他肩上那枚疤痕。

上次听二虎说这是枪伤，差点卸了半条胳膊。

江言的手掌抚上她脸颊，所触是一片潮湿，心脏狠狠地抽疼了一下。

她几乎没在他面前哭过，甚至连示弱都少，被人欺负了也都是直接一巴掌打回去，从不露怯。她不会说软话，哪怕第一次听他说起他家里人，第一次听他同事讲他工作时遇到的危险，也只是眼眶泛红，忍着泪无声地看着他就已经令他心神混乱。

脸被捧起，男人急切又细致地吻她。

炙热的呼吸混着淡淡酒气缠绵在耳边，她听不清他口中模糊的呢喃细语。

至少在这一刻他可以暂时抛开责任和使命，完完全全属于她。只属于她。

不知怎么，江言脑海里很混乱，仿佛和一年前的那一晚重叠了。

她靠近，他内心狂喜但仍有所顾忌。她推开，他又留恋，用身体困着她。

"江言，"她低声叫他的名字，"江言……"

简单两个字被她绕在舌尖丝丝粘粘百转千回。

她稍微做点什么，江言所有的耐性和自制力都会尽数崩塌。这一去不知是生是死，能不能回来都是未知，从前不怕，也不惧，犯罪分子跑到地球另一边他都要追着把人抓回来，可现在……还没走，他就已经开始牵挂她。

情绪越是汹涌，他就越沉默。酒意发酵，越发控制不住。

"我刚才都是胡说的……"

“我不要别人。”

“江言，你不能丢下我。你答应过我年后会陪我去宠物店挑狗，不能食言。我……我没有喜欢过别人，只喜欢你。”

她放下骄傲和自尊，只求他能平安。

1

雪已经停了。

江言起得早，他没有叫醒林杏子。

外面天色昏暗，熹微的光亮从窗帘角落漏进卧室，映得她露在空气里的肩膀吻痕凌乱。她呼吸平和轻缓，睡颜干净乖巧，江言想了想，还是取下无名指的婚戒放到桌上，俯身亲吻她的额头。

李青已经做好了早饭，让江言吃完再走。

"这碗粥晾了十分钟，你几口喝完，不差这几分钟。"

"妈，辛苦了。"

"都是一家人，客气什么。我早上起来还看到林杏子给我发的微信，让我叫她起床，教她给你做顿早饭，哎哟，她从小到大都没进过厨房，结了婚也一直是你在照顾她，她哪儿会做饭，纯粹是想添乱，还不如我来。"

昨晚洗完澡，林杏子看了一会儿手机，江言没注意到她是在给李青发微信。

"多吃点，时间还早，老林说你们八点集合。"李青又拿了一个热乎乎的包子递给江言。

她理解了林旭东几十年，对女婿当然也不会苛刻，干警察这一行的，忙起来连吃顿热饭都是奢侈，江言最起码还在家一起过了个年。

出发之前，江言跟李青说："妈，这段时间还是让姜姜住家里吧，她一个人我不放心。”

李青宽慰他："你就安心办你的事，家里有我和你爸，李尧最近也都在公司，林杏子如果不听话，我收拾她。"

林旭东送江言下楼，不是以领导的身份，而是一个父亲。他病了一场，苍老了许多。

江言从始至终都更愿意相信林旭东是站在正义的一方，即使他走错了路，也希望他能迷途知返。

"爸，姜姜除夕晚上许愿了，第一就是希望她最爱的父亲健康平安，万事顺遂。"

林旭东怎么会听不懂这句话里的意思，江言眼神坚定，林旭东移开视线，僵硬地拍了拍他的肩，只是说："注意安全。"

院子里的积雪很厚，江言越走越远，林旭东看着他的背影，久久都没有多余的动作，在楼下抽了两根烟才上楼。

林杏子忽然惊醒时，窗外已经大亮。九点半，江言早就出发了。她懊悔地抓了抓头发，重新跌回到床上。

洗漱完看到床头放着的戒指，她心里那股酸涩的情绪更浓烈了，她看了一会儿，把戒指拿起来串进项链里戴在脖子上。

林家除了林桑林柯一家和李尧之外也没什么关系特别亲密的亲戚，往年来家里拜年的人几乎都是林旭东单位的同事，今年林旭东身体不适，全都推了，家里也清净。

林桑原本定好的婚事突然一拍两散，林杏子知道后，去了她家一趟，她现在一个人住，穿着睡衣给林杏子开门，头发乱糟糟的，眼睛也是肿的。

林杏子一看就知道她哭过了。

两人叫了火锅外卖，送到家里吃，家里有酒，林杏子没喝，林桑喝了小半瓶，她多多少少是有点难过的，本来都要去试婚纱了。

林杏子也没拦着她，只是问："真不结了？"

"不结了，"林桑喝了口酒，平静地说，"他出轨了，出轨对象

194

是我同事，我过不去这个坎。他就是跪下来给我认错，我也过不去。"

"出轨？"林杏子一巴掌拍在桌上，血压立马就上来了，"那他还敢来找你！要不要脸？姐，你别为这种男人伤心，不值得。"

林桑笑了笑："总比结婚之后再发现要好。"

林杏子很生气："什么人啊，真够恶心的！就这样他们家里人还敢找叔叔闹，他如果再来烦你，你直接给我打电话。旧的不去新的不来，姐姐，我给你介绍几个好男人，你忘了他。"

"行啊，我等着你给我安排。"

"别只是嘴上说行，约你的时候也得去，明天就约。"

"明天？那也太快了，你给我点时间缓缓。"林桑扶额，"五年了，我跟他谈了五年，两千多天，一时半会还忘不掉。我其实早就觉得他不对劲了，跟我在一起吃顿饭，手机分分秒秒都不离手，一有消息就怕我看见什么。大概是觉得愧对于我，他这半年对我明显比以前好，过节送花，生日送礼物，休息时间也会抽空陪我逛街，筹备婚礼也很细心。"

现在回想起来，挺可笑的。

"……怎么发现的？"

"捉奸在床，"她低着头，笑意寡淡，"就在我们的婚房里。"

林杏子只是听着都控制不住自己的情绪："你如果没有发现，他是不是想着先娶了你跟你过日子，外面还要继续养着那个女人？"

"可能是吧。"

"王八蛋！我找人把他堵在停车场，趁着天黑直接套上麻袋，狠狠揍他一顿！"

"你的老公和亲爸可都是警察。"林桑一边笑一边掉眼泪，"林柯已经揍过他了，他伤得挺严重的。姜姜，我抓到他们在床上滚得起劲的那一刻心里反而平静了，甚至连打他一巴掌的想法都没有，就是觉得……到头了。"

她耗在他身上的时间何止五年。

"你和江言分开了那么久最后也还是在一起了，我跟他从大一到现在，从朋友到恋人，除了刚毕业那段时间几乎没有异地过，反而没有结果。"

林桑喝醉后说了很多话，她跟林杏子讲起她读大学的事，讲起那个男人是怎么追她的，刚开始她其实没那么喜欢他，他追了她两年，在一起之后她是越爱越深的人，他的爱意却在一天天衰减，最后一点都不爱她了。

晚上，林杏子留下来陪林桑。十点多的时候，有人从外面拿钥匙开门，林桑昨天就把锁芯换了，林杏子一直没睡，听到响声时被吓了一跳，她看到门外的男人鼻青脸肿，一条胳膊还缠着绷带，林柯动手确实不知道轻重。

打不开门，他就在外面认错，甚至还跪下了，那几滴眼泪也不知道是真是假。

林桑吐完就睡了，林杏子也没有给他开门，更没有搭理他，被吵醒的邻居脾气不好，人长得也凶，几句话就把他赶走了。

林杏子睡在林桑家的这一晚，梦里全是江言。

她闲不住，第二天就去公司上班了，住在父母家里每天要早起半个小时，这条路堵车严重，李青都惊讶她竟然也没有抱怨。

某天早上她换了个旧的手提包，颜色和款式都跟衣服很搭，里面还放着之前的东西，挺久没用了，她全都倒在桌上慢慢收拾，有口红、护手霜、耳机、粉饼，还有止痛药，她看了一下还没有过期，就准备先放进抽屉。

手机震动声响起，林杏子突然顿住，却不是因为这通电话。

她想起最后一次用这个包还是江言刚调回海市那段时间，记不清具体是哪一天，大概就是那会儿，她有痛经的毛病，严重的时候要吃止痛药缓解。这个包装不了太多东西，她就把止痛药剪成单片，随便往包里一塞，不占地方。她是用剪刀剪的，有一次被铝塑板尖锐的地方划伤了手，当时江言还给她贴过创可贴。

手机还在响，林杏子手指摸着药片，每一片的边边角角都被磨圆了。

然后，她就更想江言了。

林旭东每天早出晚归，林杏子都找不到机会问问他江言怎么样了，她开始失眠，晚上总是睡不好，心里有股莫名的不安感，但生活又很平静。

江言走后的半个月，季秋池突然找到了林杏子。

她被保释出来了，但整个人都很糟糕，瘦得不像样，戴着围巾都遮不住脖子上的乌青，手背的伤像是被烟头烫的，林杏子甚至怀疑她如果再多在展天雄身边待一天，这条命可能都要搭进去。

"找我什么事？"

"杏子，我不能多待，保镖五分钟之后就会跟上来，我们长话短说。"她从包里拿出一件东西递给林杏子，"这是展天雄近五年毒品交易的账本。"

可能不远处就有人监视着，林杏子心里再沉重也要做到不动声色："为什么不交给警察？现在只有他们能保护你。"

季秋池摇头："现在还不是时候，展天雄有的是办法把自己洗干净，他已经怀疑我了，账本不能继续留在我这里。杏子，你把它交给江言，还有，这件事绝对不能让你爸知道。"

最后这句话让林杏子险些打翻了手里的咖啡："你什么意思？"

"你以后会知道的。"季秋池站起身，重新戴好帽子和墨镜，"你是林旭东的女儿，对我来说很危险，但我选择相信你，因为不管怎么样你都不可能害江言。"

2

季秋池离开后，林杏子一个人在咖啡厅里坐了半个多小时，店里暖气很足，她却手脚冰凉，脸色也很差。

放在包里的账本就像一个炸弹，直接在她心脏的位置炸开。

展焱来的时候，天已经黑了，他开口就问林杏子，季秋池怎么会找上她。

"你在她身上装雷达了？她前脚刚走，你后脚就跟过来，展焱，你真是越来越没有下限了。"

展焱连忙开口："别误会，我和她可没有一腿。"

林杏子故意说："你这么关心她，我还以为你换口味了呢。"

"不可能的事，我就算再饥不择食，也不会跟她这种人有什么不清不楚的关系。"他解释道，"我看见你们两个人一起喝咖啡，挺惊讶的，所以才过来问问。"

"对女人的事这么感兴趣干吗？"

"我是对你的事感兴趣。"

林杏子冷哼了一声，慢悠悠地回答："她来跟我示好，来解释她和江言只是同乡没有别的关系，来赔我的手表。"

手表的盒子还在桌上放着。

展焱右腿搭在左腿上，视线从手表盒子移到林杏子脸上，不动声色地打量着她每一个表情："她什么时候欠了你东西？"

林杏子有些不耐烦："她撞我车那次你不是在现场吗？"

展焱想起来了，那天的事他记得很清楚，他笑了笑："她的钱买的表，你也不嫌脏？"

"嫌啊，所以准备让你带回去还给她，你如果不愿意就算了，回头我让助理跑一趟。"林杏子转移话题，"你女朋友呢？"

"你说谁？"

"你的女朋友已经多到分不清哪天带出去的是哪一个了？还是说，你要替她出头？"

"冤枉，我哪有女朋友，这不是还在排队等着你离婚吗？"他点了根烟，笑得一身矜贵痞气，"如果你说的是方灵，我已经帮你教训过了，她不会再去找你麻烦。"

林杏子兴致缺缺："最好是。"

展焱看看手表的时间："六点半了，一起吃顿饭？"

"你要不要脸，你女朋友当众害我摔进水池，你还跟我吃饭？"

"姑奶奶，都说了她不是我的女朋友，好好好，别生气，不提她了，这手表也别要了，吃完饭之后我陪你去买新的。"

林杏子没有立刻拒绝，只是说："我不跟你那些朋友吃饭。"

展焱不是跟着季秋池来的，确实还有几个朋友在等他，也都认识林杏子。

"他们想得美，我约你一次都这么难，哪儿能轮得到他们。"展焱起身跟着林杏子往外走，"吃西餐？"

"随便吧，我最近胃口不好。"

"难怪都瘦了。"

"我为什么瘦了，你心里应该清楚。"

"我清楚什么？你上回把我骂了个狗血淋头，谈好的合同说不签就不签了，我就算有颗不会痛的钢铁心，也需要一点疗伤的时间吧，所以这些天没去找你。"

林杏子冷哼："你的好哥们伤了我姐姐的心，她失恋难过，我心疼她，什么都吃不下。"

展焱知道她们姐妹感情好："姑奶奶，我跟他非亲非故，也管不着他的私人感情。"

"你和他是朋友，那你就是有罪。"

林杏子不讲理，但展焱喜欢的就是她这股劲儿，他一只手夹着烟，一只手搭上她的肩，笑着说："我一会儿上车就给他打电话跟他绝交，行了吧？真是怕了你了。"

为了不让展焱起疑心，林杏子耐着性子跟他吃了顿饭，坐在她面前的人和她认识了二十多年，她却恍然觉得自己仿佛从未真正了解过他。

每年都有警察在缉毒工作中牺牲，然而罪恶的源头依旧逍遥法外，拿着别人的命赚大把的钱。而她的父亲，也很有可能参与其中。

包里的东西沉如千金，拉着林杏子不断地往下坠，让她有种呼吸困难的窒息感。

她看着窗外发呆，展焱一句话问了两遍她都没反应。

"想什么呢？不舒服？"

林杏子回过神，淡淡地扫了他一眼："跟你吃饭，我能舒服吗？"

展焱被气笑了，林大小姐就是这个脾气，从小到大都没变过。

"陪你去医院看看？"

"不用，我就是没睡好。"

"想男人了？"

"是啊，"林杏子不遮不掩，"但没办法,工作重要,他有他的职责。"

展焱脸上的笑意少了几分温度："林杏子，你知道我不喜欢听你说这些。"

"那就不说了。"她先一步结了账。

林杏子心烦意乱，一秒钟都不想和展焱多待，展焱不仅以买手表的借口要陪她逛街，还坚持要送她回去，她说自己最近住在父母家，不太方便，展焱才作罢。

林杏子一打开门，屋里满是饭菜的香味。

"妈，爸回来了吗？"

"他十分钟前打电话说今晚加班，让我们先吃，不用等他。"李青在厨房里忙活，"找你爸有事？"

林杏子把车钥匙随便往桌上一扔，脱下外套："……没事，就是顺嘴问问。"

李青没多想，理所当然以为林杏子又是想从林旭东那里问出江言的消息，她也担心，但这种情况下没消息才是最好的消息。

"他不一定能回来，就算回来了估计也是后半夜了，你去洗手，咱们先吃饭。"

"知道了。"

林杏子进了书房，季秋池给她的账本不是原件，而是复印稿，每一笔都记得清清楚楚，时间、金额、交易人，白纸黑字，虽然只有几页，但涉及到的利益往来令人惊骇，而林旭东的名字就在其中。

书房里摆满了林旭东的锦旗和勋章，这些都是他这三十年警察生涯里的伤疤和荣誉的见证。

林杏子从小被林旭东宠得厉害，但在原则问题上他从不含糊，一直教导她做事先做人。后来他身处高位，每年都有无数人找到他，有的谋官，有的谋利，可他没有收过一分黑钱，几十年如一日，拿着基本工资，住着十年前的老房子。

小时候，学校开家长会，永远只有李青有时间去参加，同学们嘲笑她没有爸爸，她昂首挺胸大声反驳："我爸爸是警察，他抓过很多坏人，超厉害的！"

每次看着林旭东穿警服，她都觉得很骄傲。

林杏子没办法相信她引以为傲的父亲会和贩毒的人有牵扯，可仔细回想林旭东最近的言谈举止，确实有她无法解释的端倪，她也想过林旭东是不是有事瞒着家里人，或者是工作压力太大了，但从来没有一秒怀疑过他。

如果这账本是真的，那么江言现在做的事该有多可笑——女婿拼了命地抓毒贩子破案，岳父却是犯罪分子背后的保护伞。

"你这孩子到底怎么回事，"李青找到书房，"叫你几遍了，一声不吭，妈没给你耳朵还是没给你嘴巴？"

林杏子胡乱抹了把脸，低着头含糊地应付："想找本书，不记得放在哪儿了，越急越找不到，越找不到就越生气……"

"哎哟，"李青哭笑不得地拍了她一巴掌，让她让开，问她书名，走到书架那边帮着她找，"现在你爸妈还在，以后我们老了不能动了你可怎么办，爸妈也不能陪你一辈子啊，今天这个找不到，明天那个忘了，毛毛躁躁的。"

林杏子心里愈发难受，像是一团泡了水的棉花堵在胸口，让她喘不过气。

"这不是吗？"李青把书抽出来，"就摆在你面前。"

"……刚才没看见。"

"行了行了，先吃饭。"

林杏子刚才在餐厅没吃几口，李青做的菜都是她喜欢的，她就又陪着李青吃了一顿。

李青给她夹菜，问道："桑桑这两天的心情怎么样？"

"姐姐还是正常上班啊，她工作那么忙，东奔西跑的，但她其实挺伤心的。"

"毕竟谈了五年，马上就要结婚了。他平时对桑桑那么好，人也上进，真是一点都看不出来是能做出那种事的人，你婶婶的心脏病都被气得发作了，一给我打电话就开始哭。"

年前两人还在欢欢喜喜地筹备婚礼，年后说崩就崩了。

"知人知面不知心，"林杏子是典型的花痴，但再好的皮相也弥补不了人品的缺陷，她现在只觉得那个人面目可憎，提起来就倒胃口，"姐姐说，前年他就差点跟他的秘书搞在一起了，狗改不了吃屎，有第一次就会有第二次。"

李青叹气："这种男人不值得，幸好还没领证，早发现早解脱，长辈说的话你们年轻人都不爱听，桑桑这些天肯定也烦透了，你抽空多陪陪她。"

林杏子点头："嗯。"

只有母女两个人吃晚饭，李青感觉到林杏子今天情绪不太正常，就试探着问她："你这个月是不是没来月经？"

林杏子心里乱得翻江倒海，像是无数根线头绕在一起，满脑子都是季秋池临走前说的那句话，没有多余精力去深究李青话里的意思。

"还没有。"

"那你和江言平时有没有做措施？"李青是过来人，林杏子读高一那年就被她抓到趴在窗户上偷亲江言，她这个当妈的当然清楚，刚结婚时女儿放不下骄傲和自尊，江言又因为工作调到外地，见不了面联系也少，但这半年不一样，江言调回来了，只要在家，两个人晚上都睡在一起。

李青这次问得很直接，林杏子愣住了，好一会儿才反应过来。

"我时间本来就不准，有的时候提前一个星期，有的时候又能晚个十来天，妈，你别乱想，我已经因为这事儿闹过一次笑话了。"

李青也知道林杏子不喜欢聊这个话题："妈就是问问，你们俩如果现在要孩子也挺好的，我还能帮你们带，再过几年就老了，还需要你们照顾。"

她身体也不好。

"等江言回来了再商量吧。"

"江言喜欢孩子，那天他喂笑笑吃饭，比林柯都更有耐心。"

"我也不讨厌啊，但我不想把生孩子当成人生哪个阶段必须要完成的事，这样我会有心理压力。"

"好好好，顺其自然吧，你早点睡。"李青也只是想到这儿了，随口问问，"你爸刚才又打电话了，说这几天都不回来，让你每天上下班的时候注意安全，不要乱跑。"

"嗯。"林杏子低低地应了一声。

回到房间，她无力地靠着椅背，双手捂住脸深呼吸。

她还没做好面对林旭东的准备，第一次这样胆怯。

藏在柜子里账本就是个定时地雷，不知道什么时候会被谁一脚踩中，将这个家震得七零八碎。

## 刀尖烈焰
### CHAPTER 10

1

江言要抓的证人本名叫严力，是展天雄同父异母兄弟的一个养子，七岁在孤儿院被收养，他养父去世之后，他就一直跟着展天雄。不过他养父去世的原因始终都有疑点，所以他和展天雄之间产生了隔阂。

周峰得到的情报称严力手里有关键性证据，不止警方在找他，展天雄的人也一路对他穷追不舍。

严力做好了亡命的准备，当兵出身的他警觉性极高，只要周围稍微有一点暴露行踪的可能就会立刻转移地点，从海市一路逃到边境，进了一座荒山。

江言和几个同事没日没夜地追了他二十九天。

"江哥，对方不止一个人，这里地形太复杂了，咱们都没有提前了解过，天也快黑了，进去了很有可能会迷路，"二虎看着前方的深山老林，谨慎道，"还跟吗？"

展天雄的人就咬在后面，很快就会赶上来，如果先他们一步找到严力，就会前功尽弃。

几个人体力近乎耗尽，全靠毅力强撑着。二虎的鞋磨破了底，衣服十天没换了，有时间都用来睡觉，没人还在意自己的衣着外表，江言也没好到哪里去。

临近傍晚，天色一点点暗下来，荒山的入口全都是十几米高的大树，一眼望去乌压压一片。严力弃车走了小路进山，这里刚下过一场雪，一脚踏进去就只剩未知的危险。

"跟！"江言当机立断做了决定，"他一旦逃出边境，再想抓他就如同水中捞月，绝对不能放走他。"

参与执行这次任务的警员出发前都留了遗书，这世上没人不想活着，但他们当中也没有一个人会怕死。

二虎咬牙："跟！必须跟！就不信他还能从这里飞出去。"

江言走前面，跟了一段路之后发现了脚印，越往前走地形越凶险。

微弱的天光被枯树遮住，荒山里漆黑一片，他们把手电筒咬在嘴里，双手抓着岩石和树枝往上爬，一只脚踩稳了才敢迈下一步。

最年轻的小苏脚下踩空，往下滑了十几米，好在命大被一棵树挡住了。

江言下去把人拉到安全的地方，手掌被摩得血肉模糊，因为太冷了感觉不到疼。

"怎么样，还能坚持吗？"

小苏说："能，就是擦破了点皮，不影响行动。"

江言看向身后，没有一点光亮："原地休息五分钟，喝点水。"

"好冷，一口水下去感觉牙都要掉了，真不知道他是怎么找到这个鬼地方的！等完成任务了，我要睡个三天三夜。"

"我要吃火锅，泡温泉，我妈还给我留了饺子。"

"江队，你回去了第一件事想干什么？"

不等江言开口，二虎就一巴掌呼在旁边兄弟的后脑勺，笑道："废话，这还用问，江哥是已婚男人，回去第一件事肯定是见老婆！"

众人低声笑起来，苦中作乐。

江言没说话，望着山下渺茫模糊的夜色短暂恍神，抹了把脸，收敛情绪后站起身："继续！距离目标很近了，少说话，看手势行动。"

大家立刻恢复状态："是！"

伸手不见五指的荒山给行动增加了难度，早就已经没了路，他们的手就是开发新路的工具。

600 米，200 米，50 米……

马上就要追上了。

突然一声枪响将深夜里的寂静撕得破碎！

所有人都神经紧绷，屏住呼吸，不敢有丝毫松懈。

江言一步步逼近枪声的来源，脚下踩着枯叶的声响被无限放大，耳边疾风刮过，有人扑上来，从后面勒住了江言的脖子，企图把他推下陡坡。江言反手擒住对方的胳膊，下一秒就被一脚踢中膝盖跪在了地上，撞到一块凸起的岩石，痛得闷哼出声，但他很快就用双腿绊倒对方，反扑上去压在对方身上，温热的鲜血从额头往下淌，缠斗中两人都在往山下滚。

二虎紧追着不远处的打斗声，然而还未走近就被一道白晃晃的刀光刺了眼。

手电筒的一束光打在江言身上，二虎清楚地看到严力手里的刀刃刺进了江言的身体，血腥味被冷风吹散。

粗重的呼吸声下一秒就断了，严力拽着江言从斜坡滚了下去。

"江队！"二虎惊慌的喊声在山里激起回音。

海市。

展天雄猛地站起身，眼神凌厉："什么！跟丢了？"

电话那边的人说话十分小心翼翼："董事长……对不起，我们没想到严力会这么狡猾，山里没有信号，追踪设备不能用，他又是晚上才行动，而且那个姓江的警察一路咬着不放，我们也不敢追得太紧。"

"那就连他一起解决！"展天雄已经没什么耐心了，"不管怎么样，活要见人，死要见尸，绝对不能让严力落在警察的手里。"

对方不敢说严力很有可能已经被警察抓到了，只能硬着头皮接话："好的。"

货压了近两个月，每过一天都要多承担一份损失和风险，严力又不知所踪，展家现在是腹背受敌的状况，稍有不慎就会全盘皆输。

展焱急躁地走进办公室，将手机扔在桌上："爸，林旭东一直不接电话，他是不是想跟咱们撇清关系？"

"撇清？"展天雄冷笑，眼镜下苍老浑浊的眼眸里寒光冷冽，"他撇得清吗？等他知道严力手里的东西是什么的时候，他就会比我们更着急。"

展焱问："我们就只能这样等着？"

"再等两天，现在不能太急躁，"展天雄坐在办公椅上吞云吐雾，"那女的还没醒？"

他说的是季秋池。

"不知道，没空管她，"展焱心烦意乱，"医院那边没打电话，应该死不了。"

"找人把她给我看好了，她要是还不安分……"

展天雄话没说完，但展焱懂他的意思，一个染了毒瘾的女人出点意外很正常，稍稍走动点关系就能掩盖过去。

展焱背对着展天雄站在落地窗前俯瞰这座城市，烟抽得猛，白色烟雾弥漫，他喉咙沙哑："爸，做完这单……收手吧，别把命搭进去，赚多少钱才算够？你花了大半辈子打拼的公司，最后别断送在自己手里。"

"我心里有数。"展天雄说，"你约林杏子吃顿饭。"

展焱当着他的面给林杏子打电话，她没有直接挂断，但就是不接。

"看见了吗？她根本不搭理我。"展焱冷笑，他一点都不意外，林杏子如果接了他的电话反而不正常。

林杏子晚上没睡好，早起上班的路上晕车晕得厉害，开会时脸色极差，强撑着听完了几个人汇报工作。

她以为是生理期推迟太久的原因，准备抽空去趟医院，就让助理先帮她约个号。

展焱给她打电话的时候，她已经在吃饭了，就在公司食堂。李尧坐在她对面，看着手机没有间断地响了五分钟，她不接也不挂，就那样晾着，全当听不见。

李尧问："他还在骚扰你？"

"谁知道他打的什么主意，不用理他。"林杏子把手机倒扣在桌面上，"舅舅，我明天去趟医院，就不参加晚上的饭局了。"

"怎么了？"

"没事，就是有点小毛病，你忙你的，我妈陪我去。"

林杏子最近几天总是病恹恹的，李青不放心，专门请了假，从学校绕到公司，林杏子早上有一个视频会议，李青在办公室等她结束后一起去医院。

林杏子很讨厌来医院，平时身体不舒服也是能忍就忍，能不吃药就不吃药。她早上刷牙的时候反胃，还吐了，李青就坚持要带她去医院检查，挂的是专家号，也没有等太久。

医生戴着眼镜，问道："你好，哪里不舒服？"

林杏子照实说："头晕，有点恶心，总有种被什么东西闷着，喘不过气的感觉，月经也推迟了好多天。"

医生又问了一些问题，随后说道："这样，你先去做个 B 超，做完了再过来。"

"好，谢谢医生。"

林杏子做完 B 超，医生说结果很快就能出来，让她先在走廊里坐一会儿，她刚走出 B 超室，李青就慌慌张张地朝她跑过去。

李青神色焦急，少见地有些慌张无措："是是是，姜姜在我旁边，老林啊，你跟她说。"

李青把手机递给林杏子，她没接住，手机掉在地上。

手背传来一阵刺疼，林杏子低头看到血管周围有几个发白的指甲印，李青急得手都在抖，紧紧掐着她。

"妈，发生什么事了？"

"你爸的电话。"

电话那边一下子断了声音，林旭东也急了，在面积不大的房间里来回踱步："李青？姜姜？"

"……爸，我在听，"林杏子捡起手机，开口说话的声音很沙哑，"是不是江言出意外了？"

"你先别急，听爸爸说。"林旭东抹了把脸，尽量平复心情安抚道，"江言确实是在追捕证人的过程中受了伤，但已经被送到当地的医院了，人还昏迷着，具体情况我再跟那边的人联系……姜姜？林杏子！你不许冲动！"

林杏子话都没听完就往电梯的方向跑。

"林杏子，你慢点！"李青连东西都顾不上拿就赶紧追上去，结果崴了脚。

从洗手间回来的司机还没搞清状况，糊里糊涂地跟上去拦着，林杏子已经上了车，李青用力拍着车窗，又急又气："姜姜啊，你听话，地方太远，自己开车去要好几天，你爸没有瞒着你就是怕你担心，我们先回家，说不定下午就有消息了。"

听到江言受伤昏迷的那一刻，林杏子心狠狠抽了一下，像是被一只手紧紧攥着往身体外拉扯，脑袋也是一片空白。

她终于找到了心里那股不安情绪的源头，难怪昨晚一直心神不宁，怎么都睡不着。她担心江言是不是出事了，过一会儿又反过来安慰自己，不会的不会的，他肯定能平安，不要瞎想。

然而过了那一瞬，林杏子又冷静得可怕。

车窗放下来，李青扶着车门大口喘气，正要叫司机帮忙把林杏子弄下车。

"妈，我要去。"林杏子趴在方向盘上，散落的长发遮住了她的脸，只能听出她声音里的哽咽模糊，"他肯定也是想见我的，我不能让他一个人在那里，万一他……我要去。"

李青眼眶发酸，轻微偏过头，她早就把江言当成了亲儿子。

早年林旭东在出任务途中受了伤被送进抢救室，她也是不远千里不顾危险地赶了过去，总害怕有万一，连最后一面都见不到。

"那也不能就这样去，总要回家拿几件衣服。"

林杏子平时都被千叮咛万嘱咐尽量少开车，这种情况下李青更不敢让她自己开，就让司机先把车开回家，她收拾东西的时候眼泪一直往下掉。

李青脚崴得很严重，到家就肿了起来，林旭东急匆匆地赶回来，打开门就看见林杏子在帮李青贴膏药。

客厅放着一个打包好的行李箱，她带了足够两个星期用的东西。

林旭东直接说："林杏子，你就在家里待着，哪里都不准去。"

"让她去吧，"李青长叹了一声，她握住林杏子的手，母女连心，她又何尝不懂，"你那年后背中枪被送到医院抢救，我整日整夜地睡不着，旁人怎么安慰都没用，见不到你就不能安心。"

"那边不安全。"

"……我会小心的。"林杏子低声开口。

李青扶着额叹气："她如果能听劝，在你回来之前我就把她劝住了。我脚崴了动不了，你又不能离岗，亲家母还在老家，就只有姜姜能过去，江言万一有个意外，总要见最后一面。"

林旭东的呼吸由急到缓，被李青几句话堵得如鲠在喉。

他站在阳台，连抽了两根烟，最终还是送林杏子出门了，反复叮嘱她一定要注意安全，随时保持联系。

## 2

江言住院的地方远在边境，几乎要跨越大半个国家，越往北方气温越低，两个司机换着开，车在路上坏过一次，林杏子用了一个星期才到县城。

到的时候天已经黑了，小地方路不好找，岔路多，走错了就要绕很远的路才能折回来，二虎说他过去接林杏子，林杏子就在车里等他。

不远处有个商店，两个司机都饿了大半天，林杏子自己没有胃口，也吃不下什么，就让他们先去买碗泡面垫一垫。

年长的司机问："林总，给您买点什么？"

"我不吃，你们吃吧，二虎还要一会儿才能过来，可以慢点吃，不用太着急。"

"那我给您带瓶矿泉水。"

林杏子点头："行，谢谢。"

这里是个偏远的小县城，叫南山镇，天气不好，天黑以后街上行人很少，路灯也不算亮。

手机响了一下，林杏子低着头看消息，没注意到"司机"回来得太快，江言已经醒了，和她通过电话，他刚出手术室，是二虎一直在跟林杏子联系。

"司机"上车就启动了车子，林杏子在回消息，低声说："不用开，就在这里等。"

他却充耳不闻，一脚踩下油门，车以极快的速度冲出去，林杏子被巨大的冲力带得往后倒。

她甚至来不及反应，车刚起步一分钟后又是一个急刹车，车门被打开，另一个男人从后面上车，在她开口求救之前就用毛巾捂住了她的口鼻。

同一时间的海市公安局，几十人组成的专案组成员已经在指挥中心开了近六个小时的会议，电子屏上清晰地显示着各个港口的监控画面，气氛极为严肃。

他们得到了确切情报，两吨毒品再次交易的时间就在最近两天，上面下了死命令，要求他们在这次行动中必须将犯罪分子一举抓获并将两吨毒品收缴，截断这条交易链。

"这帮人十分狡猾，对我们也非常了解，在正式交易之前很可能会临时更改交易地点，我建议多方面……"手机震动声第三次打断林旭东讲话。

电话来自同于一个号码。

林旭东眼底情绪隐晦，拿着手机起身："抱歉，我接个电话，先休息十分钟。"

他走出会议室，回到办公室时，对方已经是第四次打过来了。

电话接通，展天雄开口说话的语气也不像平常那样故作谦卑，他的耐心已经被耗尽："老同学，你的电话最近也太难打通了，这样很耽误事情啊。"

林旭东压低声音："请你适可而止，我的忍耐是有限度的。"

"误会，天大的误会！我今天可是好心来给你报个信，"展天雄笑了笑，意味深长，"听说林局的宝贝女儿今天下午到了南山镇，没错吧？"

闻言，林旭东脸色骤变，失手打翻了桌上的摆件。

开会之前，林杏子联系过他，说她快到了，江言做完手术，也醒了。

"我警告过你，不要拿我的家人威胁我！"

"当初我也提醒过林局，那些钱不是白借给你的，"展天雄抽着烟，不紧不慢地道，"我这个人很念旧，年纪越大，身边的朋友就越少，看在我们多年同学情的份上，就再多提醒你一句，严力手里的东西不仅仅是对我不利，也能把你从这个位置上拉下来再也爬不上去，你考虑清楚。"

走廊外面传来急匆匆的脚步声，来人敲门后直接推门进来："林局，不好了！二虎打电话说没有接到人！"

司机和车都不见了，林杏子的电话也是关机状态，失去了消息。

"路口是监控死角，已经天黑了，唯一的目击证人只有商店老板四岁大的儿子，他什么都讲不清楚，就只说看到原本停在街口的那辆黑色车突然特别快地冲了出去。"

林旭东心脏猛得抽疼，他呼吸困难，捂住胸口往下蹲，人晃了一下，手机掉在地上，屏幕摔得稀碎，原本还在通话中的电话也断线了。

"林局？"说话的人连忙进去扶住他，"林局您没事吧！二虎他们已经联系当地公安部门了，您先别着急。"

小县城的医疗条件太差，江言伤了腿，还要二次手术，现在行动很不方便，而且他的腹部还被刺了一刀，如果再深一点，他可能当时就没命了。

他清醒后短暂地跟林杏子通过电话，但从天亮等到天黑都没有见到人。

病房门被推开的时候，江言以为是林杏子，勉力扭头看向病房门，看到进来的人是二虎，眼里失望的情绪很明显。

"她什么时候到？"

二虎在进门之前早已准备好说辞，演练过不下十次才表现得自然一些："邵城下了场大雪，嫂子的车在路上坏了，路也不通，估计要多耽误一个晚上，嫂子身边有两个人，应该不会有事。"

江言不放心，从枕头里摸出勉强还能用的手机，想给林杏子打电话。

"江哥！"二虎一个箭步冲上去，差点直接从江言手里抢手机，结果手机刚好没电，江言只点进拨号界面就自动关机了。

脚边碰倒的椅子为二虎掩饰了刚才有些过激的反应，他收回手，弯腰扶起椅子。

二虎挠了挠头皮，语气尽量平和："那个……方哥的手术也做完了，医生说会不会影响正常生活还要看后期恢复得怎么样，方哥情绪不好，我不会安慰人，要不你劝劝他？哦，还有，我刚想起来，林局刚才给我打过电话，说让你好好养伤……呵呵，江哥你这么看着我干什么？"

"帮我给手机充电。"江言抬眸看着二虎，他现在开口说话，喉咙里还有血腥味，"有事瞒着我？"

二虎一屁股坐在凳子上，有些泄气："唉，果然还是逃不过江哥的眼睛。我没追上严力，他就像在山里消失了一样。"

总之，暂时不能让江哥知道嫂子出事。二虎心里想着，能瞒一天是一天："不过，他也受了伤，有市里的同事过来支援，应该很快就有消息了。"

严力和江言一起滚下山，他们找到江言的时候，江言已经昏了过去，不远处的石头上有血迹，应该是严力滚下去撞在了石头上。

"局里会有一个大行动，能不能抓住展天雄的狐狸尾巴就看这一次了。"

江言知道自己受伤耽误了行动时间："我跟林局联系。"

"林局这会儿估计还在开会，"二虎把买回来的粥端到病床边，"你先吃点东西吧。"

另一边，海市。

季秋池装成毒瘾发作的模样跑出了医院，严力也不知所踪，展天雄意识到事情渐渐失去控制，威逼利诱向林旭东施压，要林旭东放他的人把货运出海市。

林旭东没有答应。

李青崴伤的脚好了一点，去医院帮林杏子拿完检查结果，满心欢喜地回家，她倒没有像其他父母那样迫切希望抱外孙，林杏子和江言都还年轻，若是再等几年，等她退休之后再要孩子，她还能帮着带，但现在怀上也好，林杏子生完孩子再继续事业，正好给家里添点喜气。

客厅寂静昏暗，只有林旭东手里烟头的点点火光忽亮忽暗。

"怎么不开灯？吓我一跳，我还以为你不在家。"李青拍拍胸口，刚进屋就被浓重的烟味呛得咳嗽不止，"你这是抽了多少烟啊！"

李青一边开窗开灯，一边唠叨抱怨，她把林杏子怀孕的好消息告诉林旭东的时候，脸上的笑意就没断过，现在就想去买些什么准备着，林旭东却始终低着头一言不发。

"老林？"李青感觉到他的异样，担心地问，"你怎么了？"

林旭东还是没出声。一根烟抽完，他伸手去拿烟盒，但烟盒已经空了，他用力往桌上一扔，双手抱头揪头发。

李青急了："你说话啊，到底出什么事儿了？老林，你别吓我。"

两分钟后，林旭东沉默着把手机递过去，李青疑惑地接过，看到手机里的视频后，脸色煞白："老林……"

"姜姜被绑架了。"林旭东的声音沙哑混沌，无力的挫败感和自责感让他抬不起头，整个人仿佛一下子苍老了十岁。

　　林局，不是我不仁，我是真的被逼得没有办法了。实话告诉你，绑架你女儿的人不是我，是那些没钱就活不下去的人，我只是在中间传话的人。他们要钱，有了钱什么都好谈，没钱就只能铤而走险。你只有一个宝贝女儿，我也是看着杏子长大的，咱们同学多年，我并不希望白发人送黑发人的不幸发生在你身上。做完这单，我们之间就如你所愿一笔勾销，同时，我也保证会让你的女儿平安回来，让你们一家团圆。林局，最多再给你二十四个小时，明天这个时候我等你的答复，那些人都是在刀口混日子的，没有什么怜悯心，你女儿从小娇生惯养，落在男人堆里多少都要受点委屈，时间越久就越不好办，希望你能慎重考虑。

　　展天雄的话就像魔音一样反复在耳边回荡，混杂着李青的哭声，林旭东头痛欲裂："是我害了姜姜，是我害了我们的女儿，我不配当一名人民警察，更不配当姜姜的父亲。"

　　"不能让姜姜有事，"李青紧紧抓着林旭东的手臂，"老林，你快想想办法，那些人要什么？要钱吗？我们先凑钱……"

　　林旭东闭了闭眼："不是一点钱的事。"

　　"是不是因为你们这次的行动？老林，女儿如果没了，我也活不了。"

　　"我知道，我知道……"

　　李青很后悔让林杏子去南山镇："都怪我，那天就算是把她关在房间里，也不应该让她去，她不去南山镇就不会出事了。"

　　林旭东说："不怪你，那些人早就盯上咱们家了。"

　　这不是第一次，林杏子小时候就被绑过，就在海市，她是在放学的路上被人拉上车带走的。那一次的绑匪不是为钱，而是报复，因为林旭东抓了他的弟弟，他弟弟被判死刑后，他就绑了林杏子。

南山镇。

已经是凌晨，江言伤口痛得厉害，他一直没睡着，另一方面也在担心林杏子，二虎在九点多的时候告诉他，车没有修好，两个司机也累得够呛，再加上大雪封路，林杏子就先在酒店住下了。

二虎这几天也熬得受不了，他租了张床位，就睡在江言旁边的病床上。

外面在刮大风，窗户被风吹得发出阵阵响声。

江言睡不着，他偏头看了二虎一眼，轻轻拿过充好电的手机，刚开机就有消息弹出来，他点开之前还以为是垃圾短信。

几个小时前林旭东收到的那段视频也被人传送到了江言的手机里。

视频里的林杏子被反绑着手脚，嘴上贴着黑色胶布，戴着面具的男人勒着她的脖子把她往外拖，一把白晃晃的刀抵在她脸上，她说不出话，头发和衣服都湿了，连反抗都显得无力。

二虎被视频的声音惊醒，他猛地从床上坐起来，就看到江言死死盯着手机屏幕，眼眶红得像是渗出了血丝，粗重的呼吸声在寂静病房里令人寒颤不已。

"江哥，怎么了？"二虎连忙下床开灯。

江言仿佛没有听到二虎说话，只看着视频里的林杏子。接到她电话的时候，她说她很快就到了，他还以为等他睡醒，睁开眼就能见到她。她不远千里跋山涉水，在电话里没哭，只是声音很低，一声一声地叫他："江言，江言，你等我。"小医院医疗条件不好，大雪封了路，外面的资源很难调进来。她很怕他的腿留下病根，说她带了最好的药。

二虎先是只听到视频里男人的污言秽语，看到被绑在椅子上的林杏子之后心里一颤："江哥……"

江言双目猩红，咬牙低吼："他们敢！他们敢！"

视频一遍遍地重播，二虎不忍再看，深吸一口气后别开眼，他拼命摁住江言，江言拔掉输液针，带出了一串血珠滴在发黄的床单上。

"江哥！江哥，你冷静点！对不起，我不应该瞒着你，警方已经在找人了，林局也在想办法。"

二虎意识到自己笨拙的语言连他都安抚不了，他一个外人看了视频都恨不得杀了那群畜生，更何况是江言。

护士进来的时候，病房乱得像是发生过一场剧烈的打斗，江言身上的纱布绷带血迹斑驳，护士把他训了一顿，连忙给他处理伤口，重新输上液。

江言给李青打了通电话，半小时后，当地民警来了医院。

找人需要信息，然而江言身上没有一张林杏子的照片，手机里也没有，他们唯一的合照就是贴在结婚证上的照片，视频里的画面只能看个大概。

"事发地点只留下了一辆海市的车，车主在国外，绑匪应该是从海市一路跟过来的，麻烦江言同志详细描述一下被绑人的外貌特征，当然，最好让家人发一张清晰的正面照，我们好发动村民一起找，多一个人多一份力量。"

二虎拍了拍江言的肩："我联系林局要照片。"

他给林旭东打电话，但林旭东现在根本没空接，他又试着联系李青。

江言动了动唇，却仿佛失声了，喉咙里涌出一股血腥味，他低着头，手掌捂住眼睛，好一会儿才发出低微沙哑的声音。

"我老婆叫林杏子，海市人，长头发，大概……大概这么长，皮肤很白，双眼皮，鼻尖靠左边有颗很小很浅的痣，身高一米六八，体型偏瘦，应该是穿了一件黑色的羽绒服，她怕冷，也怕黑，如果你们找到她，千万别给她吃含有芒果的食物，她对芒果过敏，天黑了别让她一个人待着，还有……"

二虎看到眼泪顺着江言的指缝往下滴，心里无比酸涩，他第一次看江言哭。那眼泪是担心，也是江言对自己现在只能躺在病床上什么都做不了的无力感。

人在困境里总会做一些无用的设想，如果他没有受伤，如果他没有昏迷，如果他在接到她电话的那一刻就让她回海市，如果他能多小心一些早点提醒二虎去接她……

"她怀孕了。"这四个字几乎耗尽了江言所有的力气。

李青告诉他的时候，他甚至动了杀了那些人的念头。

## 1

头好痛！林杏子慢慢恢复意识的时候，脑海里就只有这一个感受。

不知道过了多久，有人走过来，在她脸上摸了一把，又走开了。

门被人踹开的声音很刺耳，最少有四个人一起进来，他们的说话声很大。

"这女的漂亮，咱们先玩玩？"

"玩什么玩，留着她才能谈条件，把人整死了大家一起完蛋，给她把绑绳子解开！"

"……水哥，不能吧，万一跑了怎么办？"

"不松绑你喂她吃饭？脚还绑着，她怎么跑？如果这么多人看着她都能跑，说明你们都是废物。"

断了一根手指的男人被骂也没什么脾气，笑呵呵地帮林杏子解开绳子，又扯掉她嘴上的胶布。

仿佛被撕掉一层皮，但感觉神经已经有些麻木了，蒙在眼睛上的黑布也被拿掉，从窗户照进屋的白光很刺眼，林杏子恍惚了一会儿，才知道原来已经天亮了，她还以为是晚上。

房间不大，几件破旧的老家具随意摆着，上面落了厚厚一层灰尘，角落烧着炉灶，墙面被烟熏得漆黑，泥巴地面到处都是烟头和垃圾。

送来的"断头饭"装在一个铁盆里，白米饭和一种根本看不出是什么东西的菜拌在一起，筷子一根长一根短，饭被扔在脚边时洒了一大半。

"你喂猪呢？"男人扔了烟头，不耐地踹了他前面的人一脚。

林杏子记得这个声音，是刚才进来让人给她解开绳子的人，他随性地坐在椅子上，光只照到他半张侧脸，一道疤痕从眼睛绵延到嘴角。

"人家是千金大小姐，能吃你这玩意儿？重新去弄点人吃的东西。"

送饭的男人嫌麻烦，不想去："水哥，没必要吧，饿不死就行了，随便将就一下，咱们现在也就只有这个条件。"

"你懂个屁，废什么话，赶紧去！她现在必须得平平安安，人出事了，你还怎么拿钱？"

"行行行，我马上就去。"

人为财死，鸟为食亡，干这行的人还不都是为了钱。

男人摔门出去，冷风灌进屋，林杏子被绑了太久，手脚都是僵硬的，一时缓不过来，喉咙干疼说不出话，只是咳嗽，被叫水哥的男人倒了一杯水给她，又转过身继续去看另外几个人打牌。

这杯水应该是这间屋子里最干净的东西。

打牌的男人们注意到林杏子的视线，彼此眼神交换，笑着说她听不太懂的方言，水哥偶尔应两句。

大约半小时后，断指的男人端着一碗饭进来。"大小姐，你凑合着吃点吧，咱这儿都是糙人，不会怜香惜玉那一套。"他说，"要怪就怪你爸，谁让你是他的女儿呢？你好好待着，别给自己找苦头吃，等我们拿到钱，自然就会放了你。"

林杏子没吭声，低着头把筷子拿起来，重新换过的饭至少是热的。

"呦，真沉得住气，还以为大小姐怎么都得哭哭啼啼闹一场呢。"

"大概不是第一次被绑，有经验了吧！哈哈哈哈哈！"

"你怎么知道？"

"还用想，林旭东这些年结过多少仇，数都数不清了吧，他就这

么一个宝贝女儿，谁逼急了不会想着走这步险棋？"

有人好奇："林旭东为了大局，连亲女儿都能割舍，展老板到底是怎么攀上这层关系的？"

"这事儿说起来就早了，听老大讲，好像是很多年前林旭东的父母病重做手术缺钱，当时他那个小舅子也因为公司财务问题出了事在接受调查，展老板和林旭东是校友，林旭东从他那里借了救命钱，但借钱容易还钱难，展老板当初借给林旭东的那几百万是贩毒来的，林旭东能撇得清才怪。"

"姓展的真是老谋深算，那么早就给林旭东挖了坑。"

"……"

屋里烟味太重，混着令人作呕的脚臭味。

不知道谁把窗户打开了，冷风直往里灌，吹散了那股味道，林杏子胃里翻腾的不适感才稍稍有些缓解，继续木讷地吃着饭，心里却久久不能平静。

她一直不理解当初林旭东为什么突然决定送她出国并且几年都不许她回来，哭过，闹过，也怨过，虽然后来慢慢习惯了，但一直对刚出国时一个人被孤立被欺负不敢回首细想的那两年耿耿于怀，她怎么都没有想到其中原因竟然是在这样的情况下从一群绑匪口中得知。

展天雄早在那个时候就给林旭东下了套，慢慢收网，得寸进尺。如果林杏子和展氏签了合同，那么受牵连的就不仅仅只是林家，公司上上下下都逃不过。

胃里的酸水往上涌，林杏子捂着嘴干呕，打牌的男人们嫌弃呕吐物的味道不好闻，骂骂咧咧地走出去透气。

水哥铲了一铁锹柴火灰倒在呕吐物上，他走在最后，出门前往林杏子脸上看了一眼。

那杯水早就凉透了，林杏子现在没什么能挑剔的，艰难地挪到桌边，拿起杯子喝了几口。

左手食指处突然传来一阵刺痛感，被划了一道伤口，血珠冒了出来，林杏子这才发现杯子底部贴了一片薄薄的刀片！

　　他们就在门外，隔着门还能听到低俗的说笑声，无非是酒肉和女人。

　　外面有太阳，说明时间还早。林杏子谨慎地观察着门口的动静，把刀片藏起来之后，她靠着墙，闭眼休息了好一会儿，心跳都还很快。这杯水是水哥给她倒的，刚才那些男人里，也就只有他看她的眼神里没有丝毫色气。

　　这间屋子一直有人进进出出，白天人多，到了晚上，每四个小时会换一批人，林杏子借着去厕所的机会观察周围的环境——满山的树，只有几间土房子。他们吃喝都是速食，应该只是暂时躲在这里。

　　第三天，早上五六点钟的时候，其他人突然都被叫走，只留下一个人。

　　他昨天晚上喝了酒，困得厉害，不打牌有些撑不住，就端起桌上的冷水猛灌了几口醒神，又往火炉里添了几根柴。

　　天快亮了，微弱的光从窗户透进来。

　　缩在墙角的女人像是睡着了，昏黄火光映在她脸上，一种落魄的美令人心颤，男人看痴了，不禁有些心猿意马。

　　"妈的，肚子好疼！"

　　肚子里面咕噜噜地响，男人面如菜色地捂着腹部，忍了几分钟，越来越难受，稍微动一下污物仿佛就要喷泄而出，他看林杏子睡着了，手脚都被绑着，觉得应该不会有事，实在等不及同伙回来，拉开门就往外冲。

　　第一次，他回来得很快，女人没什么动静，第二次之后还有第三次，来回跑了几趟腿都软了，第四次索性直接蹲在厕所。

　　快一点，再快一点！林杏子紧咬牙关，双手背在身后用绳子寻找刀片的位置，眼睛紧张地盯着门的方向，手腕被磨破好几道伤口才割断绑着她双手的绳子，割断脚上的绳子就快了很多。

　　门被锁了，她砸碎玻璃窗，从窗户跳出去之后拼了命地往外跑，被绊倒也必须立刻爬起来。

冷风像刀子一样刮在脸上，耳边风声呼啸，树枝枯藤刮破皮肤，不知道跑了多久，也不知道跑到了哪里，她突然听到有人从后面追上来的声音。

体力已经耗尽了，她却不敢停。

突然，一个人从山洞里蹿出来，林杏子走投无路般撞了上去："啊！"

男人迅速将她带进旁边的山洞，捂住她的嘴："嘘，别出声。"

林杏子屏住呼吸，不敢动一下，周围是伸手不见五指的黑，混乱的脚步声逼近，似乎就在耳边，在她紧张地以为那些人下一秒就要发现她时，脚步声又逐渐远去。

森林里恢复寂静。

身后的男人松了捂在林杏子嘴上的力道，她整个人如同被抽尽力气，跌跪在枯草堆里大口喘气，刚才那一瞬间，心脏仿佛要从胸腔里跳出来。

男人索性把她背起来，他显然很熟悉这里的地形，仓促急行却又显得有条不紊。

到了地方，他把林杏子放下来："我去引开他们，你从这条路下山，别停，能跑多快就跑多快，大概还有一公里，会有人在路口接应，你放心跟他走。"

他一身汗，压低声音说话时随意解松了几颗扣子，林杏子看到他脖子上戴着一条红绳，红绳上串着半块平安符。

她认识这个平安符，另外半块在她家的抽屉里。

她曾经以为是江言和哪个小女生的定情信物，在一个心情还不错的早晨趁火打劫要来了，扔在抽屉里之后再也没有拿出来看过。

男人脸上新旧疤痕交错，看不出原本的模样，林杏子一眨不眨地盯着他，试探般叫出心中猜测的名字："江……沂？"

他短暂地僵了一瞬，下一秒，眼底晦暗的情绪就消失得干干净净，就像不曾有过。

"这个东西给你，"他把U盘塞进林杏子手里，冷静道，"是林旭东和展天雄谈话的视频，你自己决定是交给警方还是销毁。"

　　他转身往山里走，背对着林杏子，敛眸低声笑了笑，似是做好了某种决定。

　　"告诉江言，我为他骄傲。"

　　林杏子低声道："我会转告他的，江沂哥，你也要注意安全。"

　　林杏子顺着他指的这条路往山下跑，一刻也不敢停。

　　太阳升起，第一缕阳光洒向大地，驱散了森林里的迷雾黑暗。

　　某一瞬间，她仿佛听到了枪声。

## 2

　　县城医院的住院部，二虎接到电话后激动地推开病房门。

　　"江哥！找到了！找到嫂子了！派出所的同志们正把嫂子往医院这边送。"

　　江言猛地睁开眼："真的？"

　　"真的真的，千真万确！江哥你别着急，我借个轮椅推你去前面的急诊。"

　　二虎一路风风火火，从护士站借了轮椅回来，扶着江言坐上去之后就要推他出去，着急得就像要见老婆的人是他一样。

　　江言抓着门框才勉强稳住："等等，二虎，你先帮我换件衣服，再打盆水洗个脸。"

　　"这都什么时候了，江哥你还想着形象问题，嫂子又不会嫌弃你。"二虎夸张地叫了一声。

　　他天天在医院，二十四小时待命，就差"贴身"照顾江言了，清清楚楚地见证了江言沉着冷静之外的另一面，虽然震惊但他也能理解，结婚刚一年的老婆被一群没有人性的毒贩子掳走下落不明，绑匪发来视频挑衅威胁，自己却动不了只能待在病床上等消息，谁能不急？如

224

今人找到了，应该更加迫切才对，怎么还想着换衣服？

江言解释道："她看见我这个样子，会难过。"

他腿上打着石膏，眼里的红血丝显得触目惊心，身上的伤必然藏不住，但至少得干净一点。

听他这么说，二虎莫名有些心酸，赶紧帮他刮胡子、洗脸、换衣服。

从住院部到门诊楼之间有一段距离，轮椅的轮子压在石子路面上滚动，发出细碎的声响。病人医生来来往往，二虎在后面说着什么，江言恍若未闻，眉头皱得紧，握着轮椅扶手的骨节都微微发白。

终于到了医生办公室，已经提前联系过，护送林杏子来医院的所有民警同志都在走廊里。

二虎知道江言着急，把轮椅放稳后打了声招呼就上前去敲门。

几乎就在他握住门把手的时候房门从里面打开了，一道人影迎面扑进怀里。

二虎被这股冲力推得往后趔趄了半步，腰也被抱得死死的。

"……"

空气仿佛凝滞。

旁边站着的民警里有两位就是之前来找江言登记信息的，目光在三个人身上来回打转，越看越迷惑，心想这到底是谁的老婆？

二虎一个激灵，他不敢动，双手垂直僵在身侧，隐隐感觉到背后两道阴恻恻的视线。

江哥，我是无辜的，真的是你老婆先动的手！

"嫂子……我……我是二虎。"

你抱错人了。

"江哥在后面呢。"

林杏子抬头对上二虎尴尬的目光，有那么几秒钟的恍惚，她松开之后，二虎连忙往旁边站，她这才看到之前被二虎完全挡住的江言。

直到这一刻，她终于真真切切感受到劫后余生的庆幸。

二虎挠挠头皮："那什么，我去药房拿药。"

民警同志需要林杏子配合做笔录，但眼前肯定是她的身体健康更重要，把她平安交给家属和医生后就暂时先离开了。

林杏子脸上有好几道被划破的血痕，嘴角的泥都干裂了，露在外面的手腕也是一片乌青，脖子上的勒痕很明显，凌乱的头发里还有两根枯草，鞋跑掉了一只，民警临时给她找的拖鞋大了很多，她穿着不合脚。

办公室里的医生被叫走，走廊里就只剩江言。

有外人的时候她没有丝毫顾虑，周围没人了反而局促，她站在门口，看着江言被毯子盖住的双腿，慢慢红了眼眶。

"别怕，不严重，跟你以前骑自行车摔骨折的时候差不多，再养养就能下地走路了。"江言温声安抚，朝她张开双臂，怕她不信，牵唇笑起，心却碎得稀巴烂，"姜姜，我真的没事。"

林杏子投进他怀里，声音哽咽："你骗人。"

"是真的，"江言不知道她除了皮外伤之外身体还有哪里疼，轻抚着她头发的动作不敢用力，甚至连呼吸都不敢太重，"你当时是一条腿骨折，拄根拐杖勉强能走，我是两条腿，所以只能暂时坐轮椅，没骗你。"

她跪在地上。

"姜姜。"

"嗯？"

"你站起来，地上凉，先让医生帮你处理伤口，过两天……"

她不知道自己怀孕了，而江言也不知道她肚子里牵连着她和他的小生命是否还活着。

"过两天回海市之后再好好检查。"

林杏子有些紧张："那你呢？"

她抬起头，江言便看到她泪眼模糊的双眸，在灯光下闪着微光，无声无息，却毫无保留地将她柔软脆弱的一面从枯草里暴露出来。

江言说：“我当然是跟你一起回去。”

得到确切的答案，林杏子才松了口气，但依然紧紧抓着他的衣服：“江言，我很害怕你醒不过来了。”

“我也怕，但幸好我是个有福气的人。”江言看着她脸上的伤，“他们打你了吗？”

她摇头：“……没有，就是给我的食物很难吃。江言，我见到江沂了，是他救了我。”

“你是怎么认出他的？”

“他戴着的那半块平安符，和你的一模一样，如果没有他，我不可能逃出来。他让转告你，他很为你骄傲。”

但她不知道那声枪响意味着什么。

“嗯，我知道了，我也很为你骄傲。”

江言低头在她耳边轻声说了几句安慰的话，干燥的手掌反握住她微凉的手，放到衣服里捂热。

在江言过来之前医生已经帮林杏子把手腕处被刀片割破的伤口消过毒了，比起其他地方，手腕的伤最严重，再偏一点很有可能割破血管，消毒过程中她像感觉不到疼，医生还默默感叹小姑娘挺坚强，结果，现在处理其他伤口时力道稍微重一点她就喊疼，眼泪没停过，医生一头冷汗，差点都以为旁边的男伤患要把轮椅掀翻。

林杏子在江言身边就会觉得委屈，疼也是真的疼，哭过一场，心里舒服多了。

“我想去洗手间。”

江言现在行动困难：“自己可以吗？”

她现在没什么安全感，只离开江言一会儿都会紧张：“可以，但是你要在这里等我。”

“好，我就在这里等你。”

条件虽然差，但基础设备还是有的。

医生给林杏子抽血做检查，下午结果就出来了。

"江队长，孩子保住了，但你太太惊吓过度，再加上受了凉，还经历过一些身体上的伤害，所以情况不太好……不过，孩子保住了就是万幸，你也不要太过担心，你太太身体底子没你想得那么差，回去之后好好调养。"

江言感激道："谢谢医生。"

天色微微泛青，病房里没有暖气，二虎去商店买了一个暖水袋，装好热水塞进被褥里，他睡过的那张床理所当然地让给了林杏子。

林杏子的精神放松下来之后睡得很深，江言握住她的手在唇边反复亲吻，见到她时极力克制隐忍的情绪像是开了闸，卷着浪潮翻涌呼啸。

原来他过去所有的不幸都是在为了这一天积攒幸运。

二虎买好晚饭回来，病房里的场景看着很温馨，却又让人有种热泪盈眶的感觉。

两个人都在输液，林杏子是一小瓶营养针，先输完，护士拔针的时候她醒了，睁开眼睛后跌进江言深邃缄默的目光里，他像是就这样看了她很久。

"几点了？"

"快七点了。"

"我睡了这么久？"她还没有完全醒过来，迷迷糊糊地，"好香。"

"嫂子，你饿了吧，吃点东西。"二虎专门跑到小饭馆，拜托老板熬了锅鸡汤，用保温饭盒装着，带回来后打开盖子还是热气腾腾的，"这是只农家土鸡，有营养。"

"你们吃了吗？"

"我在饭馆吃过了，江哥还没吃。"

"那你去休息，我照顾他。"

二虎也知道自己在这里很碍事："行，需要帮忙就叫我。"

林杏子胃口不好，勉强喝了一碗鸡汤，江言陪着她吃，她又多吃了小半份主食。

洗漱完，给李青打了通电话，在林杏子的记忆里强悍的母亲从未哭过，却在听到她声音的时候就已经泣不成声。

林杏子把脸埋进枕头里，江言从她手中接过手机，耐心地安慰了李青十几分钟，通完电话后，林杏子半张脸窝在被子里，露出一双潮湿的眸子无声地看着他。

半晌，江言无奈地低声叹气，向她妥协："过来吧。"

"好的。"林杏子等的就是这句话，她抱着热水袋挪到江言的床上，把被子盖好，"我不动，不会压到你的。"

医院里满是消毒水的味道，鼻息间还有淡淡的药味，混着丝丝缕缕熟悉的气息，令她安心，在被褥里又悄悄地往男人怀里挪了一点。

就是普通的病床，她只占了一小块位置，翻个身动作稍微大一点就可能掉下去。

江言行动不便，一只手臂垫到她颈下让她枕着，顺势搂住她。

"我把戒指弄丢了。"她声音闷闷的。

不止婚戒，她身上所有值钱的东西都没了。

只要她人没事，拿什么换江言都是愿意的："没关系，我再存钱给你买新的。"

"……那你得存多久啊？"

"我不乱花钱，现在的工资也不少，再存一存就够了。"

李尧得知林杏子的事之后又急又气，想办法动用了私人飞机来接人，把江言和林杏子以及另外一名伤员一起接回海市，安排进最好的医院。

三天后，五十人组成的武警部队到达南山镇。

那天的枪声吸引了当地警察的注意，有三个兄弟被抓了，计划打乱，他们被困在山里，如今武警官兵扫荡式搜山，他们随时都有可能暴露。

人质在手还有翻盘的可能，就算拿不到钱也有机会逃到国外，但现在人质跑了，所有计划和安排都荡然一空。

武警部队两天就能把这座山上上下下翻个遍。

海市的情况更凶险，林旭东亲自带人二十四小时轮守，各大关口都卡死了，调查组也在海市密集搜查那两吨毒品的藏匿地点。

"那女的一直被绑得死死地，怎么跑？你们几个废物轮流看着，她怎么跑？这里地形复杂没人带路，她怎么跑？还有，是谁开的枪？不说话是吧，那就都一起死！"

有人开口："老大……是……是水哥开的枪，我亲眼看见的。"

"三水？"暴怒的男人一把揪住江沂的衣领，重重地朝他脸上挥了一拳，"你脑子进屎了？开枪把条子都引过来！"

江沂弓身靠在墙角，手背擦掉嘴角的血，解释道："那个时候警察已经进山了，我怕她泄漏我们的行踪，情急之下就开了枪。"

"放屁！你跟了我九年，连这种事都分不清轻重，九年前我就不会留着你这条命！三水，老子把你当过命的兄弟，你如果敢背叛老子，老子咽气之前，这把枪里面最后一颗子弹一定留给你！"


李青这次是真的被吓坏了，李尧把人接回来之后，她除了上课和回家做饭之外的时间都寸步不离守在医院，江母也过来帮忙照顾，林杏子住院期间唯一没有见过的人就是林旭东。

江沂交给她的 U 盘她已经看过了，里面是林旭东和展天雄的谈话视频，视频里不止一次提到林旭东拿了展天雄的钱在暗地里为他行方便。

林杏子想起放在家里的账本，展天雄通过贩毒谋取的利益已经无法用普通人的思维衡量，也许里面某一笔就有林旭东的参与。

曾经她不敢信，也不愿意信，可如今证据摆在面前，她没办法再继续自欺欺人。

林杏子一个人躲在洗手间抹眼泪被李青看到，李青心疼，想问又不敢问。

"姜姜情绪不对劲，她怕我担心不跟我说，但对你不一样，江言啊，你找机会问问她，医生说她之前已经有流产的迹象，一直这样对她和孩子都不好。"

江言和林杏子吃睡都在一起，他又是极为敏锐的人，自然感觉到了她心里藏着事。

"妈，她还不知道。"

李青倒了杯热水："不知道什么？"

"姜姜还不知道她怀孕了，我没有告诉她。"江言扭头看向病房里的沙发，目光里氲着他自己都意识不到的柔和，林杏子回来后该怎么样还是怎么样，只是他处处小心而已，"妈，您和我妈都回去休息吧，医院有护士。"

沙发是李尧找人搬来的，林杏子大多数时间都睡在那张沙发上。

李青也没多说："行，我们明天早上再过来。"

林杏子晚上睡不好，白天也没精神，人都走了，病房里很清净。江言抱着暖和，李青不在她就光明正大地躺进江言的被窝，在他怀里找了个舒服并且不会压着他的姿势。医生其实说过她现在最好不要跟江言睡在一起，她也就是偶尔会比较黏他。

天色渐暗，没有开灯的病房里笼罩着一层暗青色。

柔软温热的轻吻落在额头和眼角，似痒非痒的触感让原本已经昏昏欲睡的林杏子忍不住笑出声。

"你为什么偷亲我？"

他说："因为你漂亮。"

她的身上脸上到处都是小伤口，抹了药刚结痂，每天早晚照镜子都怀疑自己可能离毁容不远了："我现在明明丑死了，江言你是不是故意讽刺我？"

他当然不是。这些天总有人来医院看望他们，有她的朋友，也有他的战友，李青和江母几乎天天都在，他就连抱抱她都要找机会。

江言没说话，手指捏着她的下巴抬高一点，她刚吃过药，嘴里有点药味，苦涩淡去后又有些回甘。

"医生说了，不会留疤。"他呼吸渐重，夜色里的声音微哑，牵引出无声的情愫。

林杏子脸上终于有了血色，一点点红晕从脸颊晕开："那我什么时候能出院啊？我想回家一趟。"

江言没有问她要回家做什么，被窝里热腾腾的，他的手沿着那纤细的腰线反复摩挲轻揉。

"你刚走没多久，季秋池找过我，她给了我一个账本，江沂也给过我一个U盘，展天雄背后的人……是我爸。江言，你是不是早就知道了？"

他沉默了许久："只是怀疑。"

林杏子捂住眼睛，低低的声音模糊不清："他是我爸……"

江言说："他也是海市人民公安局的局长，姜姜，他作为你的父亲无愧于你，但他肩上有他的责任和使命，需要给国家和人民一个交代。"

"……我明白。"

她只是一时间没办法接受。

江言撑起身体，拿开她捂着眼睛的手，在她脆弱潮湿的目光里，一字一句地承诺她："未来会有很多难以预料的事，但江言会永远忠于林杏子。"

1

林杏子出院后，回家了一趟，她在把账本和 U 盘交给江言之前，先给李青看了一遍。

她从来不知道一向很要强的母亲会这么脆弱，会流这么多的眼泪，能从天黑哭到天亮。都说男人是家里的顶梁柱，那根顶梁柱倒了，流言蜚语就会压在一直被他保护着的人身上。

"今日凌晨三点，我市公安部门缴获两吨冰毒，并成功抓获牵连了十年的贩毒团伙头目共二十六人……"

新闻播到一半，病房外传来敲门声。

虽然江言的伤势恢复得很好，但林杏子不许他乱动，她放下水果擦擦手起身去开门。

门外的林旭东一身警服，眼底的疲惫和沧桑在看到女儿的这一刻被笑容取代。

过去这么多天了，林杏子终于见到他："爸。"

林旭东摘下警帽，笑着把女儿抱进怀里，轻拍她的背安抚："没事了，爸爸没事。"

他身边的人提醒道："林局，最多二十分钟，希望您能配合。"

林旭东点头："谢谢。"

几步远外站着四名督查组工作人员，一个比一个严肃，林杏子心里有种不好的预感："爸，他们……"

"进屋说。"林旭东笑了笑，"江言，伤怎么样了？"

江言坐起来："好多了，林局……爸。"

门开着，林旭东是领导是上司，关上门，他只是一位父亲。

"躺着，别起来。"林旭东第一次来医院，之前只在电话里了解过江言的伤势。

他把警帽放到桌上，神色如常地拿起林杏子削了一半的苹果："姜姜，去帮爸爸倒杯水。"

江言抬头看过来，林杏子抿唇，低低地应了声："……要茶叶吗？"

"可以多放一点，提神。"

"好。"

其实病房里有饮水机，水也是今天早上刚换的。林旭东用蹩脚的理由支开林杏子，是有话和江言单独说但不想让她知道，她就装作若无其事的模样，彼此都在小心翼翼地维护着这二十分钟。

刚消过毒，护士把走廊两边的窗户都打开了，林杏子只在开水房待了两分钟，双手就已经是冰凉。

她给二虎打了通电话，号码输错好几次，终于接通后二虎欲言又止，只告诉她："嫂子，林局是在今天凌晨的抓捕行动结束后来警局自首的，之后可能要去丰市接受调查。"

水太满，从杯口溢了出来，茶叶溢得到处都是。

林杏子又重新泡了一杯茶，挤出笑脸后端着水杯回到病房。

和她出去之前一样，林旭东坐在沙发上，手里那颗苹果的果皮刚好削完最后一圈，看她进来就抬头笑了笑，把削好的两个苹果都切成小块："过来吃，一会儿氧化变黄了你又嫌弃，江言总吃你剩下的。"

林杏子手腕缠着纱布，脖颈乌青的勒痕被高领毛衣勉强遮住，林旭东别开眼，沙哑的嗓音混沌模糊："爸爸让你受苦了。"

"不疼了，一点都不疼。"她开口说第一个字就已经是哽咽的状态。

林旭东拍拍她的手背："我的宝贝女儿很勇敢，比爸爸强，有江言照顾你，爸爸也能放心了。"

门外的人敲了敲门，声音不大，只是提醒他们时间到了，却震得林杏子心口疼。

"好了，"茶凉得快，林旭东几口喝完，"你妈做了饭，我回去陪她，不然她又要唠叨。"

林杏子挣脱开江言的手："爸，我送你。"

"不用送，今天降温了，外面还有点冷。"他起身，戴好警帽，自然得就好像真的只是下班回趟家。

可林杏子知道，他这一走，可能就回不来了。

江言把人拉进怀里，她还是那样，真正难过的时候一滴眼泪都没有，只是眼眶泛红，半句话不说。

他也依然笨拙，不知道该怎么安慰，只能抱紧她，在她耳边一遍一遍地重复："你有我。"

林杏子哭出声："我把你当老公，你竟然想当我爸。"

江言："……"

手掌不动声色地覆在她平坦的小腹上轻抚，她本就偏瘦，才两个月，根本看不出来。

"我是要当他的父亲。"

林杏子没当回事："嗯？"

她就是开个玩笑，她难过，他心里也不舒服。

江言低声说了句什么，林杏子愣住，潮湿的眸子一眨不眨茫然又无措，一时没反应过来。

"你是不是又在嘲笑我？"

她怀孕，她自己怎么不知道？一点感觉都没有。

这段时间事情太多了，她就把生理期推迟太久这件事给忘记了，压根就没往这方面想。

江言叹了口气，把检查结果拿给她看，语气无奈又宠溺："我就放在枕头下面，抽屉里也还有一份，你怎么一直都发现不了呢？"

检查单上写着：妊娠 *58* 天。

林杏子反复看了几遍，这次好像是真的。

江言从电话里得知她怀孕的那一刻，害怕多过惊喜，如今劫后余生才真切地体会她肚子里有了连接着他和她的小生命是怎样的期待，她一直都没这个意识，他就只能等她晚上睡着了才敢把手放到她肚子上轻轻摩挲。

"老婆，谢谢你送我的新年礼物。"

"……不客气。"

听着怎么怪怪的？哪有夫妻有了孩子之后跟对方说的是"谢谢"和"不客气"。

"爸妈都知道？"

"都知道，还有舅舅、林柯、林桑，他们都知道了。"江言笑着说，"我以为你第一天就能发现。"

这几天都是林杏子在照顾他，帮他擦洗，帮他刮胡子，偶尔也会喂他吃饭。

"我从来不看你的隐私。"她高兴之余又担心自己做不好，"江言，我能当一个好妈妈吗？"

他问："什么样的才算好？"

林杏子好像也没办法定义："就是……就是像我妈那样的，或者像你妈那样，她把你教得很好。"

江言说："你就做你自己。"

林旭东的情况相对复杂，考虑到他借钱时不知情并且在破获两吨毒品交易案中立了大功，不对外审理，林杏子去探望过一次。

他自首后，压在心里十来年的石头终于放下了，也释怀了，反而轻松了。

树倒猢狲散，墙倒众人推。从前攀附林家的那些人现在能撇多清就撇多清，恨不得给自己改姓，以前林旭东念着家族情，觉得能帮一点是一点，平心而论对他们都不错。表面同情但背地里落井下石的大有人在，反正也都是些八竿子远的亲戚，只要没有太过分，林杏子也懒得计较。

人性这个东西，怎么看得清。

江言腿上缝合的伤口可以拆线了，林杏子又在医院住了一段时间，林柯专门回来看他，在病房待了大半天，天黑了才走。

林杏子的孕期反应来得晚，但凶猛，闻不得一点油腥味，她在医院，反而是江言照顾她更多。林柯开玩笑说，如果没有林杏子的"贴心照顾"，江言应该早就出院了。

"你是想要女孩，还是想要男孩？"

江言想都不想就说："都好。"

"你当然都好，你又不难受，难受的是我，这也不能吃那也不能吃，一天吐七八次。"

她出院没几天就回公司上班了，林旭东的事对公司影响大，股票跌得厉害。虽然有李尧撑着，但她也不轻松，身体不舒服就更心烦，江言始终都哄着她："我们就只要一个，以后都不生了。"

林杏子的脾气说来就来说散就散，她翻了个身，凑近了些："我脸上的疤都好了吗？"

她皮肤白，稍稍一点印子就很明显，江言的目光从她的眼角眉梢开始慢慢移动到锁骨下面，有一处结痂脱落后新长出来的嫩肉轻微泛着红。

"这里还有一点点，"他手指拨开领口，俯身低头吻在那处，"离得近仔细看才看得出来。"

呼吸微热，吹在颈间，燥燥的。

"晚上回家睡，我一个人没问题。"

林杏子两眼一闭："不要。"

"病房里睡着不舒服，你也睡不好。"江言开口之前就知道会是这个结果，虽然医院条件很好，但总归没那么方便，"你真是太不听话了。"

"不是我不听，是他不听，"林杏子用手指点了点自己的肚子，强行辩解，眨眼浅笑有点故意挑衅的意思，"你跟他说啊，江警官。"

江言深呼吸冷静了两分钟。

但没能冷静下来。

"刚才锁门了吗？"

"锁了吧，怎么了？"

"没怎么，"他关了灯，顺势吻住她，用只有彼此听得清的声音说，"做坏事不能让别人知道。"

走廊时不时有值班的医生护士经过，脚步声就在门外，林杏子脸热得仿佛要烧起来。

薄纱窗帘透进来的微光映着他眼底炙热，漫长缱绻的亲密让她以为江言今天不会再像前几次那样点到为止。

"江队长？"护士突然在外面敲门。

林杏子被吓了一跳，双手搂紧了江言的脖子。

护士说："江队长，您休息了吗？有一些注意事项，刘医生让我再来跟您交代一遍。"

林杏子听出这个声音，她不止一次撞见这个护士满脸通红地从病房出去，虽然知道不是他招惹的，可还是不喜欢。

她有心使坏，故意折腾他："江队长，人家问你话呢。"

江言没有理会，让她不要出声的办法有很多。

医院新来了一批实习的护士，待久了大家都熟悉，知道有个特别帅的警察在骨科病房住了三个月。

天气慢慢热起来，伤口很容易感染，医生多加了一瓶消炎药，早上八点，护士敲门进来帮江言输液。

窗户开着，椅子上放着换下的床单，叠得整整齐齐。

护士看了一眼，心想：明明昨天刚换过。

"江队长，昨晚你不在病房吗？"

昨晚她敲门，病房里面没有一点声音。

238

"在，我老婆来了，她怀孕不舒服，睡得早。"江言面不改色，问她医生是不是交代了什么。

"哦，"护士有些尴尬，"也没什么，手术很成功，多休息。"

"谢谢，我会注意。"

林杏子又新换了一个助理，人挺细心，一大早就去了林家，等李青做好早饭后带到医院。

林杏子洗漱完坐在病床旁边打哈欠，江言摸了摸她的头发，她今天这件衣服的领口有点小深 V，低头时会露出锁骨处的浅浅红痕。

江言让她先吃早饭："你先吃，凉了对身体不好。"

林杏子拍开男人的手，起身坐到沙发上，托着腮看护士扎针："今天上午不上班，不着急，我等你一起吃。"

助理也不自觉地往病床上看，被几双眼睛盯着，护士莫名紧张，第一针就扎失败了，离开病房的那一刻有种如释重负的感觉。

她刚走，就有人来探病，但病人本人江言并不认识对方。他几乎不看娱乐性的电视节目，对现在的流量明星不了解，就连林杏子公司里的艺人都很少见。

"是去年新签的，演唱会的时候伤了韧带，也住这家医院，就在楼上。"林杏子简单跟江言介绍，她转过头关心小鲜肉的伤势，末了还问，"吃早饭了吗？"

"还没。"

"那就一起吃吧，有多的。"

林杏子私下没什么领导架子，她负责新培养的一批练习生中，今天来探病的这个算是同一批里年纪最大的，但长得好，业务能力也还行，人很努力，林杏子平时对他也关注。

"啪"的一声，勺子碎在地板上，助理连忙去收拾。

林杏子的注意力重新回到江言身上："你手怎么了？"

"有点麻。"江言动了动胳膊，眉头轻微皱了一下，抱歉地对正在收拾地板的助理说，"不好意思，辛苦你了。"

林杏子当然知道他胳膊麻的原因，她枕了一晚上。

"那我喂你？"

江言的目光淡淡地从小鲜肉身上掠过，落在林杏子脸上的时候自然地柔和了下来："好。"

助理：学到了学到了。

小鲜肉不好意思继续打扰，找了个借口离开，助理也先去公司了，病房里只剩下林杏子和江言。

"你好心机，"林杏子忍笑忍得辛苦，趴在男人怀里肩都在抖，"早上喝水刷牙都没事，怎么拿不稳一把勺子？那护士一口一个'江队长'，眼睛都快长你身上了我都没说什么，人家小孩儿才二十岁，你以为像你以前一样吗？"

江言笑着问："我以前什么样？"

林杏子哼了哼，评价道："长得好的渣男。"

江言已经习惯了，从善如流："秋池那件事你是知道的，我再解释一遍？"

"用不着，显得我有多无理取闹一样。"林杏子从包里拿出那半块平安符，"还给你。"

平安符用红绳系着，是她之前从江言手里坑走的。

"给你了就是你的，怎么又不要了？"

"另外一半在江沂身上，我留着这半块好像有点奇怪。"提起江沂，她也担心，"他还没消息吗？"

当初林杏子误会江言跟季秋池是因为江沂，但其实他没死，做了周峰的线人，而林杏子和江言分开了八年，后来她在边境被绑也是因为江沂才得以逃脱，否则她和她肚子的孩子还不一定会遇到什么。

"没有消息就是最好的消息。"江言不想她因为这些事难过，这段时间让她难受的事情已经够多了，他转移话题，"晚上过来吗？"

林杏子故意找茬，慢慢悠悠地反问："江队长有小护士照顾，我还来干吗？"

江言笑而不语，等她被看的恼羞成怒后才伸手搂过她的腰，在她耳边低声说了句什么。

林杏子："……"

她脸红得很厉害。

"江言，你堕落了！"

## 2

林杏子只是嘴上不服软而已，晚上下班之后还是照样让司机把车开到了医院。

季秋池在戒毒所待了将近四个月，两天前被送到这家医院的精神科，林杏子上楼之前先去找了季秋池的主治医生了解病情，情况并不乐观。

医生问能不能联系到她的家里人，林杏子想起她那个父亲，有家人还不如没有，就算来了也只会加重她的病情。

来都来了，林杏子就想去看看季秋池，从医生办公室出来后，乘电梯上楼，但病房门打不开，被反锁了。

里面有动静，像是有人撞倒了什么东西，林杏子直觉不对劲，直接让助理把门撞开。

病床前站着一个穿着白大褂的男人，他戴着口罩，右手断指，正拿着注射器往药瓶里注射某种药品。

医生不可能锁门。

林杏子立刻大声呵斥："你是谁，在干什么？！"

男人的动作明显着急了，林杏子想都没想就要进去，腰间突然一紧，鼻间是熟悉的气息："江言……"

江言把她交给助理："带她躲远一点。"

季秋池昏睡着，江言捞起一把椅子砸在男人的后背，然后去拔她手背上的针头。

这个人应该是专业打手，他带了刀，被江言制服后又迅速爬起来，他急于脱身，招招都往致命处攻击，江言身上有伤，渐渐落了下风。

晚上值班室都是一些女护士，听到动静后也不敢上去帮忙，等保安室的人赶过来时江言已经拖了六分钟。

走廊里全是叫声、喊声和打斗声，回音阵阵，然而病床上的季秋池一动不动，医生迅速进行抢救。

林杏子报了警，江言把抓住的人交给同事，转身跑向抢救室外找她。

她脸上毫无血色，手都在抖，江言小心地把人从怀里拉出来："有没有伤着？"

林杏子摇头："没有，我刚发现他，你就来了。"

"秋池怎么样？"

"不知道，在抢救。"她满手的血，血不是她的，江言的胳膊被刀划伤了，衣服都被染红，"先去给你包扎。"

那个男人往季秋池的输液瓶里打的是禁药，好在输入不多，并且抢救及时，她暂时没有生命危险。

江言旧伤没好又添新伤，左手胳膊被刀划了几刀，护士帮他包扎，他连眉头都没有皱一下，却在看到拿着干净衣服进病房的林杏子唇色还有些发白时整颗心提了起来。

"房间里味道不好闻，你先回家，我在医院看着。"

虽然开了窗，但晚上闷热，血腥味一时散不出去，林杏子闻着不舒服，可刚经历过一场混乱，那把刀差点就刺进了江言的胸膛，她怎么能安心。

她低着头不说话，目光落在江言的伤口上。护士在消毒，血还没止住。

江言握住她的手，发现她手心全是冷汗："姜姜？"

"我不想。"她一向不愿意做的事绝不勉强，但在江言面前发不起脾气，过了一会儿，被他握着的那只手轻轻收拢，反握住他的。林杏子的声音低不可闻："江言，别赶我走，我要陪着你。"

平时嚣张美艳的大小姐放低了心性，用最柔软的语气说话，细听还有几分委屈眷恋。就连旁边的护士都不忍心，更何况是江言。

她太懂如何让江言心软妥协，并且百战百胜。

江言就再也没能说出让她回家的话。

医院出了意外，警戒异常森严，有媒体闻声赶来围在外面，希望能拿到第一手新闻，警车来了又走，这一层楼有好几个刑警守着，病人们没事都不敢出病房。

"现在是真的拿不起勺子了。"林杏子轻轻戳了下男人手臂上缠着的纱布。

她从一开始就知道江言工作的危险性，但知道是一回事，亲眼见证又是另一回事。从前只是从别人口中听说，但今天是亲眼看见。

她为他担心，也为他骄傲。

"你很厉害。"

江言亲亲她："你也很厉害，是你救了秋池。"

是林杏子最先发现异常，让助理砸开了房门，那个男人知道自己暴露之后动作明显慌乱，耽误了时机，输入季秋池体内的药物如果再稍微多一点就达到了致死量。

"好吧，"她终于笑了，心满意足，"我也很厉害。"

她从来都不想成为他的负担。

"那个人会和展天雄有关系吗？展焱虽然不是什么善茬，但没有坏到会害人性命的地步，他跟展天雄关系也不好，还有他妈，也很早就跟展天雄分居了，各过各的，为了利益才维持着婚姻关系，可是展天雄被你们关着，手还能伸这么远……会不会是其他人？展氏集团旗下有数十家子公司，几百几千人都依靠展家而活，展天雄一旦出事他们都逃不干净，上个星期展天雄的一个情妇车祸身亡，是不是这伙人干的？展天雄贩毒证据确凿，再大的能耐也不可能让他全身而退，已经覆水难收，所以他们才想尽可能地为他减轻罪名留一条命？还有，展焱他……"

"嘘，"江言低头堵住她的唇，轻吻辗转，"累不累？"

"不……"

话音刚起，他的唇就再次压下来，只贴着她的唇轻咬厮磨，并没有深入，仿佛目的只是让她闭嘴。

林杏子手抵着男人的肩将他稍稍推远："你怎么不让我说话？嫌我吵吗？"

她的唇有了点血色，看起来好了很多，不像两个小时前那样苍白。江言私心不想让她为展家烦心，这些事应该交给警察。

四目对视，夜晚清冷的月光映在眸里，他说："因为你一直在说别的男人。"

林杏子反应过来，偏过头，嘴角止不住上扬："这种醋就没必要吃了吧，我又没有喜欢过他。"

下一秒她就笑不出来了。

"我反正没跟别人谈过恋爱，"江言靠着床头，低沉的嗓音不紧不慢，"两天的还是两年的都没谈过，也没……"

"你再说我就走了！"林杏子恼羞成怒捂住他的嘴，怎么还翻旧账呢？果然这种黑历史就该瞒得死死的，不应该告诉他。

江言身上有伤，才刚包扎好，林杏子闹归闹，该有的分寸还是知道的，只是虚掐着他的脖子。

"还说吗？不说了我就松开，饶你一命。"

江言左手伸过去护住她的腰，配合地摇了摇头，林杏子这才作罢。

她还记挂着季秋池："秋池好可怜，如果江沂能回来就好了，真希望他能平安。"

江言看向窗外的夜色，心里也不平静。


林杏子慢慢学着照顾江言，虽然有护工，还有江母和李青换着来医院，但有些时候还是不方便，比如帮他洗澡，再比如做饭。

结婚后，林杏子一直是被照顾的那一个，基本没进过厨房。她开始学煮粥，手背烫出了一个水泡，逼得江言把那锅粥吃得干干净净才满意，帮他擦身体时故意着重照顾某个地方，看他被蹭出生理反应心情格外得好。

林旭东案件的审理过程很漫长，暂时没有结果。

那天出现在季秋池病房里的男人在警局自杀了，没有交代半句关于幕后指使人的线索，这更加说明有很大问题。

二虎时不时会来医院，但对林旭东的审理进程绝口不提。

有结果之前，林旭东不许林杏子再去看他，李青也站在丈夫那一边，那地方对她肚子里的孩子总归不太好，她从怀孕到现在一直让家里人提心吊胆，最近一次产检结果才勉强让人放心。

"嫂子，"二虎买了水果，进屋高兴地打招呼，"江哥。"

周峰跟在他后面，眉目间难言喜悦："江言，我带了个人来，让你见见。"

林杏子以为是江言的同事就没太在意，起身给他们泡茶，她就在江言旁边，察觉到他情绪起伏难辨时愣了一下，慢慢顺着他的目光看过去。

窗外的阳光洒进病房，来人站在门口，在地上投下狭长的影子，他摘下帽子，露出了脸上的疤痕。

林杏子心想，这人生好像也没那么糟。

林桑好不容易抽空来趟医院，却被林杏子挡在门外，病房里有人，隔着门也听不清什么。

"里面是谁啊？"

"江言他哥，江沂。"二虎和周峰都走了，林杏子把病房留给他们兄弟俩。

"难怪，"林桑了然，她就觉得林杏子今天的心情挺好，眼角眉梢都是藏不住的笑意，"都快十年了，总算是守得云开见月明，江沂平安回来了，你婆婆应该比谁都高兴吧。"

如果林旭东也在，就更好了，林桑心里这样想。

林杏子笑着说：“还没告诉她呢，我们晚上一起回家，给她一个惊喜。”

"江言能出院了？"

"嗯，恢复得差不多了，回家休养更好，在医院还是不太方便。对了，你是不是认识人民医院整容科的周医生？"

"认识啊，我大学同学，怎么了？你们公司艺人有这方面的需求？"

"那倒不是，"她往病房那边看，"江沂脸上的疤痕应该能去掉吧，就算不能完全恢复，能稍微好转一些也行。我没有了解过，但听人说激光祛疤挺有效的。"

林桑把这件事记在了心里："回头我帮你问问。"

## 3

病房门从里面打开，林杏子扶着林桑站起身："江沂哥。"

江沂出来之前戴上了帽子，遮住大半张脸。他身形颀长挺拔，调整帽檐的手骨节分明，从林桑的视线只看到他侧脸下颌线就觉得这男人不一般，他身上的气质和现在大多数网红或者流量明星小鲜肉不同，衣着打扮也有些糙。

一个在毒贩堆里卧底了将近十年的人怎么没有半点沧桑？反而是一种野性的男人味，又有点神秘，不过想想也不奇怪，江言就已经很出色了，一个娘胎里出来的，就算差一点，又能差到哪儿去。

林桑也简单打了个招呼。

江沂朝她点了下头，随后看向林杏子："出院手续办好了吗？"

"好了。"

"你身体怎么样？"

林杏子在江沂面前就像个小学生，问什么答什么："挺好的。"

"那你们先走，"走廊经过的人多，江沂习惯性压低帽檐，"我去看秋池。"

"好，江沂哥，我和江言等你一起回家。"

"嗯。"

等他走远，林杏子才继续刚才的话题，抛开江沂对她的"救命之恩"，他也是江言的亲哥哥，林杏子想为江言的家人做点什么。

晚上回家，江母准备了一大桌晚饭，本来是为了庆祝江言出院。

儿子"死而复生"，江母难以置信，以为自己恍惚了，直到江沂跪在她面前叫了声"妈"，她才如梦惊醒，整个晚上一会儿哭一会儿笑。

林旭东自首后，李青一个人，闲下来空落落的，林杏子怕她多想，更多的时候都住家里。江言把江沂和母亲安顿好后回去，林杏子还没睡，窝在沙发上看文件，电脑屏幕因为久久未动，光线暗了下去，她视线落在窗外，有些出神。

她偏瘦，五个月了孕肚也不太明显，睡衣柔软地贴在皮肤上，勾勒出微微隆起的小腹。

江言走近，在她旁边坐下，拿走电脑后顺势从后面圈住她："在想什么？"

"今天真高兴呀，"林杏子往他怀里靠，"好久都没有这么开心过了。"

她洗过澡，身上有股好闻的香味，淡淡的，像是某种花香。江言轻抚着她的小腹，喉咙微哑："怎么样才能让你更开心？"

"你问我？"

她语调微微上扬，江言顿住片刻，低头那一瞬却看到她满眼笑意，狡黠灵动，闪着盈盈光亮，像是将夜中星光揉碎了散在她眸里。

对视良久，两人之间的气氛渐渐多了点什么。

江言低头吻她，也低声笑开："那我自己好好想想。"

林杏子睡着后，江言拿手机先联系林桑，然后又联系了她的助理。林桑说林杏子不喜欢太夸张的形式主义，越简单越好，助理把林杏子下周的行程发给了江言。

商量好之后，江言放下手机，把熟睡的林杏子揽进怀里。

昔日的展氏集团风光不在，高层管理人员跑得跑，躲得躲，财务被冻结，旗下所有子公司也基本处于瘫痪状态无法运作，再大的本事也无力回天。

偌大的办公室里只剩展焱一个人。

烟灰缸里横横竖竖躺着数不清的烟头，椅子东倒西歪，玻璃碎渣散得到处都是，A4 纸从他脚边一路铺到了门口。

江言敲门进去，按规定出示证件以及应该有的文件："展氏集团董事长展天雄涉嫌贩毒，海市人民公安局将依法对相关人员进行调查，请展先生跟我们走一趟。"

展焱抽完最后一根烟，抬头看向落地窗外。

阳光刺眼，他转过身，布满红血丝的双眸盯着面前的警察，视线从一张张人脸上扫过，最终落到江言身上，依然如往日那般高傲不屑。

他们这种人，从出生就被捧到了金字塔尖，从未尝过输的滋味，尊严两个字已经刻进骨子里。

"你赢了。"

江言给他戴上手铐，淡声陈述："赢的不是我，是正义。"

展焱低声嗤笑，什么都没有说。

二虎把人押进警车，到警局是下午四点。

"腰杆终于能直起来了，畅快！"二虎身上穿着同样的警服站在江言身边，"江哥，你还回办公室吗？"

江言说："我请个假。"

"你要去干什么啊？晚上一起喝酒。"

"我今天不喝，今天要哄老婆开心。"

二虎："……"

林旭东的审判结果出来了，八年，这已经是最好的结果。

江言给林杏子的助理打了通电话，然后准备先去一趟商场。

婚戒丢了，得重新买，还要有一束花。形式要简单，但不能敷衍。

天气热，林杏子很容易累，李尧早就说让她在家休息，等生完孩子再继续上班，是她自己不肯，该做的事一件不少。以前对她空降公司总部颇有微词的那些股东本想借林旭东的事大做文章，但经过这段时间也对她有了新的认识，李尧教了她很多为人处世的道理，她在成长，成长的速度很快。就算换一个人，也不一定能比她做得好。

"对对对，刚到楼下，进电梯了。"助理刚给江言报完信，回头就看见原本应该已经进电梯的林杏子站在他身后，被吓得一激灵。

林杏子笑了一下："天都没黑，你做了什么亏心事，被吓成这样。"

助理擦擦汗，这怎么会是亏心事。

"林总，您误会了，我家清清白白，我对您也是忠心耿耿，没有一点坏心思。"

"先把手机给我看看。"

他脸上的表情有些僵硬："……一定要看吗？"

林杏子笑得温和："你对我忠心耿耿，手机里应该没什么秘密的。"

助理只好把手机交出来，林杏子从他手里接过，刚才她清楚地听到他在给谁报信，结果通话记录里全是他和江言的电话来往，仅今天下午就有十几通。

林杏子把手机还给他："你什么时候开始背着我和江言联系这么密切了？"

"我……我……就是最近。"助理一脸生无可恋，欲言又止。

林杏子看他这个模样，好像猜到了点什么。

"你可以下班了，我自己上楼。"

电梯里没有人，三楼、七楼、十三楼……

到了。

门开着，玫瑰花从电梯口铺到了客厅，六点多的时间正是夕阳最红的时候，客厅窗外的半面天空被染得赤红。

江言站在晚霞余晖里，五官眉目有些暗，但轮廓被勾勒得清晰。

林杏子看着他拿出一枚戒指，看着他走近，一步一步仿佛是踩在她心上。

　　"好俗。"她一贯口是心非。

　　"是有点，"江言笑了笑，握住她的左手抬起，戒指离她指尖只剩一厘米的距离，"娶你的时候什么都没有。"

　　什么都没有，她也依然嫁给了他。

　　"你现在这是要补求婚的意思？"

　　"对。"

　　"那你是不是得说点什么？我可没这么好哄，江言……你在紧张吗？"

　　他耳根有些红，拿着戒指的手都汗湿了。

　　"比我第一次单独执行任务时还紧张，准备了很多话想说给你听，可是现在一句都想不起来了，只能临场发挥，你知道我不擅长这些……"他单膝跪地，看着林杏子的目光赤诚又热烈，"当警察的一部分原因是家人，另外一半是你，想着在离你最近的地方等你，总有机会再见面，以前师傅总说我命大，我也不知道老天让我那么多次死里逃生是为了什么，直到你回来。"

　　"我用我肩上的警徽起誓，未来的每一天都会忠于国家，忠于你，忠于我们。"

　　"那么，独一无二的林杏子愿意嫁给俗气的江言吗？"

　　夕阳余晖洒进客厅，光亮照得他眉目清晰，林杏子笑着点头。

　　"我愿意啊，江言。"

　　她见众生皆草木，唯你是青山。


　　（正文完）

江珩的名字是林旭东取的，从他停职接受调查开始，他没事的时候就在翻字典，男孩和女孩的名字都各取了几个，林杏子最后从里面选定"珩"这个字。

珩：稀少珍贵的美玉。

江珩一天天长大，两条金毛狗也长大了，经常合起伙来在家里捣乱。

离下班还有半个小时，江言接到家里阿姨的电话，二虎看他笑就觉得好奇，随口问了一句："江哥，你笑什么呢？"

"家里打架了。"

二虎一听，整个人立马就精神了："谁跟谁啊？"

江言叹了声气，很无奈，眼底又有藏不住的笑意："我老婆和我儿子。"

二虎："……"

这把狗粮显然是二虎自找的，江言其实很少在外面提起林杏子和江珩，结婚没有酒宴，小朋友一周岁也没有大办，婚戒他贴身带着，新来的同事甚至都不知道他已经结婚了。

"江哥，你现在的生活可真让人羡慕。"

江言安慰他："你以后也会有的。"

二虎双手垫在脑后："嫂子应该是咱们局里所有家属里的天花板了，又漂亮又有事业，性格又好，还那么爱你。这么一想，江哥你真的挺有本事的，能娶到嫂子那样的姑娘。"

江言笑着说："我的优势就是认识她的时间比较早，她那个时候比现在更可爱，是个直球，表现得特别明显。有一次周末，我住校，她住家里，下午三点多，她突然跑到学校找我，说午睡梦到我了，就很想见我。"

"来，你展开讲讲。"

"今天没空，改天吧，我得赶紧把活儿干完，回去劝架。"

二虎："……"

江言处理完最后的工作回到家，一个穿着纸尿裤的小孩和两条狗一起坐在客厅的地毯上看动画片，阿姨指了指书房，告诉他林杏子在里面。

一集动画片播完，江珩拿着遥控器晃晃悠悠地往江言腿上爬。

江言问他："妈妈是不是生气了？"

他点点头："是呀。"

"小坏蛋。"江言一只手把儿子提起来，他最喜欢这样玩，一点都不害怕，反而笑得开心，两条金毛护着他，在江言身边来回转圈。

江言不轻不重地拍了一下儿子的屁股："你怎么能欺负我老婆呢？"

"我脑婆！"一岁的年纪正是语言爆发期，听什么学什么。

江言被气笑了，把带回来的积木玩具拆开给儿子玩："自己在这里玩吧，我要先去哄哄我老婆。"

"谢谢粑粑！"

"嗯，不客气，一会儿再来揍你。"

阿姨看孩子，江言换了身衣服去书房，林杏子坐在电脑前生闷气，看都不看他。

这种情况江言已经得心应手了，从江珩会走路，会咿呀学语之后，家里隔几天就会发生一次，算是熟能生巧。

他刚开始也很头痛，现在就很从容。

"你让开，别抱我。"林杏子还在气头上，十分钟前，她的助理因为对恢复文件的方法表述不清楚而被骂得狗血淋头，现在轮到了江言，"你儿子把我写了三天的东西删了，我明天要用的，转个身接通电话的工夫，他就给我删了！删了！删完他还笑！"

那通电话的时间有点长，阿姨也没注意，江珩爬到电脑旁边，把电脑当成玩具一通乱按，等林杏子发现的时候已经晚了。

儿子穿着纸尿裤满屋子跑，两条金毛狗还护着他，往林杏子身上扑。

打不能打，骂又听不懂，林杏子越想越生气，勉强压着的怒火再一次蹿到了天灵盖："我真的气死了！但是你看他，心里就只有动画片。"

"晚上让他面壁。"江言从善如流，趁着林杏子发脾气的时候把她抱起来，他坐着软椅，她坐在他腿上，"我看看文件还能不能找回来。"

她说："如果找不回来你今天就睡客厅。"

那就必须得找回来。

计算机这方面，江言很擅长，花了不到五分钟就恢复了被删掉的文件，林杏子检查了一遍，脸色才阴转晴。

吃饭的时候，江珩想要妈妈喂，他自己会吃，就是仗着可爱在撒娇，林杏子扭过头："哼，不理你。"

他挑食，只吃了几口就要喝奶。

江言去厨房冲奶粉："喝完这瓶奶，去面壁反思。"

江珩听不懂，还以为爸爸在跟他玩，很配合地用力点头："吼！"

林杏子没忍住，"扑哧"一声笑出来。

江珩看她笑了，直往她怀里蹭，把手上的食物残渣全抹在她胸口上。他拿着一根手指饼干喂给林杏子："麻麻吃。"

"你吃的这些没味道，好难吃，我不吃，"林杏子捏他的脸，"给你爸吃。"

江言是什么都不嫌弃的。

晚上，江言给儿子洗澡，收拾完已经将近十点，林杏子在主卧的浴室，门没关好，从里面透出朦胧的光，江言往里看了一眼，喉结上下滚动。

江珩一个星期前开始断奶，只喝奶粉，林杏子胸口胀得有些疼，用热毛巾敷了一会儿还是不舒服。

男人从身后贴近。

"难受？"

"……嗯。"

"医生说了，"夜深寂静，彼此的呼吸声丝丝缕缕缠绕，他比平日更低一些的嗓音显得撩人，"实在难受就用吸奶器吸出来，多按摩也会舒服点。"

"那你……"

林杏子是想让他出去，他却抢在她之前有意曲解她的意思："好，我帮你。"

弄完之后，她被抱着坐在洗手台上，江言帮她按摩。

"怎么样？"

"还行。"

"只是还行？"

"不然呢？你就只有这个技术，总不能让我硬夸吧。"

"我努力进步。"

"……嗯。"

季秋池从林杏子名下的那套小公寓搬走之后，开始找工作，是想好好生活的模样，会在周末买朵十块钱的花带回家，也会转几趟公交去和林杏子吃饭逛街，但还是处处都避着江沂。

江沂和上次一样，租了她楼下的房子，也把江母从老家接了过来。

他如果早上八点在电梯口等，她就六点就出门。他如果在她上班前来敲门，她就请假一整天都待在家。

林杏子最近休假，每天有大把空闲时间，去江母家吃饭的时候会顺便看看季秋池，她会做甜品，比店里卖的更精巧。

季秋池在泡水果茶，用来配蛋糕，林杏子看着她的背影，想起前几天心理医生的那句话：解铃还须系铃人。

她给所有人的感觉都是她开始了新生活，但其实是在背道而驰。

"秋池，我们聊聊吧，嗯……就聊聊江沂。"林杏子向来直接。

两个真心相爱的人历尽千帆赢过生死终于守得云开见月明，却都被困在过去始终不得解脱，林杏子看着他们这样，心里不舒服。

季秋池身子一僵，险些烫了手。

"他为你卧底十年……当然，不全是为你，但支撑着他度过这十年的人是你。十年，他只去江言的学校远远看过他一次，但你大学室友的名字他都记得很清楚，可想而知，他在你不知道的时候偷偷看过你很多次。"

"而你，这些年也都是为了他。"林杏子刚回国时就知道季秋池跟了展天雄。

某些场合，有人提起展天雄身边那位，眼神和言语里多多少少都会带点颜色。

林杏子是外人，做不到感同身受，她曾经也误会过季秋池是为了钱才自甘堕落。

"你们跟我和江言不一样，没有一秒钟怀疑过对方对自己的感情，现在他九死一生回来了，你为什么不肯见他？"

这个季节雨水多，海市已经断断续续下了一个星期的连阴雨，空气里都飘着水汽。

季秋池低着头，脖颈弯出一个弧度，目光涣散地看着茶杯恍神，散落的发丝挡住了她的脸，窗外天色微微泛青，林杏子看不到她是什么表情。

不知道过了多久，她才轻声开口："他不在，我怎么样都无所谓，这些年我其实很少梦到他，以前最大的愿望就是考个好学校，和他一起离开那个家，越远越好。但他出事后我又不止一次想回去，回到我们一起长大的地方，哪怕我爸天天打我骂我，我都愿意待在那里，永远都不离开。"

季父醉醺醺地回家是常事，不高兴就打她，砸东西，翻箱倒柜找钱，她躲在房间里给江沂打电话，哭着说："我好想你现在就把我娶走。"

那个时候，她才十五岁。

江沂不能娶她，但把她从那个家里带了出来，让她在远离季父的海市读书。

她以为等到她大学毕业了，就可以和他结婚，然而高中都还没毕业，他就"死"了。

"得知他还活着的时候，我一度以为这些年都是一场梦，不过……幸好是场梦，幸好是梦，现在梦醒了，他回来了，可我……可我……"

她声音哽咽嘶哑，双眸空洞地望着窗外，眼泪一颗一颗往下掉，几乎说不下去。

"我实在是……太脏了。"

"他应该和更好的女孩在一起，结婚，生子……"

她不仅脏，还因为身体遭受过重创不能生孩子了。

"他是缉毒英雄，我这样的人站在他身边，会抹黑他，"季秋池忘记了林杏子的存在，语无伦次地说着些什么，声音越来越低，"我不能，我配不上他……"

她好像快要掉下去了。

"秋池。"

是谁在叫她？

她在迷雾丛林里寻着那点光，走啊走，被刺划得鲜血淋漓，才终于找到了声音的源头。

江沂拿掉帽子和口罩，脸上的疤痕赤裸裸地暴露在她眼前。有的颜色深，有的颜色浅，如同藤蔓一般从眼下拉到嘴角，只有那双眼睛还是最初的模样，他明明可以继续做手术，能恢复得更好，但他没有。

"秋池，你看我，没什么钱，又丑得吓人，谁晚上看见我都会以为见了鬼，街上的小孩多看我一眼都会被吓哭，他们的父母还以为我是人贩子，而且我年纪也不小了，十年都用别人的身份活着，没有正经的工作，还染过毒瘾。"

他笑了笑，问她："哪个好女孩能要我？"

季秋池如梦初醒，被江沂故作洒脱的笑刺痛，神色慌乱，甚至来不及掩饰，脆弱的一面和眼泪都暴露在江沂眼前。

她不能再听他继续说下去。

"我要睡了，你回去吧。"

"秋池，"江沂双手握住她的肩，不让她逃走，"那不是随口的一句话，我跟季叔说以后会娶你的时候，是真的想娶你。"

耳边轰隆作响，季秋池却依然能清晰地听到他的声音。

"秋池，我也是残缺的，我也不好，我也做过见不得光的事，手里还有人命，我这样的人怎么能生孩子？有江言和杏子，还有小珩，我妈能抱孙子就行了，是我的还是江言的都一样。

"好女孩不会要我，你这个坏女孩要不要我？

"我们都不好，在一起就完整了。"

阴沉沉的乌云散开了，天色亮了起来。

几分钟前还在下雨，太阳出来后，天边出现了一道彩虹。

江言拿手机给林杏子拍照，她产后身材恢复得很快，站在阳台上，逆着光，从侧脸轮廓都能看出来她在笑。

林杏子看不见也听不清，不知道屋里是什么情况："他们和好了吗？"

江言笑着说："彩虹都出来了，应该和好了。"

"我们在阳台多待一会儿吧，不要进去打扰他们，儿子在我妈那里多玩几个小时，我妈也高兴。"

"那我再多给你拍几张照片。"

"刚才拍的那几张都挺好看的。"

"不是我拍的好看，是你好看。"

"以前上学的时候，你也觉得我很漂亮吗？"

"当然，你一直都很漂亮，我认识你之前，林柯就总说你是个小公主，幼儿园就男生为你打架了。"

林杏子靠在男人怀里，眉眼浅笑："那别的男生追我的时候，你吃不吃醋？"

江言低头亲她："醋死了。"

　　两个人明明是同一天摔伤的，林柯都能打球了，林杏子却还在一瘸一拐地走路，每次被送到校门口都要磨蹭半天。

　　林柯怕她一不小心又摔出个好歹来："妹妹，我背你吧。"

　　"你快去上课，高三学习多紧张，"林杏子赶他走，"迟到了别赖我。"

　　"不差这几分钟。"

　　"真不用你，你的手才刚好，别又进医院了。"

　　"你长胖了？"林柯慢慢跟在后面，"我一只手就能轻轻松松地把你拎起来。"

　　"拜托，那已经是我小学的事了，你赶紧走。"林杏子嫌他碍事，她的心思都在通往宿舍区的那条路上，装瘸都装得心不在焉。

　　当那个熟悉的身影出现在路口的时候，她差点跳起来跟他挥手，但这样就暴露了，所以她扶着墙站在原地，在他看过来之前弯腰，用手轻轻揉着膝盖，林柯还在耳边絮絮叨叨，但她仿佛能听到穿着校服的少年朝这边跑来的脚步声。

　　她今天也穿校服了，林柯没有。

　　林柯几乎每次见到江言的第一句话都是："江言，作业写完了没？"

　　"还剩两道题。"江言的目光匆匆从林柯身上掠过，看向旁边的林杏子。她今天的头发扎成了高马尾，但还是穿着短裙，天气已经转凉了，她膝盖的皮肤微微泛红，不知道是冷的还是碰到哪里了，"要我背你吗？"

林杏子点头："谢谢。"

"……不客气。"江言把手里的习题册递给林柯，背过身在林杏子面前蹲下的动作已经很熟练了。

林柯跟上去，和江言并排走着，他调侃林杏子："我背你的时候这样不舒服那样也不舒服，江言背着就舒服了？"

林杏子把他的话当耳旁风，左耳朵进右耳朵出，连白眼都不给一个。

"江言，你慢点走，"她觉得学校里的百步梯太短了，"颠得我腿疼。"

于是，江言就放慢了脚步。

林柯三两步跑到前面，和别的同学一起去了篮球场，哪怕离上课只有十分钟，他也要去投个篮耍帅。

操场上有很多学生，林杏子不怕被人看，江言刚开始背她去教室的时候，被同学们一路围观，能从耳朵红到脖子，现在也习惯了。

"你们一会儿什么课啊？"

"两节物理。"

"物理课真无聊。"

"其实挺有意思的，王老师讲课很生动。"

"生动的是他的表情，不是那些公式。"物理是林杏子最差的一门课，上一次小测验的成绩差到拿不出手，"你觉得我长胖了吗？"

她突然靠近，双手搂住他的脖子，下巴搭在他肩上。发梢轻柔地从颈间拂过，江言脚下的步子停顿了一秒："感觉不出来。"

"那你觉得我重吗？你几乎每天都背我。"

"不重，你很轻，应该多吃点……天气冷了，也要多穿点。"他每次都会小心地避开，没有直接接触到她的身体。

林杏子喜欢穿裙子，这个年纪的女生，有几个是不爱漂亮的。她晃了下腿："这样穿不好看吗？"

"……好看，但健康更重要。"

江言的话音刚落，就被人从后面撞了一下，他下意识护住林杏子，对方却直接把林杏子抢了过去，是个男生。

"不用你了，我扶她上楼。"

已经快到林杏子的教室了，还有一层楼，江言听到男生对她说："杏子，我有话跟你说。"

他们好像关系很好，江言看出那个男生的眼神，是想让他回避的意思。

"那我先回教室。"

"拜拜，明天见。"林杏子知道江言他们班的物理老师很在意迟到这件事。

高一年级的上课时间比高三晚二十分钟。

江言下楼了，林杏子就站在楼梯口，走廊不远处站了一群体育班的男生，起哄般地吹着口哨，个个都是吊儿郎当的，和她面前的这个一样。

"什么事啊？"

男生磨磨蹭蹭半天不说话，脸还红了

林杏子："再不说话我就回教室了。"

男生挠挠头："想送你一份礼物。"

他以为他藏得很好，运动服口袋被撑得鼓囊囊的，一眼就看见了。

"为什么要送我礼物，又不是过生日。"

"就是……就是想约你周天下午去看电影，最近新上了一部片子，网评还不错，是喜剧片。"

"看电影可以，礼物就算了，我不随便收别人的礼物，你拿回去吧。"

"只是一盒巧克力。"

"我不爱吃巧克力。"

"不喜欢吗？那下次我送别的，你喜欢吃什么？"

"……"

江言没有再继续听下去，上楼的时候，他背着一个人都很轻松，下楼的时候明明只有自己，步伐却有些沉重。

他回到教室正常上课，等放学了林柯才想起来："江言，周天去我家吃饭，别忘了啊。"

月末了，这周双休。

"我爸妈都不在，你睡醒了就坐车过去，还记得地方吧，不记得也没事，到了给我打电话，我去车站接你。"

不等江言开口拒绝，林柯就跑出了教室。

林柯煮碗饺子都能差点把厨房烧了，但林桑很会做饭，她喜欢研究这些，周末休息做几道菜，对她来说也是一种解压的方式。

这个时候他们还没有搬家，住的地方离林杏子家很近，步行十分钟就能到。

林杏子周六晚上就睡在这里，她一觉睡到中午，起床发现拖鞋没了，直接杀到林柯的房间，推开门就扑到沙发上。

但她扑错人了。被她坐在下面的人是江言。

她还穿着睡衣，没洗脸没梳头发没刷牙。

江言显然也是被吓到了，一动不动，林杏子一只手撑在他肩上，一只手拎着抱枕，刚才差点就砸在他脸上。

阳光正好，两人无声对视，空气像是凝滞了。

江言此时此刻心里想的是她没有去看电影，而不是明明前天还需要他背着上楼今天就能跑能跳的人。

然而林杏子心里想的却是皮肤油不油和有没有眼屎。

"你们俩干吗呢？"林柯端着一盘葡萄，进屋看到沙发上的一幕，也愣住了。

他往嘴里扔了一颗葡萄，眯眼看着面前像触电一样急忙分开的两个人："是我想的那样吗？"

林杏子深呼吸，稳住，她可以糊弄过去。

"我差点把江言当成你揍了一顿，你怎么不告诉我……江言要来。"

原来是认错人了，林柯放下心来，他和林杏子扭打在一起都是正常操作："这里是我家，江言是我的同学，做饭的人又不是你，为什么要跟你说？"

"你吃我零食玩我游戏机的时候怎么不分得这么清楚？"

林柯抖开一条毯子盖在她脑袋上："赶紧去洗脸刷牙，猪都没你这么能睡。"

"我的拖鞋呢？"

"去床底下找。"

"……林柯你好贱！"

林柯头疼："我是说，去林桑房间的床底下找，上次就是被你自己踢到床底下了。"

林杏子："……"

她没好意思跟江言说话，灰溜溜地跑出去洗漱换衣服。

林桑今天要做一道大菜：红烧排骨。

江言也是会做菜的，他来林家吃饭，总不能只吃，也要帮点忙，客厅里传来一阵鸡飞狗跳的动静，林桑看都不用看就知道林柯和林杏子又闹起来了。

"他们俩估计能打到三十岁。"

"那也是感情好，"江言洗了几个土豆，切成块，"还有别的菜要洗吗？"

林桑说："没了，你去让他们消停一会儿，不然楼下的邻居又要上来敲门。"

江言走出厨房看见林杏子在哭，林柯连忙解释："她没哭，是我不小心戳到她的眼睛了，所以才狂流眼泪。我下楼买几瓶饮料回来，妹妹喝可乐，林桑喝红茶，江言，你喝什么？"

"我都行。"

“那我就随便买了。”

林柯出门后，客厅里就只剩江言和林杏子，她左眼的眼角很红，还在流眼泪，睫毛湿漉漉的。

“很难受吗？”

“眼睛里面好像有东西，”林杏子仰着头，“你帮我看看。”

江言仔细看了一会儿，她总是眨眼，动来动去，他双手不自觉地捧住她的脸：“什么都没有，别用手揉。”

“可是很不舒服。”

“那你就闭着眼睛。”

“闭着眼睛，你不会偷亲我吧？”

“……不会，我保证。”江言突然意识到两人之间的距离太近了，坐到离她最远的沙发上的时候耳根还隐隐有些发烫，“怎么没去看电影？”

林杏子直勾勾地看着他：“谁说我要去看电影了？”

江言不想暴露他偷听过她和别人说话这件事，避开了她的目光：“很多人周末都喜欢去看电影，我以为你也喜欢。”

林杏子想都没想：“你比电影好看多了。”

“……”

“江言，下次我们一起去吧。如果是跟你一起看，应该挺有意思的，跟别人看，我容易睡着。”

“……好。”

江言双手拎满礼品敲开林家大门的时候，李青先让他把东西放在门外才让他进屋，她当老师这么多年，从不收礼。

她教的学生毕业后再来家里拜访的也不少，江言不是第一个，也不是第一个被她批评的人，空手来她欢迎，非要带礼品就别来。

"李老师，我是来求亲的。"他开口第一句话就把李青吓蒙了，紧接着又是一句，"我要娶姜姜，她怀孕了，是我的。"

林杏子昨天才回家。

李青看着不卑不亢站在客厅里的江言，他目光坚定，态度谦卑但不自卑。他的话像一颗炸弹一样，准确地落在李青头顶，轰隆一声炸开。

他不是会开这种玩笑的人。

李青的脸色很难描述，她也不泡茶了："林杏子，你出来！"

十分钟后，林杏子的脑袋都快垂到沙发底下去了，她就没有这么厌过。

"平时跟我犟嘴的时候一个顶十个，今天哑巴了？到底是怎么回事？"

林杏子只憋出一句："是意外，我也有责任。"

"不，都是我的责任。"江言抢过她的话，他本来是站着的，开口时朝她走了过去，坐在她身边，握住她的手，在她企图挣脱时握得更紧，"李老师，我是真心喜欢姜姜的，喜欢很多年了。我没有不良嗜好，会做饭会做家务，工作也稳定，现在有一些存款。我妈很好相处，姜姜嫁给我之后不会有让她委屈的婆媳问题，我们家也没有太多亲戚，社会关系很简单……"

"停停停，"李青及时打断，"江言，你先让我冷静一下。"

李青扶额，头疼道："林杏子说是意外，但你又说你喜欢她很多年了，孩子不是小事，结婚也不是儿戏，你们俩谁的话是假谁的话是真？"

江言说："李老师，我就只喜欢过姜姜，我会对她好的。"

"就算你再喜欢她，也不能……"李青叹气，"婚前怀孕说出去好听吗？我们是传统家庭，别人怎么样我不管，但要娶我的女儿，该有的礼节都要有，先恋爱，再谈婚论嫁，然后再要孩子。哦，你们现在倒好，先插队完成了孩子这一步。林杏子胡闹，你也跟着她胡闹？"

"是我的错，不怪姜姜，是我欠考虑。"

半小时后，林旭东回来了。

他从电话里得知了这件事情，到家之后，和江言面对面坐着喝完了一杯茶，让李青和林杏子先回房间，他跟江言单独谈谈。

关上房门后，林杏子耳朵贴着门板，想听听他们外面在说什么。

这是江言入职后第一次没有把林旭东当成自己的上司："林局，您对我有什么要求，尽管提，我能办到的一定办好，暂时办不到的，也会努力。"

"做父母的，能有什么过分的要求，无非是希望我的女儿能开心、幸福。对于婚姻，也是希望她能遇到一个品格好的男人，包容她，爱她，不要伤害她。"林旭东态度温和，但他明显是不同意，"家里已经有一个我让她们母女俩整天提心吊胆，姜姜如果嫁给警察，未来又要再多一份担心。"

他很清楚，江言不可能放弃当警察，这也是江言没有办法回避的问题。

今天是江言求亲这段时间唯一一次进了林家大门。他每天都来，但每天都被关在门外。李青生气了也会说几句重话，他都听着，但明天还是会来，连续一个月，没有一天间断过。

先松口的人是林杏子："爸，妈，我是愿意的，你们让他进来吧，外面那么冷。"

林旭东神色严肃地看着她："姜姜，你想好了？"

"我想好了，"她认真地说，"我愿意。"

许久，林旭东无奈般笑了笑，他拍拍李青的手："去给江言开门吧。"

其实李青对江言的态度早就不像第一天那样了，让他把江母接过来，两家一起商量结婚的事。

林旭东去阳台抽烟，李青去给亲戚们打电话，客厅里只剩江言和林杏子两个人。

阳光落进客厅，他们刚好坐在靠窗的这个沙发上，空气暖融融的。

江言觉得这一刻美好得有些不太真实："姜姜，我可以娶你了吗？"

"是呀，"她是笑着的，"开心吗？"

他低声说："从来都没这么开心过，开心得快要疯掉了。"

江言看向林杏子的时候，她也刚好侧首看向他。

爱你的人，即使兜兜转转多年也会来见你。

**图书在版编目（ＣＩＰ）数据**

她见青山 / 阿司匹林著 . -- 北京：北京燕山出版社，2022.8
ISBN 978-7-5402-6540-3

Ⅰ.①她… Ⅱ.①阿… Ⅲ.①长篇小说 – 中国 – 当代
Ⅳ.① I247.5

中国版本图书馆 CIP 数据核字 (2022) 第 083158 号

# 她见青山

作　　者：阿司匹林
出 品 人：赵丽娟　徐　琛
责任编辑：金 贝 伦
特约编辑：赵 丽 杰　张 文 文
装帧设计：唐 小 迪
封面绘图：GG　　小 石 头 娇　　娇
出版发行：北京燕山出版社有限公司
社　　址：北京市丰台区东铁匠营苇子坑 138 号
发行电话：010-65240430
邮政编码：100079
印　　刷：北京君达艺彩科技发展有限公司
开　　本：880mm×1230mm　1/32
字　　数：244 千字
印　　张：8.5
版　　次：2022 年 8 月第 1 版
印　　次：2022 年 8 月第 1 次印刷
书　　号：ISBN 978-7-5402-6540-3
定　　价：45.00 元